Mordstheater

Doris Leupold, Okt '00

ECON **Krimi**

Zum Buch:

»Sie suchen ein Buch, das elegant, aber nicht überdreht ist? Sie wünschen sich eine Heldin, deren Witz und deren Intelligenz sie dennoch nicht davor bewahrt, all die Fehler zu machen, die wir alle täglich aufs Neue begehen? Sie suchen eine Atmosphäre, die vertraut und wohltuend ist und dennoch sehr heutig, einen gewissen Kitzel der Gefahr, ohne daß unerklärlicherweise überall Waffen auftauchen und Sie möchten Sexszenen lesen, die wahr klingen? Zu viel verlangt? Nicht für Imogen Parker. ›Mordstheater‹ ist der erste Krimi einer Serie mit der Heldin Sophie Fitt, deren Reiz darin besteht, daß sie keine schlechtere oder bessere Detektivin ist, als wir sie auch wären.«

Options

Die Autorin:

Imogen Parker arbeitete acht Jahre in London als literarische Agentin, bevor sie zu schreiben begann. »Mordstheater« ist der erste in einer Serie von Krimis mit der unwiderstehlichen Sophie Fitt.

Imogen Parker

Mordstheater

Ein Sophie-Fitt-Krimi

Aus dem Englischen von Marion Pranter

ECON Taschenbuch Verlag

Deutsche Erstausgabe

First published by the Penguin Group in Great Britain
Titel des englischen Originals: A Temporary Affair
Aus dem Englischen übersetzt von Marion Pranter
Umschlaggestaltung: Molesch/Niedertubbesing, Bielefeld
Illustration: Reiner Tintel
Lektorat: Peter Klumbach
Gesetzt aus der Baskerville
Satz: Formsatz GmbH, Diepholz
Druck und Bindearbeiten: Ebner Ulm
Printed in Germany
ISBN 3-612-27116-3

Mordstheater

Wäre ich dem Rat meiner Mutter gefolgt, hätte ich in jenem Sommer einen Schreibmaschinenkursus belegt. So wie die Dinge lagen, lief ich in Edinburgh herum, in einem dünnen roten Gymnastikanzug und mit Plakatschildern behängt. Als unsere Revue dann schließlich Premiere hatte, war ich verschnupft und hatte eine schwere Halsentzündung, und die einzige Rolle, die ich spielte, war, das Publikum am ersten Abend um fünfundzwanzig Prozent anwachsen zu lassen.

Ehrlich gesagt, konnte ich den Enthusiasmus meiner Mitschauspieler für die zusammengewürfelte Kooperative nie teilen – wir zehn in einer für unbewohnbar erklärten Kellerwohnung –, die diesen kühlen August über bestand. Ich war, wie meine Mutter deutlich gemacht hatte, ein bißchen zu alt dafür. Mit sechsundzwanzig und einer Karriere hinter mir (Großbank, leider Gottes; ich war ganz vorn in der Schlange für freiwillige Kündigungen, als sie umstrukturierten) hatte ich die Entscheidung gefaßt, mit meiner Abfindung für eine Weile zu dem Bohemeleben meiner Studentenzeit zurückzukehren.

Ich war bei einer der weniger erfolgreichen Schauspieltourneen dabeigewesen, als ich in Cambridge war. Fünf Jahre später hatte ich nicht erkannt, wie verweichlicht ich durch die Geschäftsreisen mit Spesenvergütung geworden war. In der Kommune zu leben und Selbstverwirklichung durch Drama, waren nicht ganz so attraktiv, wie ich es in Erinnerung hatte.

Ich kehrte stilvoll nach London zurück – allein der Flug kostete soviel wie der gesamte Lebensunterhalt im Monat davor –, aber mir war nicht bewußt, wieviel Champagner ich konsumiert hatte, bis ich von Heathrow aus meine Mutter anrief (sie macht sich immer Sorgen, wenn ich fliege) und in Tränen ausbrach.

Es hört sich seltsam defätistisch an, wenn ich zugebe, daß die nächste Woche eine der glücklichsten war, die ich jemals verlebt habe. In eine schöne saubere Wolldecke mit Laken eingemummt (warum sind Federbetten bloß so populär geworden), mit flatternden Blümchengardinen und den Kirchenglocken von Pinner, die durch die Fenster in mein Kinderzimmer tönten, heißer Zitrone mit richtigem Zitronensaft und Honig, weil meine Mutter irgendwo einen Artikel gelesen hatte, in dem es hieß, Paracetamol könne schädlich sein, und, als ich meine Stimme wiederhatte, ein paar stinknormalen, untheatralischen Plaudereien mit meiner Mutter. Ich vergaß fast, daß es eine Außenwelt gab, in der ich eine Wohnung mit einer richtigen Hypothek hatte, eine Reihe Freunde mit Erwartungen an mich, und eine Zukunft.

Mutter hatte recht, Ich hätte einen Schreibmaschinenkursus belegen sollen, denn wenn ich das getan hätte, wäre ich in der Lage gewesen, für einen lukrativeren Verein als *Office Secs.* zu arbeiten. Aber dann wäre ich vielleicht nie Agatha Brown begegnet.

»Sie waren die Billigste, die wir finden konnten«, sagte sie nach dem einleitenden »Guten Morgen«.

Ich sagte, ich sei nicht überrascht. Meine Qualifikationen genügten den Anforderungen nicht, wie ich zu meiner Schmach in der Woche vorher herausgefunden hatte, als ich mich Schreibmaschinentests in allen wohlbekannten Agenturen unterzogen hatte und wegen Tempo und Genauigkeit abgewiesen worden war. Nachdem ich noch nie zuvor in einer Prüfung versagt hatte, war dies ein Schlag gewesen, aber ich hatte schließlich den Weg zu einem schäbigen Büro in einer Gasse abseits der Charing Cross Road gefunden, wo eine Agentur namens *Office Secs.* warb, es sei »keine vorherige Erfahrung erforderlich«. Ich war ein wenig mißtrauisch, aber ich zwang mich, zu klingeln, und die Australierin, die das Geschäft allein zu führen schien, stürzte sich aufgrund meiner Theaterkenntnisse auf meinen Lebenslauf und schickte mich zu Brown und Brown. Ich sollte für drei Monate die persönlichen Angelegenheiten der Direktorin verwalten, während ihre eigentliche Sekretärin in Mutterschaftsurlaub war.

Ich fing an zu sagen, daß ich, obwohl mein Tempo vielleicht nicht den normalen Anforderungen genüge, garantiert die Arbeit erledigen würde, aber sie unterbrach mich.

»Nicht nötig, über langweilige Details zu reden, Schätzchen. Ich weiß, Sie werden mehr als genügen. Sobald jemand durch diese Tür kommt, kann ich sagen, ob ich ihn mag oder nicht. Und ich mag Sie. Ich war lange genug in diesem Geschäft, um mit einem Blick zu wissen, ob ich mit jemandem auskommen werde.«

Ich hatte etwas zwiespältige Gefühle bei dieser Freundlichkeit. Ich wußte nicht, ob ich wirklich auf den ersten Blick von meiner neuen Chefin gemocht werden wollte. Ich war noch nie Sekretärin gewesen, und ich war mir nicht sicher, welcher Art das Verhältnis sein sollte. Was noch wichtiger war, ich wußte, daß meine äußere Erscheinung, die das einzige war, nach dem sie mich überhaupt beurteilen konnte, keinen Hinweis auf meine Persönlichkeit gab. Ich hatte für meinen ersten Tag ein ziemlich gängiges, blau-weiß gepunktetes Kleid gekauft, hauptsächlich seiner Anonymität wegen.

»Es waren die Schuhe, vermute ich«, sagte Agatha, als würde sie meine unausgesprochenen Zweifel beantworten.

Ich trug magentarote Wildlederpumps, von einer Studienfreundin entworfen, die kürzlich in der *Vogue* groß herausgekommen war und die man sich seitdem nicht mehr leisten konnte.

»Miranda Moss. Ich habe ein Paar in Türkis und eins in Gelb. Außer, daß ich die Gelben anscheinend nie trage«, fügte sie etwas verloren hinzu.

Ich stimmte zu, daß Gelb im Laden oft eine gute Idee zu sein schien, sich aber immer irgendwie als Fehler herausstellte. Sie war mit dem *immer* nicht einverstanden und eröffnete, daß eines ihrer allerliebsten Kleider (aber sie sagte Fummel) aus gelbem Taft sei, original New Look, mit zitronengelbem Reifrock, wovon man nicht denken würde, daß es gut zusammenginge, aber das täte es ganz entschieden. Ich versuchte, sie mir darin vorzustellen.

»Aber doch sicher nicht mit gelben Schuhen?« wagte ich zu äußern.

»Natürlich nicht«, gab sie ziemlich scharf zurück und nahm den Hörer ab, um einen Anruf entgegenzunehmen.

Ich schaute mich mit einiger Ehrfurcht in Agatha Browns Büro um. Ein breiter viktorianischer Schreibtisch stand zwischen zwei vom Boden bis zur Decke reichenden georgianischen Fenstern, die die Dächer von Soho überblickten (wir waren im dritten Stock). Die Vorhänge waren aus dickem, rotem, seidigem Samt, dem man ansah, daß er lange Jahre hin- und hergezurrt worden war, der Boden eine Ansammlung von persischen Läufern. Eine Wand wurde gänzlich von Bücherreihen eingenommen, zumeist Theaterstücke und Programme, die andere war eine Collage aus Postern, Telegrammen und Karten, wie eine gigantische Pinnwand. Verstaubte Stoffrosetten, die Überbleibsel von über viele Jahre hinweg gesendeten Buketts, dazwischengestreute Dankesbriefe, Premierenfotos und Besprechungen aus Zeitungen in aller Welt. In einem Ledersessel schlief eine riesige getigerte Katze. Ich hatte sie für ein Kissen gehalten, bis sie sich rührte und anfing zu schnarchen. Manuskripte lagen stapelweise überall auf dem Boden und auf dem seltsam unpassenden Fünfziger-Jahre-Sofa mit seinem Kunstleopardenfell herum. Auf einem Beistelltisch blubberte eine Blasenlampe in Lila und Orange leise vor sich hin und versetzte mich in eine dieser leuchtend klaren Kindheitserinnerungen zurück.

Eine der letzten Erinnerungen, die ich an meinen Vater habe, bevor er uns verließ, ist, wie er und ich den Markt in der Portobello Road hinabgingen. Es war ein winterlich dunkler Nachmittag, und einer der Stände war von einer Auslage jener Lampen erleuchtet, die damals ein solches Sinnbild modernen Lebens waren. Ich kann immer noch hören, wie der Generator summte, während ich dastand und schaute, fasziniert von ihrem öligen, künstlichen Licht. Ich erinnere mich, wie ich mir wünschte, wir wären die Sorte Familie, die so eine Lampe auf ihrem Fernseher stehen hatte; die Sorte Familie, die Fischstäbchen und Vanillepudding mit Himbeersoße aß; und ich hätte eine Barbie-Puppe zum Spielen. Ich erinnere mich, wie ich dort stand und verzweifelt normal sein wollte. Sicherlich, als er fortging und ich nicht mehr länger vegetarisch essen oder Kartoffeldruck machen mußte, verblaßten die Familienfreuden in den Anzeigen etwas, und immer wenn ich eine dieser Blasenlampen sehe, erfüllt mich ein merkwürdiges Schuldgefühl, wieder den mahnenden Blick meines Vaters zu sehen, als er meine Hand nahm und mich entschlossen zu dem Stand hinzog, der Linsen lose im Pfund verkaufte.

»Nun, Sophie, wenn ich darf. Sie müssen mich natürlich Agatha nennen. Es gibt eine ganze Menge zu tun. Suchen Sie zuerst die Küche, und machen Sie uns eine Kanne Kamillentee. Dann werden wir ein wenig plaudern.«

Aber da sie ständig am Telefon war, bis sie zum Mittagessen ging und bis nach halb fünf nicht zurückkam, plauderten wir an diesem Tag nicht. Ich verbrachte den Rest des Vormittags damit, die Post zu öffnen und mich mit der Klientenliste vertraut zu machen.

Brown und Brown war eine alteingesessene Theateragentur, die von Agatha und ihrer Schwester Dorothy in den späten fünfziger Jahren gegründet worden war. Es war die erste Agentur, die Klienten aus allen Bereichen des Theaters führte – Regisseure, Schauspieler, Autoren und später auch Bühnenbildner. Ich fragte Janet, die andere Sekretärin, mit der ich mir den Flur teilte, was aus Dorothy geworden war, aber sie warf mir einen warnenden Blick zu und flüsterte, sie würde es mir in der Mittagspause erzählen.

Wir nahmen unsere Sandwiches mit zu einer Bank am Soho Square. Es war ein schöner Septembertag. Während wir kauten, erklärte sie, daß es klüger sei, die andere Miss Brown nicht im Büro zu erwähnen. Sie hatte gehört, es habe vor Jahren schweren Krach wegen einer doppelten Buchung gegeben und Dorothy sei rausgeflogen. Sie hatte hinterher einen von Agathas Klienten geheiratet, und die Kluft war nie überbrückt worden. Agatha hatte den Buchhalter, der Anthony – nie Tony, warnte sie – White hieß, zu ihrem Geschäftspartner gemacht. Laut Janet hatte Agatha ihn total unter ihrer Fuchtel. Obwohl er jetzt einer der Chefs des Unternehmens war, lehnte Agatha es ab, den Namen zu ändern (nicht verwunderlich, dachte ich, da es dann Brown und White hieße, was ein bißchen albern klang), und war sehr schäbig, wenn es darum ging, ob er Anteile kaufen durfte. Ich fragte mich, wie Janet Zugang zu derlei Informationen hatte. So, wie sie über Anthony sprach, dachte ich mir, daß ihre Beziehung zu ihm vielleicht enger war als die einer bloßen Sekretärin. Sie fing an, seine Klienten zu beschreiben, von denen sie sagte, sie brächten mehr Geld als Agathas, auch wenn sie weniger Snobwert hätten. Ich fragte, warum er nicht ausstieg und seine eigene Agentur aufmachte, wenn es ihm so schlecht erginge. Janet schniefte nur und sagte, daß Agatha eine sehr mächtige Frau sei.

Ich bemerkte, daß ich sie an diesem Morgen ziemlich genießbar und freimütig gefunden hatte.

»Aber du bist keine Bedrohung, verstehst du«, sagte Janet. »Es ist ein Alptraum, mit ihr fertig zu werden, sie ist ein echter Drachen nach altem Muster. Ich vermute«, fügte sie hinzu, »daß sie deswegen so gut in ihrem Job ist. Sie ist völlig unfähig, was menschliche Gefühle anbelangt. Die einzigen Dinge, die sie liebt, sind ihre Arbeit und ihre Katze.«

Ich erkundigte mich nach Vivienne, der Frau, deren Job ich hatte.

»Arme Viv. Sie mußte die Agentur zwei Jahre über sich ergehen lassen. Sie war gerade dabei, sich nach einem anderen Job umzusehen, als sie entdeckte, daß sie schwanger war. Es wäre dumm gewesen, sich nicht den Mutterschaftsurlaub bezahlen zu lassen, und so entschloß sie sich zu bleiben. Ich muß zugeben, daß Agatha sich gut in Rechtsfragen auskennt, aber sie ist stinkwütend auf Viv. Eifersucht, glaube ich. Sie hat ihr Leben der Arbeit verschrieben und mit dem Kinderkriegen ist es längst vorbei. Sie sagte, sie könne sich nicht vorstellen, warum Viv noch ein hilfloses Wesen mehr in diese schreckliche Welt setzen wolle – so hat sie es ausgedrückt –, aber Viv und ich denken, daß sie nicht so angetan von dieser Katze wäre, wenn sie überhaupt keine mütterlichen Instinkte hätte.«

Ich empfand merkwürdige Stiche des Mitgefühls für Miss Brown, die so spontan ihre Sympathie für mich bekundet hatte, als ich nervös hereingekommen war, entschied aber, jegliches Urteil auf später zu verschieben. Ich wollte bei Brown und Brown weder irgend jemanden mögen noch nicht mögen. Es war schließlich nur ein Job, um über die Runden zu kommen, bis ich entschieden hatte, was ich wirklich machen wollte.

An jenem Nachmittag war ich sehr beschäftigt, meistens am Telefon, mit Anfragen von Werbeagenturen zur Verfügbarkeit von Schauspielern. Ich entdeckte, daß es in jeder Akte einen handkolorierten Kalender gab, der ihre Engagements akribisch genau vorausplante, in einem komplizierten Farbsystem für gebucht, provisorisch gebucht und verschiedene Abstufungen von Pausieren. Ich schlug mich damit herum, ein paar Rechnungen zu tippen, und scheuchte ein bekanntes Theater im West End wegen überfälliger Tantiemen auf. Viel Zeit wurde damit zugebracht, Kannen mit Kräutertee von der Küche zu meiner Arbeitgeberin zu befördern.

Ich habe nach meiner Kindheit, in der Kräutertee Pflicht war, nur noch geringes Interesse daran gehabt. Mein Vater weigerte sich, koffeinhaltige Produkte in unser Haus zu lassen. Er war (und ist es noch, denke ich) ein irrationaler Mann, der Kaffee verbietet und trotzdem ein Päckchen Gauloises ohne Filter am Tag raucht. Seit seinem Weggang haben meine Mutter und ich einen Bogen um Reformhäuser gemacht. Ich war daher nicht auf die stattliche Menge an leuchtenden, ansprechend aufgemachten Packungen in der kleinen Küche der Agentur vorbereitet, und als Agatha mich bat, ihr eine Kanne Cherry Pickers zu bringen, dachte ich zuerst, es sei der Name eines Manuskripts, das sie verlegt hatte. Ich war so verlockt von dem erwärmenden Namen, daß ich mich sogar entschloß, eine Tasse Golden Ginseng Glory zu kosten, war aber ziemlich enttäuscht von seinem schalen, selbstgerechten Aroma, nach all dem lebensverbesserndem Gerede auf der Dose.

Es war schnell halb sechs, und Agatha rief mich in ihr Büro.

»Muß mich entschuldigen für heute«, sagte sie. »Hatte gehofft, noch was diktieren zu können. War es sehr langweilig?«

Ich versicherte ihr, daß dem nicht so war, daß ich es, offen gesagt, eher spannend gefunden hatte, mit Leuten umzugehen, deren Arbeit ich bewunderte. Sie strahlte und sagte mir, wie erfrischend es sei, jemanden zu haben, der etwas vom Theater verstand.

»Die meisten Aushilfen haben keine Ahnung«, sagte sie. »Trinken Sie einen Whisky mit.«

Ich war mit einem Freund auf einen Drink verabredet und mußte mich daher entschuldigen. Als ich das Büro verließ, hörte ich sie den Glenmorangie entkorken und sagen: »Tja, Schatz, es sieht heute abend wieder nach einem Taxi für uns aus.«

Ich nahm an, sie sprach mit der Katze.

Martin ist der Mann, den ich nach Ansicht meiner Mutter heiraten sollte. Wir haben uns am ersten Tag in der Bank beim Einführungskursus für Studenten kennengelernt und sind seitdem Freunde geblieben. Er *ist* wahrscheinlich der Mensch, den ich heiraten sollte, aber wir reden immer nur dann darüber, wenn wir uns betrinken, nachdem einer von uns eine Beziehung beendet hat. Das Schema geht so, daß einer etwas sagt wie »Mein Gott, wir verstehen uns so gut, warum machen wir nicht Schluß mit all dem Leid und heiraten?« Dann trinken wir die nächste Flasche Chardonnay und jammern noch ein bißchen mehr. Dann steckt Martin mich in ein Taxi und macht sich allein auf den Heimweg nach Wandsworth. Ich habe den starken Verdacht, daß er den letzten Zug nimmt, weil er etwas geizig ist; und das, und die Tatsache, daß er anscheinend wirklich gern in Wandsworth lebt, heißt, daß wir, ob wir sollten oder nicht, niemals ein Paar sein werden. Aber er ist mir lieb und teuer.

Er mußte mehr oder weniger zweimal hinsehen, als ich in meinem Sekretärinnen-Outfit die Wendeltreppe der Weinbar in der Garrick Street hinabstieg. In meiner Zeit bei der Bank hatte ich immer einen Kleidungsstil an den Tag gelegt, der ziemlich dick aufgetragen war. Hohe Absätze, Kostüme mit kurzen Röcken in leuchtenden Farben und jede Menge Modeschmuck. Ich lege immer Wert darauf, meiner Rolle entsprechend auszusehen, und die Bank war bei weitem die schwerste Rolle, in der ich mich versucht habe. Martin war dort die einzige Person mit einem Sinn für Humor, und er durchschaute das falsche Chanel-Äußere sofort. Ich trug mein Haar immer in einem französischen Zopf, weil ich glaubte, es ließe mich älter und verbissener aussehen, aber wenn Martin in der Nähe war, schienen stets ein paar Strähnen herauszurutschen.

»Sehr spröde«, sagte er, als ich mich setzte, und bat den Kellner um ein zweites Glas. »Sophie, was hast du vor? Ich meine, ›Miss Fitt, zum Diktat‹, das bist doch nicht wirklich du, oder?«

»Heutzutage benutzt man übrigens Diktiergeräte, und Tatsache ist jedenfalls, daß ich den Job genießen werde, wenn jeder Tag so ist wie heute. Das ist immerhin mehr, als du von dir sagen kannst.«

»Aber das Geld ...«

»Ich komme damit aus. Es gefällt mir ganz gut, keine Verantwortung zu haben. Mein Mittagessen heute bestand aus einem Sandwich, nicht aus drei unverdaulichen Gängen in Gesellschaft eines Lüstlings, der etwas verkauft, woran ich nicht glaube, und meine Chefin ist eine exzentrische Rückblende auf die Fünfziger mit einer getigerten Katze, nicht so ein Yuppie-Emporkömmling im neuesten Armani.«

»Schon gut, schon gut.« Er hob abwehrend die Hände. »Wie ist sie denn so, diese Agatha Brown?«

»Nun, offenbar allgemein gefürchtet, aber ich mag sie.« Ich erzählte von unserem Treffen und imitierte ihre Sprechweise, die ein aristokratisches Englisch mit einem Einschlag amerikanischer Trendausdrücke war. Mir schien sie vom Schlag dieser eigentümlich selbstbewußten englischen Upper-class-Frauen, die in einem früheren Jahrzehnt vielleicht im Alleingang Flugzeuge geflogen oder mutterseelenallein den Amazonas bereist und Bücher darüber geschrieben hätten. Ich schätzte, sie mußte in den Fünfzigern sein, aber sie hätte fast jedes Alter über fünfundvierzig haben können. Sie war groß und eckig gebaut, mit einem beeindruckenden Gesicht, das sehr schön hätte sein können, wenn sie graziöser und weniger intelligent gewesen wäre. Auf jeden Fall hatte sie Präsenz. Ihre Kleider konnten Haute Couture sein oder aus dem Ramschladen stammen – ich vermutete, es war eine Kombination von beidem –, und ihr vollständig weißes Haar war zu einem Pagenkopf im Stil von Louise Brooks geschnitten, der ziemlich helmähnlich um ihr lebhaftes Gesicht fiel.

»Sie hat enorm viel Stil«, sagte ich, »und ich glaube, es wird Spaß machen, dort zu arbeiten. Es ist faszinierend, eine andere Seite des Theaters zu sehen.«

»Die Schauspielkarriere ist also vorbei?« fragte er.

»Soweit es sie je gab, ja. Ich glaube nicht, daß ich das richtige Temperament dafür habe.«

»Was soll das heißen? Ich kenne nicht viele Leute, die dazu bereit sind, sich vor einen Pub voller Leute zu stellen und Witze zu erzählen«, sagte Martin.

»Ach, das Selbstvertrauen ist nicht das Problem.« Ich habe einmal im Monat einen Stegreifauftritt, im oberen Stock eines Pubs in Islington. »Ich hasse nur einfach Schauspieler«, sagte ich und leerte mein Glas.

Martin brüllte vor Lachen.

»Vor zwei Monaten hast du gesagt, du sehnst dich danach, unter Leuten zu sein, die sensibel und kreativ sind.«

»So war es auch. Es war mir bloß nicht klar, was für ein Haufen egozentrischer Langweiler das ist. Was macht dein Liebesleben?«

Mir lag sehr daran, das Thema zu wechseln, weil ich mich in Edinburgh ein wenig als Versagerin empfunden hatte. Martin tat mir den Gefallen und begann mit einer Geschichte darüber, wie er versucht hatte, mit der Frau, die über ihm wohnt, auszugehen. Ich bin ihr noch nie begegnet, aber ich bin mir sicher, ich liege richtig in dem Glauben, daß sie nie Martins Freundin werden wird. Seit dem Tag, an dem sie einzog und er ihr Hilfe mit dem Schrankkoffer anbot, hegt er eine Leidenschaft für sie. Seitdem hat er den Möbeltransporteur gespielt, den Elektriker, die Vierundzwanzigstunden-Bank und die Schulter zum Ausweinen, aber küssen muß er sie erst noch. Martin sagt, sie sei sehr schüchtern, aber da sie Stewardeß ist und anscheinend jedes Mal einen anderen Freund hat, wenn sie wieder im Land ist, fällt es mir schwer, das zu glauben. Ich bin nicht so verständnisvoll, wie ich sollte, weil ich es sehr klischeehaft von ihm finde, eine Stewardeß anzuhimmeln, und auch sehr einfallslos dazu, weil sie obendrein das Mädchen von nebenan ist. Ich kann einfach nicht glauben, daß er das ernst meint.

»Da du den Anblick gepflegter Langeweile darbietest, warum erzählst du nicht Einzelheiten von deinem Letzten, Soph?«

»Es gibt nichts.«

»Trink noch ein Glas Wein.«

»Na ja, gut. Du weißt, die Schauspieler, von denen ich gesprochen habe?«

»Die egozentrischen Langweiler?«

»Genau. Also, ich hatte mich in Edinburgh in einen verguckt. Ich kannte ihn ein bißchen vom College. Er ist recht erfolgreich gewesen – weißt du, Komparse in *Casualty*, Kaffeewerbung, eben solche Sachen –, sehr gut aussehend etc., etc., und heterosexuell. Tja, an einem Abend, als alle anderen im Pub waren, hatten wir eine tiefe, bedeutungsschwangere Unterhaltung, und plötzlich sagte er, ›Sophie, warum machen wir es nicht einfach, direkt hier auf den Kissen?‹

Ich schaute mich im Zimmer um. Es war, als würde eine Situationskomödie eine Kommune aus den Sechzigern parodieren, mit Sitzsäcken und einem dreckigen braunen Teppich. Nenn mich bürgerlich, nenn mich altmodisch, aber ich konnte mich einfach nicht dazu bringen, ›es‹ dort zu ›machen‹, also schlug ich vor, wir sollten für die Nacht in ein Hotel gehen. Natürlich ist es nicht so leicht, während des Festivals in Edinburgh mitten in der Nacht ein Hotel zu finden. Daran hatte ich nicht gedacht. Letztendlich nahmen wir dann ein Taxi zu einer kleinen Pension außerhalb, in der Nähe der Autobahn – sehr friedlich ... Es fühlte sich allmählich etwas peinlich an, nachdem die Spontaneität weg war, und sobald wir dort ankamen, fing er an zu murmeln, wie bedroht er sich fühle von meiner Kreditkarte, meiner Bankkarriere, meinem Haarschnitt. Gott, ich wollte nur einen Fick und bekam drei Stunden von seiner Pseudo-Psychologie. Ich sagte ihm das, auf scherzhafte Weise –«

»Was? Was sagtest du?«

»Na ja, ich sagte nur, ich dachte, wir wären zum Vögeln gekommen, nicht wegen eines gottverdammten Urschreis. Das war natürlich das Ende vom Lied. Absolut keinen Sinn für Humor. Er sagte mir, ich sei keine anteilnehmende Person und borgte sich zehn Pfund von meinem entmannenden Geld, um ein Taxi zurück zu den Sitzsäcken zu nehmen. Ich blieb die Nacht allein dort, da ich ja dafür bezahlt hatte.

Ich leerte die Minibar und schaute mir im Fernsehen *American Gladiators* an. Ich amüsierte mich eigentlich ganz gut.«

»Und, was passierte danach?«

»Na ja, ich entschuldigte mich, weil ich dachte, ich sollte; ich bin nicht sicher, warum, und wir benahmen uns, als sei nichts geschehen. Was es ja auch nicht war, also ging es ziemlich einfach. Meine zehn Pfund sah ich natürlich nie wieder. Es wäre auch so wenig ›anteilnehmend‹ von mir gewesen, danach zu fragen ... Weiß nicht, was das ist, mit mir und den Männern. Wie kann sich jemand von einem Haarschnitt bedroht fühlen?«

»Na ja, mir warst du mit langen Haaren auch lieber.«

»Oh, um Gottes willen, Martin!« Ein Teil meiner Lebensveränderung hatte darin bestanden, daß ich vor kurzem meine langen Haare sehr kurz geschnitten hatte, so kurz, daß der Nacken ausrasiert werden mußte, damit die Konturen stimmten. Ich fand es wunderbar und dachte heimlich, daß es mich auf ziemlich attraktive Weise knabenhaft aussehen ließ, aber keiner schien mir zuzustimmen. »Du hörst dich an wie meine Mutter.«

»Na und«, sagte Martin, »deine Mutter ist sehr schön.«

Und das war ihr Ruin. Meine Mutter ist sehr schön und ist es immer gewesen. Als sie sechs war, gewann sie einen Wettbewerb, um für eine Seifenwerbung fotografiert zu werden, und man konnte ihr Gesicht in allen Frauenzeitschriften Englands sehen. Jahre später, zu Beginn der Swinging Sixties, kellnerte sie gerade in einem Café in Soho; sie hatte sich in ihrem einzigen rebellischen Akt geweigert zur Sekretärinnenschule zu gehen, wie es ihre Eltern gewünscht hatten – als ein mäßig erfolgreicher Künstler, den sie bediente, sie bat, für ihn Modell zu stehen. In ihrer netten, unschuldigen Art willigte sie ein, und kurz danach heirateten sie. Meine Mutter ist sehr schön. Sie hat ein herzförmiges Gesicht, das Herzen bricht. Sie ist auch die Sorte Frau, die blöde genug ist, einen Künstler zu heiraten, für den sie Modell gestanden hat, nur weil er sagt, daß er sie liebt. Der Künstler war natürlich mein Vater. Ich denke gern, daß ihre Beziehung, insofern sie dazu fähig war, ihren Höhepunkt im Moment meiner Empfängnis erreichte, was wahrscheinlich innerhalb der ersten zwölf Stunden geschah, nachdem sie ihm einen Cappuccino gebracht hatte.

Was nicht heißen soll, daß sie ein Flittchen ist. Sie ist durch und durch die Frau aus der Vorstadt mit einem schönen Gesicht, die in Pinner unendlich viel glücklicher ist als in Soho. Und es soll auch nicht heißen, er habe nicht versucht, ein guter Vater zu sein. Ich bin sicher, er hat es probiert. Schließlich ist er sechs Jahre bei uns geblieben, bevor er mit einer anderen Kellnerin nach Paris entschwand. Seitdem habe ich ihn nicht mehr gesehen.

Ich erzählte Martin von meiner Woche wonnevoller Erholung bei Muttern und gab ihre herzlichen Grüße an ihn weiter. Ich erzählte ihm nicht, daß sie auch mehrere Stunden damit zugebracht hatte, auf meiner Bettkante zu sitzen und über Martins gute Eigenschaften zu reden, im Vergleich zu der amorphen Gruppe, auf die sie sich als meine »anderen Männer« bezog. Ich glaube, meine Mutter hat den Verdacht, ich hätte mich damals in Cambridge mit einem sehr fragwürdigen Haufen eingelassen, weil ich nie einen von meinen Freunden mit nach Hause brachte. Der Grund dafür war, daß ich noch nicht so selbstsicher war und nicht wußte, was diese von sich überzeugten, ehemaligen Public-School-Jungs von unserer Villa in Pinner halten würden. Ich zog es vor, rätselhaft zu bleiben, was meinen Hintergrund betraf, weswegen wahrscheinlich keine jener Beziehungen sehr weit kam. Als meine Mutter nach Cambridge kam, um meinem Abschluß beizuwohnen (ihre einzige Einladung), war sie ein schlagender Erfolg. Sie hatte einen maßgeschneiderten butterblumengelben Leinenanzug gewählt, der an jeder weniger schlanken Frau eine Katastrophe gewesen wäre, sie aber, besonders im Kontrast zu den eintönig schwarzgekleideten Studenten und den anderen Müttern in ihren voluminösen Schlabberkleidern, so frisch aussehen ließ wie die Gänseblümchen, die sie kunstvoll an ihren weißen Strohhut gesteckt hatte. Nachdem sie ein paar Gläser Pimm's getrunken hatte, verschwand ihre scheue Nervosität, und sie wurde überredet, mit in einen Stakkahn zu steigen, wo sie sich für den Rest des Tages ausruhte; es störte sie offenbar nicht, daß sie ziemlich viel Bein zeigte, und sie stellte gelegentlich eine anspruchslose Frage zur Geschichte von Cambridge, was mich vor Scham zusammenfahren ließ, aber die anwesenden Männer zu betören schien.

Seit Cambridge hat es mit keinem so lang gehalten, daß ich ihn mit nach Hause genommen hätte, außer mit Jerry, und, na ja, das war unmöglich. So kommt es, daß Martin der einzige Mann ist, mit dem meine Mutter mich regelmäßig zu sehen bekommen hat, und immer, wenn ich ihr sage, daß nichts zwischen uns ist, lächelt sie nur wissend, was mich ärgert bis zum Geht nicht mehr.

Meine Freunde sind immer überrascht, wenn sie meine Mutter treffen, weil sie und ich so verschieden sind. Es ist nicht so sehr unser Aussehen – wir haben beide blondes Haar und blaue Augen, und obwohl ich nicht mit ihrer Schönheit mithalten kann, bin ich eine ziemlich abgeschwächte Version von ihr –, aber unsere Persönlichkeiten sind vollkommen gegensätzlich. Sie ist sanft und gelassen und ohne jede Phantasie. Ich bin, was in romantischen Büchern gern impulsiv genannt wird und was meine Mutter gern schwierig nennt. Ich bin sehr selten beständig und oft gereizt und eigensinnig. Deswegen ziehen Leute, die meine Mutter kennenlernen, sie mir im allgemeinen vor. Das ist mir mein ganzes Leben lang passiert, also bin ich daran gewöhnt, aber in diesem Moment hätte ich Martin, der immerhin mein Freund war, am liebsten geschlagen für seinen verträumten Gesichtsausdruck, als er über diese beiden Ikonen der Weiblichkeit nachsann, meine Mutter und die Stewardeß. Ich entschied, daß wir den Abend besser beenden sollten.

Ich hatte meine Wohnung über einen Monat nicht mehr gesehen, und es hatte ganz den Anschein, ich würde sie auch in dieser Nacht nicht sehen, da das Licht im Hausflur nicht funktionierte, und ich vermutete, daß uns der Strom abgestellt worden war. Ich besitze eine Wohnung im obersten Stock über einem Waschsalon, in einer Häuserreihe mit Geschäften in Primrose Hill.

Ein paar Jahre, bevor ich einzog, war Feuer ausgebrochen und hatte das Gebäude völlig ausgebrannt. Die Leute, die den Waschsalon betrieben, kauften das Haus mit der Absicht, alles instand zu setzen und die drei oberen Wohnungen zu verkaufen. Zu meinem Glück deckten sie das Dach neu und polierten das oberste Stockwerk auf, aber sie hatten den Wäscheservice überschätzt, den sie bewältigen konnten, und ihnen ging das Geld aus. Die beiden Etagen unter mir sind baufällig geblieben, und die Nacht über wackelt das ganze Haus, während im Erdgeschoß eine Ladung Wäsche nach der anderen gewaschen wird. Manchmal träume ich, mein Fußboden bricht durch, und ich sinke sanft hinunter auf Straßenebene und werde zum Schluß unten im Trockner herumgewirbelt. Natürlich hatte ich die Wohnung begutachten lassen, als ich sie kaufte, und mein Gutachter riet mir nachdrücklich vom Kauf ab. Aber andererseits war das Reg, der langjährige Freund meiner Mutter, und ich dachte, er sei unnötig vorsichtig, wie üblich. Also trieb ich die Sache voran, weil mir das Haus gefiel, und ich habe es nicht bereut. Nicht sehr.

Ich watete durch die gesammelten Postwurfsendungen von vier Wochen und ertastete mir den Weg die drei Treppen hoch zu meiner Tür. Nachdem ich Ewigkeiten mit den Schlüsseln herumhantiert hatte, langte ich nach dem Schalter innen, und wie durch ein Wunder gingen die Lichter in meiner Wohnung an. Mir wurde klar, daß ich zwar seit einiger Zeit nicht mehr mit Costas über die gemeinschaftlichen Kosten gesprochen hatte, aber ich hatte meine eigenen Rechnungen pünktlich bezahlt und war belohnt worden. Wie Reg betont hatte, war die Wohnung als Investition lächerlich, weil sie nur sehr wenige Leute würden haben wollen, falls ich sie verkaufen wollte. Sie besteht aus einem großen Zimmer mit der Küche dahinter, einem kleineren Schlafzimmer und einem sehr häßlichen Bad. Aber ich konnte ihr nicht widerstehen, weil das Wohnzimmer nach vorne Fenster hat, die vom Boden bis zur Decke reichen, und auf der Rückseite führen verglaste Doppeltüren auf eine Dachterrasse, die so groß ist wie die Wohnung selbst. Ich habe rundherum Gitter angebracht (oder, um fair zu sein, Martin hat die Gitter angebracht), an denen Wein und Glyzine wächst, und ich verbringe so viel Zeit, wie das Wetter erlaubt, draußen in meinem Garten sitzend und schaue über die Dächer. Abgesehen vom Verkehr und den Waschmaschinen ist das einzige Geräusch, das ich höre, das Bellen der Seelöwen im Londoner Zoo.

Ich fand eine Flasche Tonic im Kühlschrank, neben einigen unkenntlichen Essensresten, die ich vergessen hatte, wegzuwerfen, bevor ich mich nach Edinburgh aufmachte, schenkte mir einen sehr starken Gin-Tonic ein und ging nach draußen, um im Dunkeln zu sitzen und über das Leben nachzudenken. Ich kam zu dem Schluß, daß ich mich so frei wie nie fühlte, und trank einen auf Office Secs.

Am nächsten Morgen mußte ich erkennen, daß ich mit meiner Feierei nicht ganz so enthusiastisch hätte sein sollen. Ich kam pünktlich im Büro an, aber nur, weil ich ein Taxi genommen hatte, was ich mir in meiner neuen Genügsamkeit zu streichen geschworen hatte. Als Agatha eintraf und mit einem neuen Band winkte, das getippt werden mußte, brauchte ich eine halbe Stunde, bis ich herausfand, wie man das Wiedergabegerät bediente, und sechs Blätter Papier, bevor es mir dämmerte, daß es an der Schreibmaschine eine Korrekturtaste gab. Janet fehlte wegen einer Erkältung, und so war niemand da, der mir einen Rat geben konnte. Außerdem mußte ich alle hereinkommenden Anrufe annehmen, und um halb elf ging Anthony White in Agathas Büro und protestierte, daß ihm ein dutzend Mal das Gespräch abgeschnitten worden war. Ich dachte, ich würde rausfliegen, als Agatha mich in ihr Büro rief.

»Hör'n Sie«, sagte sie, »welchen Monat haben wir eigentlich?«

»September«, wagte ich zu äußern.

»Gut«, sagte sie. »Das heißt, wir können Austern essen. Haben Sie über Mittag schon was vor?«

Die Grand Central Oyster Bar hatte erst kürzlich eröffnet, aber sie war in der *Sunday Times* über den grünen Klee gelobt worden und wimmelte vor Gästen. Nicht einmal Agathas hochmütiges Auftreten konnte uns einen Tisch sichern, und so saßen wir an der halbkreisförmigen Bar und versuchten, uns über den Lärm hinweg zu verständigen. Sie bestellte einen Whisky Sour und ich eine große Flasche

Mineralwasser. Agathas Art war direkt, und ich brauchte nicht lange, um richtig einzuschätzen, daß ihr Interesse an einem Mittagessen mit mir das gleiche war wie ihr Interesse an irgendeinem Mittagessen. Geschäft. Sie wollte Informationen über meinesgleichen.

Sie bestand darauf, daß jede von uns ein Dutzend Austern bestellte, und mir wurde etwas flau im Magen, teilweise bei der Aussicht, sie zu essen (ich hatte das Gefühl, nur sechs schaffen zu können), und teilweise bei der Aussicht, die äußerst übertriebenen Berichte von meiner Schauspielerei in Cambridge rechtfertigen zu müssen, die sie offensichtlich in meinem Lebenslauf gelesen hatte. Ich brachte es fertig, einige Namen fallen zu lassen, und beglückte sie mit Erzählungen über die Politik am Theater. Schließlich ging mir der Stoff aus, und ich war gezwungen, meine stümperhaften Ausflüge in die Komik zuzugeben, was sie ungemein interessierte. Ich mußte versprechen, ihr zu sagen, wann mein nächster Auftritt sein würde, damit sie vorbeikommen konnte. Ich erzählte ihr, daß es wirklich nur ein bißchen Spaß sei, aber sie wies das zurück und sagte, daß die meisten der neuen erfolgreichen Situationskomödien aus Stegreifauftritten in der Kleinkunst hervorgegangen seien. Ich fand es ziemlich erfrischend, daß jemand von ihrem Kaliber und Alter noch immer an neuem Material interessiert war, und begann, ihr das zu sagen.

»Menschenskind, Sophie, Sie hören sich an, als hätte ich mein Verfallsdatum überschritten! In diesem Geschäft darf man niemals Talente ignorieren. Denken Sie, Joe Orton und Peggy Ramsay – einige der strahlendsten Sterne, kommen einfach von der Straße herein. Man muß seine ganze Zeit investieren, nie selbstzufrieden werden. Und überhaupt, es macht viel mehr Spaß, sich mit rohem Talent zu befassen.« Sie kippte eine Auster an und trank den Saft. »Schauspieler und Schriftsteller sind nach sehr kurzer Zeit schrecklich von sich selbst besessen. Ich muß immer mal ein paar neue haben, oder es würde damit enden, daß ich einige der neurotischen, alten Goldesel umbringe.«

Ich lachte, aber es schien ihr vollster Ernst zu sein.

»Das Traurige ist«, sagte sie, »je mehr man sich einsetzt, desto weniger danken sie es einem, sobald sie es geschafft haben. Man widmet sein Leben dem Wunsch, sie erfolgreich zu sehen, und wenn sie es dann sind, wird man überflüssig. Einen von denen werden Sie heute nachmittag treffen. Ein schöner, unverdorbener Idealist aus Derry – insofern man unverdorben sein kann, wenn man in Derry aufgewachsen ist –, ein faszinierender Schauspieler und beileibe kein schlechter Autor. Ein Genuß, ihn anzuschauen. Ich nehme an, daß er ebenfalls ein furchtbarer Langweiler werden wird, sobald sein Name ins Scheinwerferlicht gerückt ist.«

Ich sagte, ich sei erstaunt darüber, wie zynisch sie klang.

»Ach ja, aber wir werden alle von der Vorstellung in Gang gehalten, daß uns eines Tages das Gegenteil bewiesen wird, oder?«

Ich sagte, ich hätte fünf Jahre bei der Bank genau damit zugebracht. Jeden Sonntag, wenn ich mich darauf einstellte, am nächsten Morgen zur Arbeit zu gehen, sagte ich mir, daß es nur besser werden könne. Daß, wenn ich es mit dreißig bis zur Vizepräsidentin geschafft hätte, ich dann einen Firmenwagen, einen riesigen Rentenanspruch etc., etc. haben würde. Aber eines Sonntags wurde mir klar, daß ich kein Auto brauchte. Ich konnte nicht einmal fahren, und vier Jahre waren eine zu lange Zeit, um sie an eine Arbeit zu verschwenden, die ich haßte. Ich verfluchte den Tag, an dem ich mich selbst mit der Vorstellung hereingelegt hatte, ich sei eines von Margaret Thatchers Kindern, und wenn ich sie schon nicht schlagen könne, solle ich mich ihnen anschließen. Aber ich wußte, daß ich niemals in der Lage sein würde, meine Hypothek abzuzahlen, wenn ich meine Arbeit mit ihrer riesigen Hypothekenbeihilfe kündigen würde.

»Wie haben Sie es dann geschafft?« fragte Agatha.

»Na ja, ich hatte Glück. In der Woche darauf kündigte die Bank an, es würde Kürzungen geben. Sie meinten es auf niedrigerer Ebene, glaube ich, aber ich nehme an, sie mußten die gesamte Belegschaft nach freiwilligen Kündigungen fragen. Als ich zur Arbeit kam, hatten sich die ganz richtig Ehrgeizigen, die seit sieben Uhr morgens dort waren, schon zwei Stunden lang Sorgen gemacht. Als sie mir die Neuigkeiten erzählten, hüpfte ich vor Freude in die Luft, stöberte meinen Chef auf und bot auf der Stelle meine Kündigung an. Ich konnte am selben Tag gehen, mit soviel Geld auf der Hand, daß ich in der Lage war, das katastrophale Gehalt, das Sie bieten, anzunehmen, und mir für ein paar Monate keine Sorgen zu machen, bis ich entschieden habe, was ich wirklich machen will.«

Sie lächelte, als ich das Gehalt erwähnte.

»Und was wollen Sie wirklich machen?«

»Das ist mein Problem. Ich würde gern etwas Kreatives machen, aber würden wir das nicht alle gern? Vielleicht haben Sie die ideale Kombination aus Geschäft und Kunst, aber nach allem, was Sie gerade erzählt haben ...«

»Nun, vielleicht habe ich übertrieben.« Sie lächelte. »Ich liebe diese Arbeit eigentlich. Ich habe schrecklich viel dafür aufgegeben.«

»Und das wäre?«

»Viel zu viel, um darauf jetzt einzugehen, Schätzchen. Wir sollten zurück zur Arbeit. Danke für Ihre Begleitung. Es war äußerst vergnüglich. Und was für ein Glück für mich, daß Sie diese grauenhafte Arbeit aufgegeben haben.«

Auf der Treppe hoch zum Büro blieb Agatha zurück;

offensichtlich fiel ihr der Aufstieg schwer. Ich ging wieder zurück nach unten, um zu sehen, was los war. Sie war blaß geworden und griff sich in die Seite, als ob sie Schmerzen hätte.

»Gehen Sie ruhig weiter, Schätzchen. Ich bin gleich wieder bei Ihnen«, sagte sie.

»Ist alles in Ordnung?«

»Nur eine kleine *crise de foie* – ich denke immer, das hört sich religiös an, finden Sie nicht auch? Ich glaube, das Essen war vielleicht eine Spur zu reichlich.«

»Kann ich Ihnen ein Glas Wasser oder sonst irgend etwas bringen?« fragte ich, als sie sich matt auf die gebohnerten Holzstufen niedersetzte.

»Nein, nein. Gehen Sie weiter.«

Ich ging allein nach oben und wurde von Anthony White begrüßt. Obwohl ich direkt auf dem Weg zwischen seinem Büro und dem Agathas saß und er mehrere Male an mir vorübergegangen war, hatte er sich nicht bequemt, meinen Gruß zu erwidern, seit ich im Büro aufgetaucht war. Immer schien ihn eine Atmosphäre der Ungeduld zu umgeben, als hätte er zu viel zu tun und nicht genug Zeit dafür. Sich bloß einer Aushilfe vorzustellen, würde einige wertvolle Sekunden kosten. Er war ein eher untersetzter Mann, mit drahtigem, ergrauendem Haar, das aussah, als sei es seit den siebziger Jahren immer im gleichen Stil geschnitten worden. Seine Kleidung war offensichtlich teuer, aber er hatte nicht wirklich Stil. Das Paul-Smith-Jacket war ein wenig zu lang für ihn und diente nur dazu, ihn fett aussehen zu lassen. Niemand schien ihm gesagt zu haben, daß man eine gestreifte Krawatte nicht mit einem Streifenhemd trägt.

»Wissen Sie, wie spät es ist?« fragte er höflich. Seine sonore Stimme war so unpassend, daß sie Rhetorikunterricht vermuten ließ.

Ich schaute auf die Uhr.

»Ungefähr Viertel vor vier«, antwortete ich geradeheraus und war mir nicht bewußt, daß noch mehr auf der Tagesordnung stand. Dies schien ihn zu erbosen, und sein Auftreten wechselte augenblicklich von ausnehmendem Charme zu messerscharfer Aggression.

»Was genau glauben Sie eigentlich, wer Sie sind?« sagte er. »Denken Sie wirklich, wir werden eine Aushilfe tolerieren, die drei Stunden Mittag macht? Besonders, wo heute keine anderen Mitarbeiter hier sind. Agatha hat mir erzählt, daß Sie studiert haben. Gut, das mag sie beeindrucken, aber für mich macht es nicht den geringsten Unterschied. Ihre Mittagspause dauert eine Stunde. Sobald sie länger wird, gehen Sie. Betrachten Sie sich als gewarnt.«

Ich war so schockiert, daß ich ein paar Sekunden lang nicht sprechen konnte. So hatte niemand mehr mit mir geredet, seit ich einmal dabei erwischt worden war, wie ich Brausepulver im örtlichen Süßigkeitenladen kaufte, als ich eigentlich auf dem Spielplatz in der Grundschule hätte sein sollen. Ich öffnete gerade den Mund, um zu kontern, als das Telefon neben mir klingelte.

Ich nahm den Hörer ab und drückte den Knopf, um das Gespräch zu verbinden. Es war ein Klient von Agatha. Ich nahm eine Nachricht entgegen und wandte mich dann zu Anthony White um.

»Ich habe übrigens mit Miss Brown zu Mittag gegessen«, sagte ich herablassend in meinem kühlsten Ton. »Es tut mir leid, wenn Ihnen das Unannehmlichkeiten bereitet hat. Wenn ich irgendwie helfen kann, lassen Sie es mich wissen, aber ich ziehe es vor, auf eine höfliche Art gefragt zu werden.«

Jetzt war er es, der mich mit offenem Mund anstarrte. Er versuchte, eine schneidende Bemerkung zustande zu bringen, als Agatha an der Tür erschien.

»Du mußt dir wirklich deine eigene Aushilfe zulegen, Anthony«, sagte sie, »wenn Janet für einige Zeit nicht da sein sollte.« Ich hatte das Gefühl, sie interpretierte die Situation absichtlich falsch. »Sophie hat genug für mich zu erledigen.«

»Lange Mittagessen einbezogen, vermute ich«, sagte er leise, ging in sein Büro zurück und schlug die Tür zu.

Ich schaute ziemlich nervös zu Agatha. Ich wollte nicht der Grund für Unstimmigkeiten zwischen ihr und ihrem Partner sein, aber ich spürte, daß es nicht wirklich meine Schuld war. Sie zwinkerte mir heftig zu und folgte dann Anthony in sein Büro, wobei sie die Tür ebenso laut hinter sich zuknallte.

Ich entschloß mich, mit dem Band weiterzumachen, das Agatha mir am Vormittag gegeben hatte. Es waren ein paar Gratulationsbriefe an Regisseure, deren neues Werk gerade besprochen worden war, und eine Notiz, die den Empfang eines eingesendeten Manuskripts bestätigte. Danach schien das Diktat beendet, aber ich versäumte es, das Fußpedal abzuschalten, und während ich die Umschläge tippte, fing ich an, Geräusche durch die Kopfhörer zu hören.

Ganz zu Anfang ein wischendes, dann ein raschelndes Geräusch, dann einen langen Seufzer. Das Band verstummte für mehrere Minuten. Dann rief Agathas Stimme plötzlich »Geh' runter!«

Dann »Oh tut mir leid, Schatz, ich wollte dich nicht anschreien. Komm' her, meine Süßer, und laß dich streicheln.«

Dann »Das ist *mein* Abendessen, Schatz. Tut mir leid, ich habe vergessen, dir etwas zu holen. Laß mich sehen, ich schau mal im Kühlschrank nach ... Hm, wie wäre es mit etwas Räucherlachs? Ja? Das ist viel besser als Whiskas, oder nicht?«

An diesem Punkt wurde mir klar, daß Agatha aus Versehen das Diktiergerät angelassen hatte und mit ihrer Katze sprach.

Ich hatte vor, es zu erwähnen, bekam aber an diesem Nachmittag keine Gelegenheit dazu, da der junge Schauspieler aus Derry eintraf und mich ablenkte.

Sein Name war Gregory Murtagh, und er hatte ein Gesicht wie ein Engelskopf von Caravaggio. Sein Haar war blauschwarz, gelockt und hatte Kragenlänge. Er trug es im Seitenscheitel, so daß lange, glänzende Locken in sein Gesicht fielen, während er redete, und er strich sie ständig mit der linken Hand zurück. Ich hatte einen unvermittelten Drang, sein Haar mit einem Gummiband zurückzubinden, damit meine Augen länger als ein paar Sekunden auf einmal auf seinem schönen Gesicht verweilen konnten. Seine Haut war vollkommen weiß, aber nicht auf die ungesunde Art, und seine Augen waren hellbraun, riesig, und von schwarzen Wimpern umsäumt. Er lächelte selten, aber wenn er es tat, verwandelte sich sein Gesicht von einer Art heiteren, fast femininen Schönheit in den Übermut eines Puck-ähnlichen Kindes, wissend und doch unschuldig.

Ich hatte ihn nicht hereinkommen hören und versuchte gerade, seine Akte in einem Aktenschrank zu finden, als ich spürte, daß jemand hinter mir stand. Ich drehte mich um. Er war sehr groß und dünn und hielt sich liebenswert gebeugt, so daß ich aus irgendeinem Grund das Gefühl hatte, er stände fast unschicklich nah bei mir.

»Ich bin Greg«, sagte er. Sein Akzent ließ seinen Namen klingen, als habe er mindestens zwei Silben.

»Ich bin Sophie«, antwortete ich. »Ich arbeite zur Zeit hier.«

»Das sehe ich.« Er lächelte. Ich schmolz dahin.

Ich wußte, ich müßte ihm Kaffee oder Tee anbieten und ihn bitten, Platz zu nehmen, bis Agatha bereit war, ihn zu sehen, aber ich haßte die Vorstellung, jemandem gegenüber in einer niederen Position zu erscheinen, der in meinem Alter war oder jünger. Dennoch, das war alles Teil des Jobs, erinnerte ich mich selbst.

»Hast du Lust auf einen Kaffee?« sagte ich schließlich, als sei er ein Freund, der gerade bei mir in der Wohnung vorbeigekommen war.

»Sehr gerne«, antwortete er, »aber nur, wenn ich auch richtigen bekomme.«

Ich war leicht bestürzt, daß er mein Unbehagen gespürt hatte, und zog eine Augenbraue hoch.

»Es ist nur so, daß der Kaffee hier wirklich grauenhaft ist«, sagte er. »Agatha trinkt keinen und kauft deswegen für andere Leute den billigsten Pulverkaffee. Hast du gesehen? Es gibt einen großartigen Italiener um die Ecke. Ich bringe normalerweise welchen mit, aber ich hab's vergessen.« Er nahm meine Bestellung entgegen und tauchte nach ein paar Minuten wieder auf mit zwei dampfenden Cappuccinos in Plastikbechern. Ich setzte mich mit ihm in die geräumigen, zerfledderten Lederstühle im Warteraum, und wir begannen zu plaudern.

Greg war erst seit wenigen Wochen in London. Er hatte eine Rolle in einem dokumentarischen Spielfilm über die Maguire Seven ergattert, der vor Ort in Kilburn gedreht wurde. Während seiner freien Zeit besorgte Agatha ihm Gelegenheiten zum Vorsprechen, weswegen er recht oft bei ihr im Büro vorbeischaute. Zum ersten Mal waren sie sich in

Dublin begegnet, wo er seit dem Studium wohnte. Sie war in einer Aufführung von *Krapp's Last Tape* auf dem Becket-Festival gewesen und war danach hinter die Bühne gekommen, um ihm zu gratulieren. Er hatte gehört, daß sie in der Stadt war. Dublin sei solch eine kleine Stadt, sagte er, daß der Besuch einer Theateragentin sich rasch herumsprach, aber er hätte nicht gedacht, daß eine Berühmtheit, wie sie es war, das geringste Interesse an ihm haben würde.

»Das hat mich umgehauen.« Er lächelte sein boshaftes Lächeln. »Aber ich hab' gehört, du bist auch Schauspielerin.«

»Nicht so richtig«, sagte ich. Es fiel mir erst später auf, daß es merkwürdig war, daß er diese Information hatte, denn ich war sicher, Agatha hatte dringlichere Dinge mit ihm zu besprechen als die Lebensgeschichte ihrer Aushilfe. »Ich hab' manchmal einen Stegreifauftritt in einem Pub, aber das ist auch schon alles.«

»Was machst du, Witze erzählen?«

Ich nickte.

»Wie komisch, daß die Leute so anders sind, als sie aussehen«, sagte er.

»Was meinst du damit?« fragte ich lachend.

»Na ja, du siehst so zerbrechlich und sanftmütig aus. Die meisten Komikerinnen, die ich kenne, sind schrecklich fette, alte Lesben.«

»Ich schätze, ich sollte das als Kompliment nehmen«, sagte ich. Es sah ganz so aus, als fingen wir an, miteinander zu flirten, was mir durchaus recht war.

»Ich schätze, du solltest.«

An diesem Punkt erschien Agatha in der Tür und bat ihn herein. Sie sah mich ziemlich seltsam an. Mir wurde bewußt, daß ich eine legere Position eingenommen hatte, mit ausgezogenen Schuhen und meine Füßen unter den Po geschlagen.

»Ich möchte etwas Hagebuttentee, Sophie. Und Greg?« fragte sie, die Hierarchie wieder herstellend.

»Oh, bloß keinen Aufwand. Warum gehen wir nicht einfach auf ein Glas in den Pub?«

Sie schaute ihn mit einem amüsierten Ausdruck an und versuchte zuerst, streng zu sein, kapitulierte aber sehr bald angesichts seines augenzwinkernden Charmes.

»Oh, ihr verfluchten Iren!« sagte sie und ging zurück in ihr Büro, um ihren Mantel zu holen. Er half ihr äußerst beflissen hinein und geleitete sie mit der Hand auf ihrem Rücken zum Büroeingang.

Sie war so angeregt und er so aufmerksam, daß sie beide vergaßen, sich zu verabschieden. Ich sog ziemlich nachdrücklich die Luft ein und machte einen starken Hauch von Diorissimo aus.

Ich glaubte schon fast, ich hätte überhaupt kein Material mehr für meine Vorstellungen, als ich Stephanie über den Weg lief.

Die erste Woche meines neuen Jobs war erschöpfender gewesen, als ich mir hätte träumen lassen. Ich hatte, im Rückblick törichterweise, meinen Stolz heruntergeschluckt und Frieden geschlossen mit Mr. White, oder Anthony – er bestand jetzt darauf, daß ich ihn so nennen sollte –, nach unseren kleinen Widerwärtigkeiten bezüglich der Mittagspause. Da Janets Erkältung sich anscheinend zur Grippe entwickelt hatte, hatte sie sich für den Rest der Woche krank gemeldet, und ich dachte, es würde eine diplomatische Geste sein, ihrem Vorgesetzten auszuhelfen. Es ergab sich, daß ich ein paar Abende hintereinander bis spät arbeitete. Ärgerlicherweise schien er unfähig, das Büro vor mir zu verlassen, und am Donnerstag abend schaute er mir eine gute halbe Stunde lang über die Schulter und trat dabei von einem Fuß auf den anderen, während ich tippte, bevor er mich einlud, mit ihm etwas trinken zu gehen, als sei das eine Art Belohnung. Ich lehnte ab und schützte eine Mieterversammlung zu Hause vor, woraufhin er darauf bestand, mich mit dem Auto mitzunehmen. Er sagte, er wohne in Hertfordshire, und es läge auf seinem Weg zur A 1.

Er hatte sein Auto in einem Parkhaus an der St. Martin's Lane, und wir mußten mehrere Minuten warten, während die Bediensteten es in einem Fahrstuhl nach unten brachten. Da ich selbst nie ein Auto besessen habe, war ich verblüfft über diese Prozedur und bemerkte, daß man so etwas in New York erwarten würde, aber nicht in London. Er lächelte, als sei er befriedigt über eine so beeindruckbare Begleiterin. Als das Auto endlich ankam, war es genauso, wie ich es vorausgesagt hätte, wenn wir dieses Gesellschaftsspiel gespielt hätten: »Wenn er ein Auto/ein Essen/eine Farbe wäre, was für eine(s) würde er sein?« Ein metallic-grauer Zweisitzer, ein japanischer Sportwagen, der furchtbar viel Krach machte, auch wenn wir zwischen dem West End und Camden nie auf eine wirklich hohe Geschwindigkeit kamen. Mir schien, daß Anthony genau diese Sorte Mann war, die gerne einen Ferrari besessen hätte, sich aber nie so ganz einen leisten konnte.

Wir unterhielten uns beklommen. Er erzählte mir, daß er geschieden war und einen zwölfjährigen Sohn hatte, den er so oft wie möglich zu sehen versuchte, weswegen er immer noch in der Nähe seiner Frau wohnte. Ich bemerkte, daß es eine weite Fahrt sei jeden Tag, was ihm das Stichwort gab, zu sagen, während er das Lenkrad tätschelte: »Mit dem hier kommt es einem nicht wirklich weit vor!«

Ich machte die entsprechenden anerkennenden Nebengeräusche, aber ich fand, es war ein unwürdiges Auto für einen Mann in den Fünfzigern, und als er den Primrose Hill hoch davonröhrte, ging mir flüchtig der Gedanke »Hammel macht auf Lamm« durch den Kopf, und ich mußte lächeln.

Natürlich war keine Mieterversammlung, aber ich stieß vor meiner Tür tatsächlich auf Costas, und wir gingen in die örtliche Taverne, die einem seiner Cousins gehörte, und tranken viel zu viel Retsina, während wir unsere gemeinsame Verantwortung für die Glühbirnen im Treppenhaus besprachen.

Was noch ein Grund dafür war, daß ich ein bißchen benommen war, als ich am Freitag abend durch den Camdener Saintsbury's lief und zu entscheiden versuchte, was ich für das Wochenende zum Essen kaufen sollte.

Stephanie begrüßte mich in der Fertiggerichteabteilung und legte mir die Wonnen von frischen Tagliatelle mit Tomaten-Mascarpone-Soße nahe, und ich fühlte mich verpflichtet, sie dazu einzuladen. Ihr Beitrag bestand aus einer Tüte Salat und einer halben Gurke, an der sie den ganzen Abend herumstocherte, während sie einen Liter stilles Mineralwasser nach dem anderen trank.

Stephanie hatte während unseres ersten Jahres in Cambridge im Studentenwohnheim neben mir gewohnt. Als sie kam, war sie ein kräftiges, sportlich aussehendes Mädchen mit frischer Gesichtsfarbe und einer Menge dieser Bonhomie, die den Mädchenprivatschulen eigen ist. Bis zum Ende des ersten Jahres war sie ein neurotisches, verwirrtes Kind geworden, mit einer Eßstörung, die an Magersucht grenzte. Cambridge tat das manchen Leuten an. Ich neigte dazu, ihr aus dem Weg zu gehen, nachdem ich aus dem College ausgezogen war, weil ich die ganze Erfahrung des Studiums angsteinflößend genug fand, auch ohne ständige Diskussionen über Kalorien und Stoffwechselfunktionen.

Ich hatte sie mehrere Jahre nicht gesehen, aber von gemeinsamen Bekannten erfahren, daß sie nach Camden gezogen war, und so war es keine große Überraschung, ihr unter dem hellen, gnadenlosen Neonlicht von Sainsbury's zu begegnen. Sie hatte es geschafft, die Fotomodellfigur beizubehalten, nach der sie sich sehnte, und das wurde von engen, schwarzen Leggings und der hüftlangen Designerversion einer Motorradjacke akzentuiert, die absolut keine Oberschenkel oder ein Hinterteil enthüllten.

Worauf ich nicht gefaßt war, als ich meine zwanglose Einladung zum Abendessen aussprach, war, daß Stephanie, die sich jetzt in ihrem Körper wohl fühlte, die Geduld mit ihrer Seele verloren und offenbar in den letzten Jahren so viele Lebensveränderungskurse ausprobiert hatte, wie sie in Cambridge Diäten machte. Ich schätze, ich hatte einen netten, schwatzhaften Mädchenabend erwartet. Was ich bekam, war ein Psychogeplapper-Verhör.

»Du siehst sehr gut aus«, fing ich an, als ich einen Kochtopf mit Wasser für die Nudeln aufsetzte.

»Du nicht«, antwortete sie. »Oh, versteh' mich nicht falsch, du siehst prima aus ..., aber irgendwas ist mit deiner Aura.«

»Ich habe einen leichten Kater, wenn du das meinst.«

»Nein, nein, es ist grundsätzlicher als das. Ich meine, du scheinst nicht glücklich mit dir selbst zu sein. Tut mir leid, daß ich so direkt bin, aber ich habe gelernt, daß es sehr nützlich ist, direkt zu sein.«

»Oder unverschämt?« sagte ich spaßhaft.

»Ah, siehe da, ich hatte recht. Sonst würdest du nicht so abwehrend reagieren«, fuhr sie ganz im Ernst fort.

»Oh, um Gottes willen, Steph, du hörst dich langsam an wie ein Psychiater in einer gräßlichen Seifenoper.«

»Warum sagst du gräßlich, wenn du über Psychiater redest? Hast du schon mal darüber nachgedacht?« sagte sie todernst.

»Ich habe eigentlich mehr über die Qualität der Seifenoper geredet als über den Psychiater«, antwortete ich. »Komm', leb auf, wie man so sagt, und hol dir was zu trinken.«

»Ich trinke nicht mehr.«

Oh Gott, dachte ich. Ich war gerade beim angenehmen Teil des Katers angekommen, wenn der hartnäckige Kopfschmerz entschwindet und man merkt, daß einem ein Glas mit etwas Kräftigem wie Rioja wirklich guttäte. Ich beschloß, sie zu ignorieren und schenkte mir einen Becher ein. Wir nahmen unsere Teller mit Nudeln und Salat mit auf die Terrasse, und einen Moment lang fiel sie in das wohlerzogene Mädchen aus der Mittelschicht zurück, das sie war, und machte lobende Bemerkungen zu den Weinranken und den Blumen und wie schön das alles sei. Ich nahm einen großen Schluck Rotwein.

»Es ist großartig, sich zu entspannen nach der Woche, die ich hinter mir habe«, sagte ich, zündete zwei Kerzen auf dem Metalltisch an und nippte an meinem Rioja.

»Glaubst du, du brauchst Alkohol, um dich zu entspannen?« fragte sie.

»Ich weiß nicht, ob ich ihn brauche«, sagte ich, »aber ich mag ihn.«

»Ah«, sagte sie und trank in großen Schlucken ihr Evian.

Ich rechnete im Kopf zusammen, wieviel ich in der letzten Woche getrunken hatte. Es war um einiges mehr als die Gesamtmenge, die in einem Artikel noch als unbedenklich empfohlen wurde, den ich vor einiger Zeit auf der Frauenseite im *Guardian* gelesen hatte, aber, sagte ich mir, es war eben eine harte Woche gewesen.

»Ertappst du dich dabei, daß du Ausflüchte für die Menge erfindest, die du trinkst?« fuhr sie fort.

»Na ja ...«

Es war, als würde ich einen von diesen Fragetests im *Cosmopolitan* beantworten. Sind Sie Alkoholiker? Sind Sie gut im Bett? Dieses Zeug halt.

Ich versuchte, darüber zu lachen, aber Stephanie ließ nicht locker.

»Trinkst du, um zu vergessen?« fragte sie.

»Ich weiß es nicht mehr«, sagte ich.

Mein Problem ist (wenn man es denn ein Problem nennen kann – ich sehe es eher als eine der netteren Seiten meines Charakters), daß ich mich einfach nicht dazu bringen kann, ekelhaft zu Leuten wie Stephanie zu sein. Sie durfte auf meiner schönen Dachterrasse sitzen und stundenlang jeden einzelnen Aspekt meines Charakters kritisieren. Ich denke gern, ich hätte früher zu ihr gesagt, sie soll den Mund halten, wenn ich nicht beim zweiten Glas Rioja eine neue Rolle für meine Nummer vor mir hätte aufglimmen sehen.

Meine »Nummer« wurde vermutlich bei einer Weihnachtsfeier in der Bank geboren. Wir saßen alle an Tischen mit unseren »Teams« (merkwürdige Management-Sprache für kleine Gruppen von hochgradig auf Konkurrenz eingestellten Leuten, die dazu ausersehen waren, die Profite der Bank zu steigern) und trugen Papierhüte, die wir aus den extrem teuren Designer-Knallbonbons gezogen hatten. Die Atmosphäre war ungefähr so festlich wie bei einer Testamentsverlesung, aber geheimnistuerischer, weil jeder ganz für sich die ungefähre Höhe seines oder ihres Bonus herauszubekommen versuchte. Wir alle aßen unsere perfekten Truthahnschnitzel, die in eine Portwein-Preiselbeersoße gebettet waren, und unsere Beilagen aus Miniaturgemüsen; wir spielten mit unseren individuellen Christmas-Puddings und tranken die edlen Weine aus den korrekten Gläsern, die vor uns aufgereiht waren. Ich versuchte, mit dem Teammitglied neben mir Konversation zu betreiben, einem Amerikaner, der rote Hosenträger trug und Randolph Brooks der Vierte hieß. Er hatte mich das ganze Jahr über mit seinem unverhohlenen Ehrgeiz verärgert, aber anstatt daß ich ihn herausforderte, merkte ich, wie ich ihn, zunächst unbewußt, nachäffte. Mein Akzent ging immer mehr ins Amerikanische, und mein Sprechrhythmus wurde langsamer. Es war, als ob ich mich in meiner Langeweile in ihn verwandelte. (Versuchen Sie mal, »Meine Freunde nennen mich Randy« ohne eine Spur von Ironie in der Stimme zu sagen.) Als Martin und ich uns früh in den nächsten Pub davonstahlen, merkte ich, daß ich nicht damit aufhören konnte, und Martin mußte so lachen, daß andere Leute mit zuhörten. Am Ende stand ich auf einem Tisch in einer Bar in der City und wurde auf immer absurdere Weise der langweilige Randy. Am nächsten Tag hatte ich eine vage Erinnerung, daß der Besitzer mich gebeten hatte, zum Silvester-Kabarett in den anderen Pub zu gehen, der ihm gehörte, und da ich kein besseres Angebot hatte, ging ich und brachte die Nummer noch einmal.

Und so war der erste von meinen Charakteren geboren. Da ich schon immer ganz gut Leute nachmachen konnte und liebend gern rede, war es nicht schwer, Monologe zu entwickeln. Ich gab Randy, den amerikanischen Banker auf, als ich Harry Enfield ersonnen hatte, den Mann mit haufenweise Geld, weil Randy nicht annähernd so witzig war. Inzwischen hatte ich herausgefunden, daß ich mich in einer weiblichen Rolle sowieso wohler fühlte, und kreierte Serena, die hohlköpfige Nachrichtensprecherin, die hauptsächlich in Schlagzeilen sprach, Wendy Wilberforce, die erzkonservative Gemeinderätin (wissenschaftlich erforscht während eines vormittäglichen Kaffeetrinkens, zu dem Reg und meine Mutter eingeladen hatten), und verschiedene andere. Die ganze Woche hatte ich versucht, ein Hätschelkind des Theaters auszuhecken, aber Agatha war zu individuell, als daß man sie auf einen bestimmten Typ festlegen konnte, und da ihre Klientenliste hauptsächlich aus Männern bestand, war ich nicht auf viele andere Frauen getroffen.

Stephanie, aus der Nancy Newage werden würde, erzählte mir von einem Wochenendkursus mit dem Namen

»Der Puls des Lebens«, den sie besucht hatte. Er hatte sie fast zweitausend Pfund gekostet, und das war, sagte sie, das beste Geld, das sie je investiert hatte.

»›Der Puls des Lebens‹«, fragte ich, »ist das physisch oder spirituell?«

»Was meinst du damit?« gab sie abwehrend zurück.

»Oh, du verstehst schon, ich meine, reden wir vom Blut in den Adern oder von irgendwelchen astralen Schwingungen?«

Einen Moment lang sah Stephanie sehr verletzt aus, als ob ich sie nicht ernst genug nehmen würde; also bat ich sie, die Sache zu beschreiben, und sie zierte sich ziemlich, als würde ich versuchen, meine Erleuchtung gratis zu bekommen. Ich versicherte ihr, daß ich etwas Derartiges ganz sicher nicht machen wollte.

»Wie kannst du das wissen, ohne daran teilzunehmen?« sagte sie.

»Nun –«

»Genau«, unterbrach sie. »Ich habe dir das noch nie vorher gesagt, Sophie, aber du fällst deine Urteile sehr vorschnell. Ich frage mich, ob das etwas mit deiner einsamen Kindheit zu tun hat. Du mußtest der Welt Ordnung auferlegen, weil du dich so entfremdet fühltest. Es muß schwierig gewesen sein, als du verlassen wurdest, aber ich glaube, du hast dir deinen Schmerz nie richtig eingestanden.«

»Jetzt mach mal langsam. Ich bin nicht verlassen worden. Meine Eltern haben sich getrennt. Das ist nicht sehr ungewöhnlich heutzutage.«

»Aber daß du deinen Vater nicht gekannt hast.«

»Ich habe meinen Vater gekannt. Ganz offen gesagt, meiner Erinnerung nach waren wir viel glücklicher, als er ging.« Das war nicht ganz wahr, aber ich hatte plötzlich sehr das Gefühl, Reg in Schutz nehmen zu müssen. »Jedenfalls bin ich sehr glücklich aufgewachsen.«

»Das ist nicht so ganz, was ich in Erinnerung habe«, sagte sie besserwisserisch.

»Gut, es war ja auch nicht deine Kindheit«, sagte ich so geduldig, wie ich konnte.

»Aber du hast mir erzählt, du seiest am Boden zerstört gewesen, als sie dich in ein Internat schickten.«

Ich erinnerte mich vage an eine solche Unterhaltung vor Jahren, als ich versucht hatte, für die Vorzüge des staatlichen Schulsystems zu argumentieren. Ich war unglücklich auf meiner Privatschule gewesen, aber nach einem Halbjahr hatte meine Mutter das eingesehen und mich auf die örtliche Gesamtschule zurückgebracht. Sie und Reg hatten nur versucht zu tun, was sie für das Beste hielten. Mir wurde klar, daß es keinen Wert hatte, sich mit Stephanie zu streiten. Was ich auch immer zu meiner Verteidigung sagte, würde irgendwie verdreht werden, um ihre These zu beweisen. Was auch immer ihre These sein mochte. Es schien eine Kombination aus Freud und massivem Vernunftsdenken zu sein. Ich lenkte die Unterhaltung wieder auf sie zurück, ein Thema, über das sie offenbar gerne *ad infinitum* redete. Ich erfuhr, daß man in »Der Puls des Lebens« mehrere Stunden lang erniedrigt wurde, nicht auf die Toilette gehen durfte, angeschrien wurde, gezwungen wurde, seine schlimmsten Fantasien auszudrücken, und generell auf eine Stufe von Abscheu gegen sich selbst reduziert wurde, die man nicht für möglich gehalten hätte, dann plötzlich umarmt und beruhigt wurde, bis man erkannte, was für ein wundervoller Mensch man war.

»Aber zweifellos ist doch niemand ein wundervoller Mensch. Wir haben alle unsere Fehler. Es hat wenig Sinn, ein glückseliges Lächeln aufzusetzen und darauf zu beharren, daß jeder im Innersten wundervoll ist. Die Menschen sind nicht so«, sagte ich.

»Aber genau deswegen mußt du ›Der Puls des Lebens‹

machen, Sophie, siehst du das nicht ein? Du haßt dich selbst, und das macht dich zynisch.«

»Ich hasse mich nicht. Wie viele Male muß ich dir das noch sagen?« Meine Stimme hob sich.

»So ist es richtig« – ein missionarisches Glänzen lag in ihren Augen –, »sei wütend, laß es alles heraus.«

»Stephanie«, sagte ich sehr ruhig.

»Ja?«

»Du weißt doch, diese Kurse über Durchsetzungsvermögen, von denen du mir vorhin erzählt hast?«

»Ja. Sie waren gut, verstehst du, aber nicht so fundamental wichtig wie ›Der Puls des Lebens‹.«

»Stephanie«, sagte ich.

»Ja?« Ich glaube, sie hoffte schon auf einen neuen Rekruten.

»Wie sie in diesen Kursen sagen würden, halt's Maul und verpiß dich!«

Gerechterweise muß ich sagen, daß sie lachte. Aber dann fing sie wieder an.

»Siehst du, Soph, du bist gerade unwissentlich auf eines meiner Probleme gestoßen. Ich glaube, ich nehme alles ein bißchen zu ernst ...«

»Vielleicht muß das Leben nicht immer mit Problemen zu tun haben.« Ich merkte, wie ich selbst in die Rolle des Psychiaters schlüpfte. »Vielleicht ist es normal, Probleme zu haben und unnormal, wenn wir keine haben.«

»Wenn es nur so einfach wäre«, sagte sie.

»Aber das ist es, wirklich«, antwortete ich und gab ihr einen Kuß, als sie ging.

Augenscheinlich hatte jeder im Publikum schon einmal jemanden wie Nancy Newage über sich ergehen lassen müssen, und ich war über die vielen Lacher erfreut, die sie bekam. Ich machte meine halbe Stunde, kassierte meine zehn Pfund und ging zur vorderen Bar, um nachzusehen, ob irgend jemand da war, den ich kannte. Ich traf zwei, drei Leute aus Edinburgh, und wir unterhielten uns eine Weile. Sie sagten mir Nettigkeiten zu dem Auftritt und übten etwas konstruktive Kritik, aber dann kamen ein paar Mimen hinzu, die ich nicht kannte, und ich fühlte mich mit der Zeit ziemlich von der Unterhaltung ausgeschlossen. Das ist das Ärgerliche, wenn man in der Welt des Theaters nur ein bißchen dilettiert. Wenn man es nicht allzu ernst nimmt, wollen einen die Leute nicht besonders gern um sich haben. Ich vermute, daß das in jedem Beruf so ist, aber es kommt einem merkwürdiger vor unter Leuten, die ihr Leben damit verbringen, andere Leute zum Lachen zu bringen. Comedy ist ein sehr ernstes Geschäft.

Ich ging zur Bar, um eine Runde zu holen. Es war sehr viel los, und alle um mich herum schienen um einiges größer zu sein als ich. Ich wedelte meine Zehnpfundnote durch die Luft, aber weil der Barkellner nicht sehen konnte, zu wem das Geld gehörte, bediente er andere zuerst. Ich wurde gerade ziemlich übellaunig, als eine vertraute Stimme hinter mir ironisch sagte: »Großartiger Auftritt, Miss Fitt.«

Ich drehte mich um und schaute nach oben. Gregs Gesicht lachte auf mich herab.

»Komm, laß mich dir helfen.« Er zog die Aufmerksamkeit des Kellners auf sich und bekam die Runde. Wir trugen die Getränke zu meinem Tisch zurück, und ich fing an, ihn vorzustellen, aber niemand schien sehr interessiert zu sein, und sie hatten jemand anderem meinen Stuhl überlassen.

»Ich saß da drüben.« Greg zeigte auf einen Tisch hinten im Pub, und wir drängelten uns dorthin durch.

»Heißt du wirklich Miss Fitt*«, fragte er, »Oder ist das nur für den Auftritt?«

»Du meinst, so wie Rudi Ratlos, in der Art?«

»Genau.«

»Ich wollte, ich hätte soviel Phantasie«, sagte ich. »Leider heiße ich wirklich Sophie Fitt. Mir war nicht klar, wie albern es klang, bis ich erwachsen war und die Leute auf der Arbeit mich Miss Fitt nannten. Ich versuchte, auf Missis zu bestehen, aber das ist so unhandlich, oder? Ich sehne mich danach, zu heiraten, damit ich den Namen wechseln kann.«

Er sah überrascht aus.

»Das war ein Witz«, sagte ich.

»Du bist eine boshafte Frau.«

»Bin ich das?« fragte ich kokett. »Wie kommst du darauf?«

---

* Unübersetzbares Wortspiel: Der Name klingt ähnlich wie *misfit* – ›Außenseiter‹. A.d.Ü.

»Ich habe deinen Auftritt gesehen. Er war gut, ja, ziemlich witzig, aber aua! ich würde keiner von deinen Freunden sein wollen.«

»Die Charaktere, die ich darstelle, sind nicht meine Freunde«, sagte ich recht verstimmt. »Sie sind ausgedacht. Verstehst du, Fiktionen.«

»Wirklich?«

»Na ja ...«, ich verspürte Schuldgefühle wegen Stephanie. »Jedenfalls brauchst du dir keine Sorgen zu machen, ich spiele keine Männer.«

Er lachte. »Also bin ich sicher?«

»Zumindest vor mir«, sagte ich.

Es war seltsam, aber während der beiden kurzen Gelegenheiten, bei denen ich ihn getroffen hatte, schienen Greg und ich ganz natürlich ins Flirten verfallen zu sein. Es war, als würden wir uns bereits viel länger kennen, als wir uns kannten. Ich fühlte mich total wohl in seiner Gegenwart, woran ich nicht gewöhnt war bei Männern, die mir gefielen. Und er gefiel mir höllisch gut. Er trug schwarze Jeans und einen schwarzen Pullover mit V-Ausschnitt. Was ich von seiner Brust sehen konnte, war völlig unbehaart und jungenhaft, aber er hatte etwas extrem Männliches. Ich fragte mich, ob er vielleicht auch an mir interessiert war oder ob er nur aus Zufall im Pub aufgetaucht war.

»Das ist meine Stammkneipe«, sagte er und beendete meine Spekulationen. »Ich bin öfters hier gewesen, aber das ist das erste Mal, daß ich mich mit jemandem unterhalten habe. London ist eine sehr unfreundliche Stadt.«

»Und Dublin?« fragte ich.

»Na ja«, sagte er, »Dublin ist ein bißchen zu freundlich, vermute ich.«

Ich fragte ihn, was er damit meinte, und er beschrieb die Szene dort. Er war ein großartiger Erzähler und ein glühender Anhänger seiner Republik, und seine Vergleiche zwischen Briten und Iren ließen England sehr öde erscheinen. Er sagte, Dublin sei eine Stadt, die alle Vorzüge und Nachteile der Intimität in sich berge – die Nähe und Akzeptanz, aber auch die fehlende Privatsphäre. Er mochte London, weil er hier anonym sein konnte.

»Aber es wäre dir lieber, wenn es in deiner Stammkneipe ein bißchen freundlicher zuginge?« fragte ich.

»Ja«, sagte er. »Aber jetzt habe ich dich hier getroffen, also habe ich keinen Grund mehr, mich zu beklagen.«

Wir landeten im Bett. Ich bin mir nicht ganz sicher, wie. Keiner von uns machte irgendwann einen Annäherungsversuch in dem Sinne. Wir blieben im Pub, bis er zumachte, und gingen danach zum Pizza Express. Ich hatte die Kellnerin gebeten, mir ein paar getrocknete Chilischoten zu bringen, um sie über meine scharfe Pizza Amerika zu krümeln. Später muß ich mir die Augen gerieben haben, denn plötzlich, mitten in einer ganz ernsthaften Unterhaltung über Joyce, fing ich an zu schreien. Mir liefen die Augen, und ich dachte, ich sei mit plötzlicher Blindheit geschlagen. Es war Greg, der erkannte, was das Problem war, und er begleitete mich höchst fürsorglich auf die Damentoilette und tauchte mein Gesicht in ein Waschbecken voll kalten Wassers. Das linderte das Problem, aber ich weinte noch immer, als ich ein Taxi rief, und Greg entschied, daß er mich in diesem Zustand nicht einfach verlassen konnte, und kam mit in meine Wohnung.

Wir tranken den restlichen Rioja zusammen und schliefen auf dem Sofa ein, bis die frühen Morgenstunden kamen, wir beide aufwachten und vollständig angezogen in mein großes Doppelbett gingen. Am Morgen merkte ich, wie ich liebkost und nach und nach ausgezogen wurde. Was ich erwiderte. Er war ein wundervoller, träger Liebhaber. Wenn ich die Augen schließe, kann ich immer noch sein Gesicht über mir sehen und die Berührung seiner Locken auf meiner Haut spüren.

Später gingen wir zum Brunch nach Hampstead und lasen Zeitung. Wir redeten über die jüngsten Rezensionen und was es sonst Neues gab, aber nicht darüber, was passiert war. Dann verschwand er in der U-Bahn, und ich machte einen Schaufensterbummel im Nicole Farhi und lief nach Hause. Ich versuchte herauszubekommen, wie ich mich fühlte. Es war eine Kombination aus Erschöpfung und freudiger Erregung.

Am Abend rief er an und sagte mir, wie gut er sich fühle. Er sagte, er würde sich bald wieder melden. Ich versuchte, mich nicht verletzt zu fühlen, weil er kein nächstes Treffen vorgeschlagen hatte. Er war offensichtlich scharf auf mich, sonst würde er gar nicht erst angerufen haben, oder? Aber Iren hatten vielleicht in solchen Dingen andere Regeln.

Meine normale Erfahrung mit One-Night-Stands ist, daß die Männer immer sagen, sie werden anrufen, und es dann selten tun, weswegen ich so etwas aufgegeben habe (bis Greg). Sobald man die vier Regeln kennt –

1. Niemand verliert jemals deine Telefonnummer.
2. Red' dir gar nicht erst ein, das Telefon sei kaputt – deine Mutter ist ja auch problemlos durchgekommen.
3. Er hat nicht versucht, anzurufen, als deine Mutter am Apparat war, und es dann aufgegeben, weil besetzt war.
4. Ja, du bist Feministin, und es gibt überhaupt keinen Grund dafür, ihn nicht selbst anzurufen; außer daß, wenn du es tust, deine Chancen, ihn wiederzusehen, um etwa ein Prozent sinken, weil er sich bedrängt fühlt.

werden die kurzen Vergnügen (wenn du Glück hattest) des

Akts bei weitem von den Unsicherheiten der nächsten Wochen übertroffen. Unter dem Strich ist es das einfach nicht wert.

Warum also, fragte ich mich, hatte ich meinen Vorsatz, mit einem Mann brechen müssen, der so gut darin war, daß immer, wenn ich an ihn dachte, mein Höschen feucht wurde, und ich nicht aufhören konnte, zu lächeln wie eine selbstgefällige Idiotin?

»Oh, ich sollte nicht lachen. Es ist im Grunde zum Heulen!« Johlendes Lachen drang aus Agathas Büro, als ich am Montag in die Firma kam.

Ich lugte durch ihre Tür und sah sie in ihren Stuhl zurückgelehnt, die Beine über den Schreibtisch geworfen und den Telefonhörer zwischen Wange und Schulter geklemmt.

»Ja, in Ordnung, Schatz«, sagte sie zu der Person am anderen Ende der Leitung. »Ich werde nicht grausam sein. Bis bald dann, Schatz? Ich ruf' dich an.« Sie legte das Telefon auf und lächelte ziemlich boshaft.

»Als meine Schwester und ich jung waren«, sagte sie erklärend, »amüsierten wir uns immer damit, ein Spiel namens ›Was wäre wenn?‹ zu spielen. Ich gebe Ihnen ein Beispiel. Was wäre, wenn Romeo Julias Brief erhalten hätte? Shakespeare ist voll von ihnen. Hardy auch. Der ganze Plot steht und fällt damit, daß jemand die Post nicht bekommt. Man kann das auf die meisten großen Plots in der Literatur ausdehnen. Wir haben uns ganz schön viel Zeit damit vertrieben.«

»So wie, was wäre passiert, wenn Jocaste Kopfschmerzen gehabt hätte?« sagte ich.

»Genau. Die größte Tragödie verpufft und Freud mit ihr.«

»Und?« Ich genoß ihre Heiterkeit und die Plots, die in meinem Geist rapide schnell zur Farce zusammenschrumpften.

»Also, ich glaube, sie hat dieses Spiel mit ihrem untalentierten Ehemann gespielt, denn ein gemeinsamer Freund hat mir erzählt, daß er versucht, eine zeitgenössische Version von *Othello* zu verkaufen, in der sie alle miteinander glücklich werden. Anscheinend prügelt der Mohr sie ein bißchen herum und sieht dann seinen Irrtum ein … ach je.«

»Wie heißt er?«

»Oh, ich weiß nicht, wahrscheinlich Winston oder so was.«

»Nein, ich meine den Autor.«

»Mein Schwager, meinen Sie?« Sie hob die Augenbrauen. »Der heißt Jack Burton. Er war mal recht gut, als er noch ein zorniger junger Mann war, aber jetzt ist er ein mittelalter Mann, der einfach nur ziemlich mißmutig über alles ist. Wahrscheinlich kriegt er keinen mehr hoch. Er hat ein fantastisches Stück namens *Die Haare im Abfluß* geschrieben, das ich vertreten habe –«

Aus irgendeinem Grund war mir der Titel geläufig, obwohl ich mich nicht erinnern konnte, das Stück gesehen zu haben.

»Wurde es verfilmt?« fragte ich und überlegte, ob es mir daher bekannt war.

»Erstaunlicherweise nicht«, sagte Agatha. »Alle waren für kurze Zeit ganz wild darauf, aber es war schneller veraltet als *Blick zurück im Zorn* und all die anderen. Und seitdem gleich null. Er arbeitete wieder als Lehrer. Ich vermute, seine Schüler dachten, sein Werk sei wundervoll, weil es eigentlich Teenagerkram ist. Jedenfalls haben sie ihn rausgeworfen, weil er trinkt, und seit kurzem versucht er, mit seinem Werk hausieren zu gehen. Ich frage mich, wie Dorothy damit zurechtkommt.«

»Vertritt sie ihn jetzt?«

»Was? Nein, er vertritt sich selbst, insofern es irgend etwas gibt, das vertreten werden müßte. Nachdem wir uns getrennt haben, wollte ihn, offen gesagt, kein anderer Agent mehr anfassen –«

»Aber was ist mit Dorothy?« fragte ich.

»Dorothy?« sagte sie, als sei ihr der Name plötzlich fremd.

»Ich dachte, sie sei auch Agentin ...« Ich stockte. Offenbar hatte ich die Geschichte mißverstanden, die Janet mir erzählt hatte. Agatha wirkte fast beleidigt über diese Idee.

»War sie nicht die andere Brown von Brown und Brown?« fragte ich ziemlich plump weiter.

»Das war sie wohl. Aber sie war nie Agentin. Viel zu unbedeutend und albern. Es reichte kaum zur Sekretärin – oh, tut mir leid, Schatz, ich wollte nicht –, ich meine, Sie sind ja eigentlich keine Sekretärin.«

Es schien sinnlos, zu erklären, daß der überraschte Ausdruck, der mir über das Gesicht geglitten war, nicht der unabsichtlichen Beleidigung meines Status als Sekretärin galt, sondern der herablassenden Art, in der Agatha gerade von ihrer Schwester gesprochen hatte.

»Nun, wo waren wir stehengeblieben?« fragte Agatha mit einer Entschiedenheit, die das Thema beendete.

Wir fingen an, die Post durchzugehen. Es waren ein paar komplizierte Verträge dabei, die sich auf den Transfer eines West-End-Musicals zum Broadway bezogen, und mehrere große Schecks von Werbeagenturen, was Agatha seufzen ließ.

»Schauen Sie sich mal das an«, sagte sie. »Richard Davies hat mehr Geld als Sprecher für einen Magenbitterspot verdient als während seiner letzten zehn Jahre auf der Bühne. Er ist ein ganz wundervoller Schauspieler – haben Sie ihn schon mal gesehen? Nein, war vermutlich ein wenig vor Ihrer Zeit, aber nicht in Mode.« Sie plapperte weiter, teils zu sich selbst und teils, hatte ich das Gefühl, um mich zu amüsieren.

Ich griff über ihren Schreibtisch, nahm eine Handvoll Umschläge aus ihrer Ablage und begann damit, sie zu öffnen, und die Sachen, die ich nicht selbst erledigen konnte, an Agatha zurückzureichen. Einer der größeren Umschläge sah aus, als sei er direkt vorbeigebracht worden. Das Papier war dick und edel, und ich dachte, er würde eine Einladung enthalten, die auf einer ähnlich edlen Karte gedruckt war. Aber darin steckte ein sorgfältig gefaltetes Stück dazu passenden Notizpapiers mit einem getippten Satz darauf. Zu lesen war einfach »DIE FEHLER IHRER VERGANGENHEIT WERDEN SIE HEIMSUCHEN.«

Ich dachte mir, es müsse irgendein Reklamegag sein, um für ein Stück zu werben, und reichte das Blatt mit einem Lächeln über den Schreibtisch an Agatha.

Sie betrachtete es kurz. Dann sagte sie sarkastisch: »Wie ungemein tiefgründig. Offenbar ist der epigrammatische Geist eines großen Künstlers wieder am Werk. Ich glaube nicht, daß wir uns mit einer Antwort abzugeben brauchen.«

Sie knüllte das Papier zusammen, warf es nach ihrem Papierkorb, rief »Tor!«, als es sein Ziel traf, griff sich dann das nächste Stück, das ich ihr entgegenstreckte, und rief nach einem kurzen Blick aus: »Oh, mein Gott! Sophie, wir sind heute morgen tatsächlich Zeugen des Todes der Kultur. Noch nicht einmal die verdammten Melodramen bleiben verschont. Schauen Sie sich das mal an. ›Wolf Productions ist erfreut, *Rebecca* von Daphne du Maurier ankündigen zu können.‹ Glauben Sie, es kann deren Aufmerksamkeit entgangen sein, daß *Rebecca* bereits verfilmt wurde? Glauben sie wirklich, sie können Olivier übertreffen? Das nächste, was sie versuchen werden, ist eine Neuverfilmung von *Wuthering Heights* ... Es wird niemals klappen. Dutzende Millionen den Bach runter. Wir müssen über Schauspieler dafür nachdenken.«

Ich schaute sie überrascht an.

»Zweite Regel für die Agentin, Sophie: Besorg deinen Klienten Arbeit. Wir mögen ja unsere klassischen Nasen über diese Philister aus Hollywood rümpfen, aber wir mögen auch ihr Geld, stimmt's?«

Ich nickte. »Wie lautet denn die erste Agentinnenregel?« fragte ich mich laut.

»Fick niemals mit deinen Klienten«, sagte Agatha.

Ich fuhr verblüfft zusammen. Aber es war ihrem Gesicht abzulesen, daß sie nicht wußte, daß ich genau das vor vierundzwanzig Stunden getan hatte.

»Interessenskonflikt, bringt unsägliche Probleme mit sich, Schätzchen.«

Wenn ich eine bleibende Erinnerung an Agatha habe, dann ist es die von jenem Tag: an ihre langen, leicht geäderten, mit lila Leggings bekleideten Beine auf dem Schreibtisch; an die knöchelhohen Boots mit den halbhohen Absätzen, die neben dem Telefon ruhten; an ihren schlanken Körper in einer überdimensionalen, knallbunten lateinamerikanischen Bluse, der sich vor Lachen schüttelte. Ihr ledriges, intelligentes Gesicht sah ausgesprochen mädchenhaft aus, als sie den Haufen von Dokumenten durchblätterte und zu entscheiden versuchte, welchem sie sich zuerst zuwenden sollte.

Der einzige Moment, in dem sie ihr Humor vorübergehend im Stich ließ, war, als sie auf einen Kettenbrief stieß, der den Empfänger dazu drängte, zwölf Kopien zu machen und an Freunde weiterzusenden.

»Ich bin sicher, diese Dinger sind nichts als eine Verschwörung von seiten der Hersteller von Fotokopiergeräten. Warum in aller Welt sollte ich Ihre Zeit und mein Geld damit verschwenden, diesen Quatsch an irgend jemanden weiterzuschicken? Ah, ich sehe, hier steht, wenn ich es nicht tue, werde ich Pech haben. Wie gemein. Nun, wer von meinen Bekannten, glauben Sie, könnte mir den geschickt haben? Offenbar keiner, der mich mag, denn jeder, der nur das kleinste bißchen über mich weiß, würde wissen, daß ich nicht im geringsten vorhabe, die Anweisung zu befolgen. Wenn ich wüßte, wer das war, würde ich das verdammte Ding an ihn zurückschicken, mit Pech und allem!«

In den folgenden Wochen zeigte sich, daß mir die Arbeit sehr viel mehr Spaß machte, als ich erwartet hatte. Mit Agatha zusammen zu sein, war wundervoll, und obschon ich sehen konnte, daß sie eine furchterregende Gegnerin sein mußte, war sie in den kurzen Zeitabschnitten, die wir miteinander verbrachten, immer ganz reizend zu mir und bat mich manchmal sogar um Rat in Besetzungsfragen und anderen Angelegenheiten, von denen ich etwas verstehen mochte. Nachdem ihr klargeworden war, daß sie sich darauf verlassen konnte, daß ich eine vernünftige Mitteilung entgegennehmen oder mit einer Krise fertig werden konnte, ohne gleich in Panik zu geraten, machte sie immer längere Mittagspausen. Offenbar war das der Teil des Tages, den sie am meisten genoß, und manchmal kam sie voller Anekdoten und Bonhomie zurück und winkte mich zu sich hinein, um mir den neuesten Klatsch aufzutischen.

Ich war so glücklich mit meiner Arbeit, daß es mich schon fast beunruhigte. Ich sagte mir immerzu, daß es nur ein Job auf Zeit war, daß das Gehalt erbärmlich war, und es in einem so kleinen Büro keine Hoffnung auf Beförderung gab, aber je mehr Zeit verging, desto mehr wurde ich hineingezogen. Meine gute Laune erlitt einen geringfügigen Rückschlag, als Greg mich anrief, um mir zu sagen, daß er für zwei, drei Wochen nach Dublin zurück mußte. Er war sehr freundlich und versprach, sich zu melden, sobald er wieder da war, aber ich war ein wenig sauer, daß er, nachdem er fünf Minuten mit mir gesprochen hatte, darum bat, zu Agatha durchgestellt zu werden, so daß ich mir wie ein Telefonfräulein vorkam. An jenem Nachmittag gab Agatha mir eine Karte für eine Premiere im Bush-Theater, für die sie keine Zeit hatte, und ich ging hin und schaffte es sogar, zur Premierenfeier eingeladen zu werden. Ich muß meine Sache einigermaßen gut gemacht haben, denn danach bat Agatha mich regelmäßig, in ihrem Auftrag zu Theater- und Filmvorschauen zu gehen. Ich fühlte mich allmählich mehr als ihr Schützling, denn als ihre Sekretärin. Eine Tatsache, die im Büro nicht unbemerkt blieb.

Da ich fünf Jahre in einer Bank gearbeitet hatte, war die Büroarbeit ziemlich einfach für mich. Nach ein paar Wochen entschied ich, daß die Systeme, die Agatha verwendete, lächerlich viel Zeit und Platz verschwendeten, und ich fragte sie, ob sie je daran gedacht hätte, die Kartei per Computer zu führen. Hinter Agathas einigermaßen lässigen Art verbarg sich ein hochentwickelter Geschäftssinn, und sie setzte sich auf und hörte zu, sobald das Wort Kosteneinsparung fiel. Das Leben wäre allerdings um vieles leichter gewesen, wenn ich meine Pläne zuerst mit Janet und Anthony White besprochen hätte.

Janet gefiel es nicht, daß Agatha mich mehr wie eine Freundin als wie eine Sekretärin behandelte, sie aber vollkommen ignorierte. Ich konnte ihren Standpunkt verstehen, besonders weil Agatha, wenn sie sie überhaupt ansprach, es immer schaffte, ihren Namen zu verwechseln. Obwohl erst in den Dreißigern, war Janet eine Sekretärin nach altem Muster, die eine private Handelsschule besucht hatte und Stenographie den Diktiergeräten vorzog. Ihre fast unterwürfige Art schien Anthonys Ego bestens zu passen, aber Agatha verachtete sie ganz eindeutig. Ich fragte mich oft, wie jemand mit soviel Klasse wie Agatha mit einem Partner wie Anthony hatte enden können, der ihr so offensichtlich unterlegen war, aber es war eine Kombination, die recht gut zu funktionieren schien, und Agatha sprach immer respektvoll mit Anthony. Jedesmal wenn es ein Problem mit Rechnungen oder der Mehrwertsteuer gab, winkte Agatha mich nach drüben zu Anthony, um es zu klären. Sie benahm sich, als seien Details wie Zahlen zu langweilig, als daß sie sich darum kümmern könne. Das war ein Trick, und zwar einer, den sie sehr effektvoll beim Verhandeln benutzte, indem sie die Person am anderen Ende der Leitung glauben machte, daß sie nicht richtig auf Draht war, um dann mit erstaunlich exakt klingenden Zahlen loszulegen, sobald sie der Gesprächspartner aus der Balance gebracht hatte. Sie war sich nicht zu gut dafür, Kalkulationen herunterzurasseln, die sich, wenn man nur einen Moment über sie nachdachte, als falsch herausstellten. In meiner ersten Woche hatte ich sie darauf hingewiesen, weil ich dachte, sie habe versehentlich einen Fehler gemacht.

»Wirklich, Schatz?« sagte sie treuherzig. »Doch hoffentlich nicht zu unserem Nachteil?«

»Nein, ganz und gar nicht«, sagte ich und zeigte ihr das Blatt, auf dem ich die Summen ausgerechnet hatte, um dann, als ich in ihr grinsendes Gesicht hochsah, festzustellen, daß ich genauso in die Irre geführt worden war wie der Produzent, mit dem sie gesprochen hatte.

»Echt unverantwortlich von denen, es nicht zu überprüfen, finden Sie nicht?« Sie lachte.

Wenn es allerdings darum ging, pedantisch über die Finanzen Buch zu führen, wollte Agatha sich damit eigentlich nicht abgeben. Sie hatte ihren Spaß beim Geschäftemachen. Sobald das Geld auf der Bank war und Zinsen brachte, begann es sie zu langweilen. Anthony war daher unbezahlbar für sie.

Ich konnte nicht begreifen, warum er – der schließlich die gesamte Buchhaltung im Computer hatte – sich so sehr gegen meine Idee wehrte, noch zwei Terminals mehr anzuschaffen und die Kapazität der Anlage so auszuweiten, daß sie nicht nur die täglichen Informationen bewältigte, sondern wir sie auch als Textverarbeitung nutzen konnten. Vielleicht lag es nur daran, daß der Vorschlag von mir gekommen war und nicht von ihm, und an Druck von Janet, die irrationalerweise entschieden hatte, daß es mehr Arbeit bedeuten würde. Wir schlossen einen Kompromiß. Für mich wurde ein separater Computer installiert, und ich vereinbarte einen Termin mit einem Software-Berater, dem ich erklären konnte, welches System ich im Auge hatte. Janet machte weiter wie bisher und murrte über den Ärger, den es geben würde, wenn Viv zurückkam. Sehr zu meiner Überraschung ersuchte Agatha um einen Terminal in ihrem Büro und bat mich, ihr zu zeigen, wie man es benutzte. Ich speicherte alle Adressen und Telefonnummern und erklärte ihr, wie sie sie abrufen konnte, und gewöhnte mich daran, wie sie vor Freude quiekte, wenn die Information, die sie wollte, auf dem Bildschirm erschien. In einer feierlichen Geste warf sie sogar das eselsohrige Adressenrad fort, das auf ihrem Schreibtisch stand.

Ich machte mich nach und nach daran, die entscheidenden Details der Klientenverträge auf die Festplatte zu übertragen, wann immer ich Zeit übrig hatte. Es war eine Aufgabe, die eine ganze Menge Konzentration erforderte, und es gab Momente, in denen ich bereute, den Computer überhaupt vorgeschlagen zu haben, besonders da ich als Aushilfe den langfristigen Nutzen nicht erleben würde, aber ich hasse es, nichts zu tun zu haben, und war fasziniert von der Idee, die wichtigen Momente im Leben eines jeden Klienten seit den späten fünfziger Jahren zu katalogisieren.

Ich war gerade damit fertig geworden, alle Verträge der Klienten, deren Name mit A begann, einzugeben, als Agatha krank wurde und dem Büro fernblieb.

Halloween ist Martins Geburtstag, obwohl er in keinster Weise gespenstisch ist. Wir wollten eigentlich zusammen Dim Sum zu Mittag essen, weil er, wie er mir sagte, abends eine wichtige Verabredung hatte, aber schließlich strich er das Mittagessen und machte ein Abendessen daraus, weil die Stewardeß kalte Füße bekommen hatte und einen Spätflug aus Las Palmas vorschützte.

Mit Martin kann man prima chinesisch essen gehen, denn wie ich versteht er das Prinzip, daß man alles auf der Karte bestellt, das man nur irgendwie schaffen kann und sich erst später Sorgen um die Rechnung macht.

Wir waren bei unserer zweiten Portion Pfannkuchen zur knusprigen, würzigen Ente (warum bekommt jeder immer nur zwei?), als er bemerkte: »Soph, du bist ein bißchen wortkarg. Was ist los?«

Ich wischte mir einen Klecks Hoisinsoße vom Kinn und fing an zu erzählen. Agatha war krank und ihren Klienten gefiel das nicht. Mit mir konnte man sich ganz nett unterhalten, während sie am Telefon oder zum Mittagessen aus war, aber in Wirklichkeit war ich bloß eine Nachrichtenüberbringerin. Sie erwarteten, daß sie zumindest während der Bürozeiten im Büro war, und weit davon entfernt, ihr Mitgefühl auszudrücken, als sie hörten, daß sie nicht in der Lage war, mit ihnen zu sprechen, weil sie eine schwere Grippe hatte, wurden manche von ihnen fuchsteufelswild und ungeduldig. Ich fühlte mich vollkommen außerstande, mit ihnen fertig zu werden. Zudem war da noch das Problem mit Anthony und Janet, die mir so wenig behilflich gewesen waren, daß es an Sabotage grenzte. Ich hatte versucht, so viele Probleme, wie ich konnte, in Agathas Namen zu klären, damit sich die Sachen nicht zu sehr anhäuften, wenn sie zurückkam, aber immer wenn ich Anthony auch noch so bescheiden um Rat fragte, hatte er eine Ausflucht parat. Es waren ein paar furchtbar frustrierende Tage gewesen.

»Weißt du«, sagte Martin, »du machst genau das gleiche wie in der Bank. Du bist eine solche Perfektionistin. Mensch, Soph, du bist Aushilfssekretärin. Als du den Job gerade bekommen hattest, hast du davon geredet, wie sehr du es genießt, überhaupt keine Verantwortung zu haben. Und nur einen Monat später oder so lädst du dir die ganze Agentur auf die Schultern. Kein Wunder, daß dieser White dir das verübelt. Es muß schlimm genug für ihn sein, mit einer starken Frau zu arbeiten, geschweige denn mit zweien! Es hört sich ein wenig so an, als sei er ein Waschlappen.«

»Das ist er an sich nicht. Er kann ganz abscheulich in die Luft gehen. Obwohl jetzt, wo du es erwähnst ..., er hat wahrscheinlich ein leichtes Penisproblem.«

»Was?« Martin schaute vom Einrollen seines Pfannkuchens hoch.

»Na ja, er hat diesen lächerlichen Sportwagen –«

»Also ehrlich, Soph.«

»Jerry hatte einen Lamborghini«, sagte ich, mein Argument weiterverfolgend.

»Jerry ist ein Arschloch, aber er scheint kein größeres Problem mit seinem Schwanz zu haben.«

»Diese Unterhaltung wird mir zu skatologisch«, sagte ich spröde.

Martin lachte. »Köstlich, das von dir … Sieh mal, wenn es Dinge gibt, mit denen du nicht zurechtkommst, warum rufst du Agatha nicht morgen an und nimmst einen Teil der Arbeit zum Sichten mit zu ihr?«

»Ich will sie eigentlich nicht damit belasten. Sie hörte sich absolut schlimm an heute.«

»Sophie, es ist ihre Agentur.«

»Woran sie selbst alle erinnert.« Ich lachte.

»Genau. Was wichtiger ist, wo ist der Tintenfisch mit Chili und Salz?«

Als er die Frage stellte, erschien ein Kellner mit einem Servierwagen, auf dem die Gerichte standen, die wir bestellt hatten. Es sah ziemlich viel aus, sogar für uns, aber wir aßen heldenhaft mehrere Stunden lang. Einer der großen Mythen über chinesisches Essen ist, daß es einen sehr satt macht, wenn man es ißt, und eine Stunde später wieder hungrig. Ich fand nie, daß das der Fall ist. Während ich aß, dachte ich, ich könnte für immer weitermachen, aber ich fühlte mich so voll, nachdem wir die Rechnung bezahlt hatten, daß ich einen Verdauungsspaziergang vorschlug. Martin zögerte ein bißchen. Mir fiel ein, daß er immer noch um sechs Uhr morgens aufstehen mußte, um arbeiten zu gehen, aber ich erinnerte ihn, daß es sein Geburtstag war und daß er außerdem, wenn er direkt nach Hause ginge, von unangenehmen Kindern belagert werden würde, die über seine Sprechanlage um die traditionellen Geschenke zu Halloween bettelten.

Wir liefen den ganzen Weg bis zur Westminster Bridge und schwatzten. Ich war in der letzten Zeit so in die Arbeit vertieft gewesen, daß ich mit kaum jemandem außerhalb der Bühnen- und Filmwelt gesprochen hatte. Martin mag Opern ganz gern, aber sehr viel weiter reicht sein Kunstinteresse nicht. Es war erfrischend, über andere Sachen zu reden. Es war eine von diesen typischen kalten, leicht nebligen Londonnächten, und wir gingen Arm in Arm, um uns warm zu halten. Die Straßenlaternen entlang Whitehall waren von Heiligenscheinen aus ockergelbem Dunst umgeben, und die Luft roch herbstlich, wie allmählich verrottende Blätter.

Er erzählte mir, daß er begonnen hatte, an der Abendschule Spanischunterricht zu nehmen, und daß es ihm Spaß machte. Das schien mir außergewöhnlich für jemanden, der so hochqualifiziert war wie Martin. Er erklärte, daß er nie richtig gelernt hatte, eine fremde Sprache zu sprechen, und überhaupt, er wolle reisen. Ich sagte, er höre sich wie eine Miss-World-Kandidatin an. Er sagte, ich hätte zeitweise einen besonders unerfreulichen vorstädtischen Snobismus an mir. Ich sagte, er werde langweilig europäisch, und wir verstanden uns im großen und ganzen sehr gut.

Als er am Parliament Square ein Taxi heranwinkte, sagte er: »Mit dem hier müßtest du vor der Geisterstunde zu Hause sein. Gibt es da nicht diesen Aberglauben, an Halloween in den Spiegel zu gucken und dann den Menschen zu sehen, den man einmal heiraten wird?«

»Wo um Himmels willen hast du das denn gehört?«

»Nun ja, von Darryl, um ehrlich zu sein«, sagte er ganz verschämt.

Das war noch so etwas, das mir an der Stewardeß absolut mißfiel. Ich war mir sicher, daß Darryl ein erfundener Name war, und wenn er echt war, war das irgendwie genauso schlimm.

»Oh, nein, Martin, du hast doch nicht vor, einzubrechen und dich von hinten heranzuschleichen, während sie sich abschminkt?«

»Genau gesagt habe ich einen Schlüssel«, sagte er und fügte hinzu, als ich überrascht schaute, »damit ich ihre Pflanzen gießen kann, wenn sie nicht da ist.«

»Martin, du bist ein kompletter Idiot! Ich dachte, ich hätte mich heute abend mit einem erwachsenen Menschen unterhalten, aber ich stelle fest, daß ich falsch gelegen habe. Du bist ein romantischer Teenager!«

»Und dich liebe ich auch«, sagte er gutgelaunt und knallte die Taxitür zu.

Ich war um Mitternacht zu Hause und muß peinlicherweise gestehen, daß ich tatsächlich eine Kerze anzündete und mich für wenige Sekunden hoffnungsvoll vor meinen Drehspiegel stellte, aber meine Möchtegernvision wurde vom Klingeln des Telefons unterbrochen.

»Hi, du.«

»Wer ist dran?«

»Woa, schlechtes Gedächtnis, Miss Fitt.«

»Greg? Wie geht's dir? Wo bist du? Immer noch in Dublin. Ach so.«

Warum in aller Welt rief er mich nachts um diese Zeit an? Ich hatte nichts von ihm gehört, seit er vor Wochen weggefahren war.

»Ich habe gerade an dich gedacht.« Bei ihm klangen diese einfachen Worte unglaublich suggestiv. »Ich nehme den Nachmittagsflug zurück. Können wir uns morgen treffen?«

Ich sagte, gerne, und wir verabredeten uns in einer Bar in Camden. Als ich das Telefon hinstellte, zitterte ich. Ich hoffte, ich war nicht zu kurz angebunden gewesen und ging die Unterhaltung im Geiste mehrmals durch und wand mich innerlich an der Stelle, wo ich seine Stimme nicht erkannt hatte. Trotzdem, sagte ich mir, besser, nicht allzu versessen wirken. Dann sagte ich mir, ich sollte nicht so albern sein. Wir waren viel zu reif, um Katze und Maus zu spielen. Dann dachte ich darüber nach, was ich anziehen würde, und erinnerte mich, daß meine ganze gute Unterwäsche unten in einer Münzwaschmaschine steckte. Dann trank ich etwas und sagte mir, daß ich ja gar nicht so aufgeregt war. Dann zog ich das Bett ab und bügelte die frischen weißen Bezüge mit den Zierstickereien, die mir meine Mutter in einer seltenen Anwandlung von gutem Geschmack zum Geburtstag geschenkt hatte. Ich bügle sonst nie. Dann dauerte es Stunden, bis ich einschlafen konnte.

»Knoblauch!« krächzte Agatha, als sie leicht taumelnd die Tür öffnete. »Keine Sorge, es soll ja gut gegen Erkältungen sein. Was war es denn, indisch?«

»Chinesisch«, antwortete ich ziemlich verlegen.

»Aus chinesischem Essen hab' ich mir nie viel gemacht, obwohl ich schätze, daß es sich geändert hat, seit ich es das letzte Mal probiert habe. Ich fand es immer recht lasch.«

Ich lieferte ihr eine knappe Beschreibung des Menüs vom Vorabend, und sie sah überrascht aus.

»Zu meiner Zeit«, sagte sie, »bestand es aus nichts anderem als dieser grauenhaften, leuchtendroten Soße.«

»Der süßsauren?«

»Die ist es. Ich fand sie immer sehr süß und überhaupt nicht sauer.«

Ich versicherte ihr, daß seit kurzem eher Peking- oder Sezuan-Küche als kantonesische in Mode schien.

»Wenn es mir besser geht, müssen Sie mir ein Restaurant empfehlen«, flüsterte sie.

Es war mir ziemlich unangenehm, über solche Trivialitäten zu reden, wenn es ihr offensichtlich schwer fiel, zu sprechen.

»Nun kommen Sie, nehmen Sie Platz. Ich werde mich hinlegen. Diese verdammte Grippe macht mich schrecklich lethargisch. Hier ist ein Schlüsselbund, falls Sie wiederkommen. Dieses ganze Aufstehen und wieder Hinlegen wegen Besuchern ist mir einfach zuviel.«

Sie sah nicht wohl aus. Ihr Haar, das mehrere Tage nicht gewaschen worden war, hing in fettigen Rattenschwänzen um ihr Gesicht. Ihre Gesichtsfarbe war fahler als gewöhnlich, und als sie mich in ihren, wie sie ihn nannte, Tagesraum führte, bemerkte ich, daß ihr Gang müde war. Sie trug einen japanischen Seidenkimono, der klaffte und einen unübersehbar alten Hals preisgab. Sie legte sich auf eine Chaiselongue, die mit goldenem Samt bezogen war, warf eine schmutzig aussehende Schottendecke über ihre Beine und begann tief aus der Brust heraus zu husten. Ich hatte ein paar gelbe Chrysanthemen für sie gekauft, die sie niedergeschlagen betrachtete.

»In den meisten Ländern bedeuten die Tod«, sagte sie. »Gehen Sie in die Küche, eine Vase holen.«

Die Wohnung bestand aus vier Zimmern, die von einem ziemlich klaustrophobischen Korridor abgingen. Der Tagesraum war in etwa im gleichen Stil dekoriert wie ihr Büro – alle Wände waren mit Andenken und eindrucksvollen abstrakten Gemälden bedeckt, die Möbel eine Mischung aus viktorianisch und zeitgenössisch. Es wäre sehr dunkel gewesen, wenn die vierte Wand nicht ausschließlich aus einem Fenster bestanden hätte, das auf einen Balkon mit Geländer führte, der einen spektakulären Blick auf Hampstead Heath eröffnete. Die Küche war am anderen Ende des Korridors. Ich vermutete, daß der Wohnblock, in dem Agatha wohnte, in den Dreißigern oder um den Dreh gebaut worden war. Die Küche war nicht neu ausgestattet worden. Sie war schockierend schäbig, mit altmodischen Holzschränken, von denen der hellgrüne Lack abblätterte. Das einzige Zugeständnis an die zweite Hälfte des Jahrhunderts war eine weiße Mikrowelle, die so fremd wie ein Raumschiff auf der Zinkeinfassung der Spüle stand. Es war die Küche von jemandem, der kein Konzept von einem Heim hatte. Ich fand eine alte Weinkaraffe für die Blumen.

»Wie ungehobelt ich bin, Schatz«, sagte sie, als ich zurückkam. »Die Blumen sind entzückend, und ich bin morbide. Ich fühle mich so gräßlich. Vergeben Sie mir.«

»Sind Sie bei einem Arzt gewesen?« erkundigte ich mich, als sie wieder anfing zu husten.

»Ich habe meinen Diätspezialisten konsultiert. Ärzte verabscheue ich«, antwortete sie.

»Aber vielleicht sollten Sie etwas einnehmen?«

»Ich nehme keine Medikamente. Sie schaden dem Immunsystem des Körpers. Ich werde sonst nie krank, aber wenn, dann weil der Körper versucht, sich selbst zu reinigen. Ist nicht religiös gemeint, also schauen Sie mich nicht so skeptisch an. Es ist etwas Natürliches.«

Obwohl sich dies für die meisten Leute verdreht angehört hätte, schlug es eine entfernte Saite in meinem Geist an.

»Ich denke, mein Vater hat etwas Ähnliches geglaubt«, sagte ich. Es war ein Fetisch, wie die Reformkost, die meine Mutter nie hatte verstehen können.

»Nun denn ..., lassen Sie uns jetzt mit dem Geschäftlichen weitermachen, bevor ich zu müde werde.«

Ich begann, die verschiedenen Probleme zu erklären, die ich hatte. Paul Montefiore – ein Schauspieler, den ich absolut nicht ausstehen konnte, größtenteils weil er anscheinend immer Schurken in grundlos gewalttätigen Filmen spielte, aber auch, weil er mich am Telefon als dumme Blondine behandelte und mich mit »Herzchen« anredete – forderte, daß sein Vertrag für die Fernsehserie, in der er mitwirkte, neu ausgehandelt werden sollte. Die Produzenten willigten in die Neuverhandlung ein, aber nur unter der Voraussetzung, daß seine Gage reduziert werde, andernfalls, sagten sie, würden sie ihn feuern. Offenbar war er auf dem Set genauso abscheulich wie im richtigen Leben.

»Oje«, sagte Agatha, »das können wir ihm schlecht sagen, oder? Ich glaube, wir müssen es darauf ankommen lassen, daß die eh nur bluffen. Die Serie ist viel zu weit fortgeschritten, als daß sie ihn noch ausrangieren könnten. Und er hat, unbegreiflicherweise, eine ganz hübsche Anhängerschaft von Maulhelden und masochistischen Hausfrauen. Sagen Sie denen einfach, daß er keine Erhöhung mehr fordert, und ihm, daß die sich nicht im geringsten von der Stelle bewegen werden. Schaffen Sie das?«

Ich sagte, ich glaube schon, obwohl mir die Aussicht darauf nicht schmeckte.

»Gehört alles zum Job«, sagte sie. »Oh, hallo Schatz. Hier, komm' und setz' dich zu mir«, fügte sie ihrer Katze zuliebe hinzu, die gerade ins Zimmer gewandert war.

Ich dachte, sagte es aber nicht, daß das alles zu ihrem Job gehörte und sie eine ganze Menge mehr verdiente als ich. Ich hatte nicht zum ersten Mal in dieser Woche das Gefühl, daß Agatha meine Gutmütigkeit und meine Kompetenz ausbeutete, aber sie atmete so mühsam, daß ich sie nicht noch mehr aus der Fassung bringen wollte. Ich beschloß, um eine Gehaltserhöhung zu bitten, sobald sie ins Büro zurückkam.

»Weiter!« sagte sie matt.

»Die Probeaufführungen für Cormac O'Haras Stück am Broadway sollen nächste Woche losgehen, und sie haben immer noch nicht den Vertrag unterschrieben.«

»Was?«

»Ich habe sie gescheucht wie nur was, aber sie sagen ständig, er sei in der Mache.«

»Sagen Sie ihnen, mir ist egal, wo er ist, solange er morgen vor Geschäftsschluß unterschrieben auf meinem Schreibtisch liegt. Andernfalls hängen wir ihnen eine einstweilige Verfügung an. Wenn Sie sie nicht sprechen können, schicken Sie ein Fax. Oder tun Sie beides. Anrufen und dann mit Fax bestätigen. Mit denen müssen wir hart umgehen. Cormac ist so sanftmütig, daß er ihnen alles durchgehen lassen würde.«

Obschon es ihr wirklich sehr schlecht ging, wurde Agatha ausgesprochen lebhaft, wenn sie Kreuzzüge im Auftrag ihrer Lieblingsklienten führte, und Cormac O'Hara, ein liebenswürdiger irischer Dramatiker, dessen jüngstes Stück den Durchbruch gebracht hatte und über ein Jahr im West End gelaufen war, war ganz gewiß einer von ihnen. Ich liebte es, sie zu beobachten, wenn sie in dieser Stimmung war, und fragte mich, ob sie so selbstbewußt zur Welt gekommen war oder ob es etwas war, das sie gelernt hatte. Ich notierte ein empörtes Agatha-Fax und ging zum nächsten Punkt über.

»Da ist noch ein Brief vom Fachbereich Theaterwissenschaft einer Universität in Kalifornien mit der Bitte, *Die Haare im Abfluß* im Rahmen ihrer Reihe ›Knospende Talente der Sechziger‹, wie sie es nennen, aufführen zu dürfen.« Als ich den Luftpostumschlag öffnete, hatte ich mich erinnert, daß ein ähnlicher Brief an meinem ersten Tag im Büro angekommen war, aber damals hatte ich nicht gewußt, wer der Autor war. Ich hatte ihn zu dem Poststapel in Agathas Eingangskorb gelegt und seither nicht mehr gesehen.

»Oh, geben Sie das mal her. Knospende Talente, wahrhaftig! Ich werde mich drum kümmern. War das alles?« fragte sie.

»Na ja, fast ...«

»Warten Sie mal eben«, unterbrach sie mich. »Sie sind nicht mit dem Künstler Marcus Fitt verwandt, oder?«

Ich zögerte und fragte mich, ob ich sie richtig gehört hatte.

»Doch, so wie es aussieht bin ich seine Tochter.«

»So, so«, sagte sie. »Sehen Sie, ich habe darüber nachgedacht, was Sie über Ihren Vater und sein Interesse an Naturheilkunde sagten, und mich erinnert, daß der einzige Mensch, dem ich jemals begegnet bin, der wirklich mit meinen Ansichten übereinstimmte, Marcus war. In der letzten halben Stunde habe ich versucht, seinen Namen unterzubringen, während wir uns unterhielten, aber ich bin im Kopf ganz durcheinander von der Grippe. Dann wurde mir klar, daß es Fitt war, genau wie Ihrer. Wie geht es ihm? Der alte Halunke.«

»Ich habe wirklich keine Ahnung«, sagte ich. Es klang schroff, aber es war die Wahrheit.

»Keine Ahnung? Er ist doch nicht tot, oder?«

»Nicht soweit ich wüßte, aber ich habe ihn über zwanzig Jahre nicht gesehen, und er hat aufgehört, Postkarten zu schicken, als ich ungefähr zehn war.«

Agatha schien nicht im geringsten bestürzt über diese Nachricht. Ihr Gesicht erfüllte sich auch nicht mit einer Art Plastikmitgefühl, wie das der meisten Leute, wenn sie hören, daß ich ihn nie sehe. Ich habe die Nase so voll von diesem Blick, der mich immer an Mrs. Thatchers »betroffenes« Gesicht erinnert, daß ich meinen Vater oder die Tatsache, daß er sich davongemacht hat, sehr selten erwähne.

»Unverläßlich wie immer! Meine Güte, es muß gute fünfundzwanzig Jahre her sein, seit ich ihn zuletzt gesehen habe. Er war ein äußerst attraktiver Mann. Äußerst attraktiv. Vollkommen verantwortungslos, aber so ungemein attraktiv. Kein erstklassiger Künstler, glaube ich, und bestimmt kein erstklassiger Mensch, aber ausgezeichnete Gesellschaft. Eine ganze Gruppe von uns hat einmal ein

Wochenende auf so einer Art prototypischer Gesundheitsfarm mit Karottenessen zugebracht. Haben wir gelacht, mein Gott, wie wir gelacht haben.«

Während sie ihre Erinnerungen erzählte und dabei die Katze stetig und rhythmisch streichelte, saß ich gespannt in dem dunkler werdenden Zimmer. Ich hatte meinen Vater nicht als attraktiven Mann in Erinnerung, obwohl er auf Fotografien zweifellos gut aussah. Ich fand seine Präsenz immer ziemlich einschüchternd. Er war ein kräftiger Mann, der das Zimmer auszufüllen schien, und ich erinnere mich, daß er nach französischem Tabak roch. Vor allem erinnere ich mich an sein Temperament, das nicht oft aufloderte, aber immer irgendwie um ihn lauerte. Er war kein körperlich gewalttätiger Mann, aber es lag eine Bedrohung des Grausamen um ihn. Ich war mir sicher, daß ich ihn nie hatte lachen sehen.

»Marcus war ein glänzender Erzähler. Von einer Lüge hat er sich nie an einer guten Geschichte hindern lassen. In jenen Tagen hingen wir immer in Cafés auf der King's Road herum und in Soho. Wir haben damals nicht wirklich getrunken oder viele Drogen genommen – eine Menge von diesem Sechzigerjahre-Zeug ist reiner Mythos, wissen Sie –, aber wir blieben bis in die Puppen auf, um zu reden und zu vögeln, natürlich.«

Agathas Laune schien sich beim Erinnern an diese Ereignisse enorm aufgeheitert zu haben. Es war jetzt so dunkel, daß ich ihr Gesicht nicht sehen konnte, aber ich konnte das Lächeln darin hören. Es gab jede Menge Fragen, die ich ihr stellen wollte, nicht zuletzt, ob sie mit meinem Vater gevögelt hatte; aber Agathas Gemüt war sehr flatterhaft, und ich hatte schon zuvor gemerkt, daß sie zu unterbrechen häufig hieß, das Thema zu wechseln.

»Das waren goldene Zeiten, Sie können es sich einfach nicht vorstellen, Sophie. Es ist mir beinahe peinlich, daran zu denken, wie idealistisch wir waren. Dorothy und ich waren uns natürlich schrecklich nah damals, praktisch unzertrennlich, und da waren noch ein paar Jazzgitarristen, kann mich nicht an ihre Namen erinnern, und Jack, natürlich. Wir gingen alle zusammen zu den Antiatom-Demonstrationen nach Aldermaston. Marcus war immer zu spät dran, immer mit einer anderen Frau, schnorrte immer ein paar Pfund und hat sie, wie ich mich entsinne, nie zurückgezahlt. Macht aber nichts. Er war seinen Preis wert.« Sie redete immer weiter. Wochenenden in Walberswick. Ich hatte ein paar von den Gemälden mit Strandszenen aus dieser Periode einmal in einer Ausstellung gesehen. Ferien in Cornwall, wo er anscheinend darauf bestanden hatte, Krabben zu kaufen und sie lebendig zu kochen, bis sie schrien. Es schien, als sei die fluktuierende Gruppe von Freunden einander für beträchtliche Zeit sehr nahegewesen.

»Was ist wohl aus ihm geworden?« fragte Agatha sich plötzlich selbst, als ob sie vergessen hatte, daß er irgendetwas mit mir zu tun hatte. »Nein, ich erinnere mich, er hegte eine große Leidenschaft für eine kleine Kellnerin, die keinen von uns nur entfernt interessierte. Wir konnten einfach nichts an ihr finden. Wenn sie den Raum betrat, hörte das Gespräch einfach irgendwie auf. Und dann lebten wir uns einfach auseinander, wie es schätzungsweise die Leute halt tun … Ich glaube, ich erinnere mich, daß er geheiratet hat. Ich erinnere mich, daß ich das allerdings für sehr merkwürdig hielt –«

Ich fühlte mich verpflichtet, sie an diesem Punkt zu unterbrechen. Irgendwie hatte das Bild von meiner Mutter, umgeben von der bunten Schar intellektueller Bohemiens, die Agatha beschrieben hatte, mir Tränen in die Augen getrieben. Mir ist oft aufgefallen, daß gebildete Leute aus der Mittelschicht, die sich zu sozialistischen Prinzipien bekennen, sich am intolerantesten aufführen, wenn sie Leuten begegnen, die sie als geringer betrachten.

»Die Kellnerin war, glaube ich, meine Mutter«, sagte ich verteidigend.

»Ich vermute, das war dann also der Grund.«

»Daß er geheiratet hat? Nein, ich glaube nicht, daß es eine Mußheirat war, wenn Sie das meinen. Ich glaube, mein Vater war anfangs sehr verliebt.«

»Nein, nein, nein. Sie verstehen mich falsch, Schatz. Ich meinte, daß das der Grund dafür war, daß wir ihn nicht mehr gesehen haben. Er mußte Sie großziehen.« Das klang mir ein bißchen falsch, aber es freute mich, daß Agatha sich bemühte, die allmählich ungemütlich werdende Unterhaltung in versöhnlichere Bahnen zu lenken.

»Natürlich sehen Sie ihm überhaupt nicht ähnlich. Aber ich glaube, Sie haben etwas geerbt. Beide sehr charmant, natürlich, und scharfsinnig. Scharfsinn. Ja, Sie sind beide sehr scharfsinnig.«

Es war eine zweischneidige Beobachtung, die ich als Kompliment aufzufassen beschloß. Ich versuchte, Agatha dazu zu bewegen, mehr über jene Zeit zu sagen, aber ich glaubte, sie war argwöhnisch, nachdem sie offensichtlich einen Nerv bei mir getroffen hatte.

Ich stand auf und machte das Licht an. Ich gab ihr einige Briefe, die ich getippt hatte, zum Unterschreiben, und sie unterzeichnete mit einer Hand und schirmte mit der anderen das Licht von ihren Augen ab.

»Wundervoll, Schatz. Und jetzt, trinken Sie etwas?«

Ich sagte, sehr gerne.

»Sie müssen sich ein Glas aus der Küche holen. Pressen Sie ein paar Zitronen aus, bitte, und bringen Sie den Honig mit.«

Ich tat, wie geheißen. Ich fand die Zitronenpresse in der Spüle unter mehreren Töpfen, die aussahen, als weichten sie schon tagelang ein. Der Honig stand auf dem Abtropfbrett, ohne Deckel, und ein Teelöffel stand darin.

»Im Kühlschrank gibt's Eis!« rief Agatha von nebenan.

Das gab es allerdings. Der größte Teil des Kühlschranks war Eis, weil er anscheinend nie abgetaut worden war. Ein paar geöffnete Suppendosen siechten im Kühlschrankteil vor sich hin, und ein Eiswürfelbehälter steckte im Eisfach fest. Ich hackte ihn mit einem stumpfen Messer heraus und brachte alles, was ich eingesammelt hatte, auf dem Deckel einer alten, quadratischen Keksdose zu Agatha hinein, da ich kein Tablett finden konnte.

»Würden Sie ein Engel sein, Schatz, und einen Kessel Wasser für mich kochen? Und diese Tasse spülen.« Sie hielt mir einen angeschlagenen Becher hin. Ich nahm ihn zaghaft entgegen und wusch ihn, so gut ich konnte, in der Küche aus. Spülmittel war nicht in Sicht. Ich brachte den Wasserkessel auf dem uralten Gasherd zum Kochen.

»Nun«, sagte sie, als ich zurückkehrte, Kessel in der einen Hand und Becher in der anderen, »in diesem Schrank finden Sie Whisky.« Sie zeigte auf die kleine Anrichte aus Mahagoni neben mir. Ich beugte mich hinunter und öffnete sie. Dort stand eine Kiste, die offenbar zwölf Flaschen Glenmorangie enthalten hatte. Die ersten zwei Reihen waren leer und die dritte enthielt eine halbvolle Flasche. Ich reichte sie Agatha.

»Möchten Sie ihn pur, mit Eis, oder meinen speziellen Hot Toddy Whisky Sour, hervorragend gegen Schnupfen.«

Ich habe es nicht so mit Whisky, aber da mir keine Wahl blieb und ein flüchtiger Blick in die Anrichte gezeigt hatte, daß es nichts anderes gab, bat ich um eine kleine Portion pur. Ich dachte, das abgestanden riechende Eis würde mich vergiften.

»Ich glaube nicht, daß mein Diätspezialist es auf leeren Magen gutheißen würde«, sagte Agatha, »aber zum Teufel, was soll's! « Sie nippte an dem heißen Cocktail, den sie sich gemixt hatte, und als er kalt genug war, kippte sie ihn auf einmal hinunter und seufzte.

»Möchten Sie, daß ich Ihnen etwas zum Abendessen hole?« erbot ich mich.

»Wie nett Sie sind«, sagte Agatha, als sei sie überrascht. Mir schien es ein ganz normales Angebot. In jedem Fall dachte ich nur an eine Pizza aus dem Imbiß am South End Green. »Aber danke, nein. Meine Schwester kocht heute abend für mich.«

»Dorothy? Aber ich dachte ...«

»Ja gut, wir sind über die Jahre hinweg nicht die besten Freundinnen gewesen, aber es kommt dann die Zeit, oder?«

Ich nickte und wußte nicht so genau, wovon sie eigentlich sprach, wollte sie aber nicht unterbrechen.

»Ich frage mich, ob sie gealtert ist. Sie war immer furchtbar hübsch, aber oft hält das nicht an, nicht wahr?« Sie goß sich noch ein Glas ein, wobei sie beträchtlich mehr Whisky als heißes Wasser und Zitronensaft nahm und winkte mir mit der Flasche zu. Ich schaute auf die Uhr. Fast halb acht, und ich war um acht mit Greg verabredet. Ich hatte keine Ahnung, daß es so spät war. Ich erklärte, daß ich eine Verabredung hatte, und trank mein Glas sehr schnell aus.

Agatha kam mit mir zur Tür, und zu meiner großen Überraschung küßte sie mich mit einiger Zuneigung auf beide Wangen.

»Ganz vielen Dank, daß Sie gekommen sind, Schatz. Das hat echt gutgetan.«

Ich sagte ihr, sie solle sich schnell erholen, weil ich die Atmosphäre im Büro nicht mehr lange ertragen könne, ohne daß sie da war, um sie zu lindern.

Sie lachte und sagte, sie würde in null Komma nichts zurück sein.

Ich hätte kein Taxi zurück aus Hampstead nehmen brauchen. Ich hätte genug Zeit gehabt, nach Hause zu gehen, ein langes Bad zu nehmen und mich umzuziehen, weil Greg fast eine Stunde zu spät kam. Ich kochte schon vor mich hin, als er ankam, weil ich danach gelechzt hatte, mehr über Agathas und Dorothys Fehde zu hören, aber sein Lächeln war so entwaffnend, daß ich nicht länger als ein paar Sekunden wütend sein konnte. Was ich besonders mochte, war die Art, wie er sich über den Tisch lehnte, mit seiner Lederjacke die halbvolle Flasche Pinot Grigio und mein Glas umstieß und mich, davon völlig ungerührt, überschwenglich auf den Mund küßte.

Ich habe so einige Beziehungen in meinem Leben gehabt. Tatsächlich war ich in Cambridge ein ziemlicher Feger. Jemand nannte mich auf einer Party mal eine promiske blondgefärbte Schlampe, und ich war total beleidigt und protestierte, daß meine Haarfarbe natürlich sei.

Meine ernsthafteste Beziehung seit der Universität war auch mein größter Fehler. Er war mein Chef nach meinem Ausbildungsjahr an der Bank. Und er war verheiratet. Ich wußte nicht, daß er verheiratet war, als es losging, was aber eigentlich keine große Entschuldigung ist, weil es noch mindestens ein Jahr weiterging, nachdem ich es herausgefunden hatte. Jerry ist Amerikaner, wie die meisten Bankangestellten (so schaffte er es überhaupt, seine Frau und, ja, zwei Kinder vor mir zu verbergen). Sie lebt in Connecticut und er in New York, London und Connecticut. Er wurde nach London geschickt, weil er ein knallharter Manager ist, dem man zutraute, den neuen britischen Uniabsolventen die Flausen auszutreiben, von denen man im Hauptquartier in New York dachte – wahrscheinlich in den meisten Fällen berechtigterweise –, daß sie arrogant und faul seien. Nur vier von den zehn Leuten, mit denen zusammen ich anfing, überstanden das erste Jahr. Jerry konnte mir mit seinen normalen Techniken nicht beikommen, weil ich sehr hart arbeitete und ihn zum Lachen brachte. Ich entging seiner allzeit bereiten Kritik, weil er dachte, ich sei eine besonders verdrehte englische Lady. Aus irgendeinem Grund, über den ich nicht zu genau nachdenken mag, fühlte ich mich von Anfang an zu Jerry hingezogen, obwohl ich, wie alle andern, beteuerte, ihn zu hassen. Sein gutes Aussehen und die Aura der Macht, die ihn umgab, waren fast klischeehaft. Es war, als sei er vom Set von *LA Law* weg in die Bank geschlendert. Er war, um eines seiner Lieblingswörter zu benutzen, ein Gewinner.

Das einzige, was Menschen einander gleichmacht, ist, daß wir immer denken, wir seien verschieden. Wenn eine meiner Freundinnen mir erzählt hätte, daß sie eine Affäre mit ihrem verheirateten Chef hat, hätte ich ihr gesagt, daß solche Sachen niemals hinhauen. Steig da sofort aus! hätte ich gesagt, und tatsächlich sagten das alle, die davon wußten, und besonders jene, die ihn kennengelernt hatten. Aber wie jene vielen anderen glücklosen Geliebten glaubte ich, dies sei etwas Besonderes. Ich vermute, daß das Leben sehr langweilig sein würde, wenn wir alle täten, was in unserem besten Interesse steht. Emma Bovary wäre nicht ganz dieselbe Person gewesen, wenn sie einfach vernünftig gewesen wäre. Heute entsetzt es mich, daß ich mir sagte, dies sei mehr als eine Affäre. Er tat selbstverständlich nichts, um mir meine romantischen Ideen aus dem Kopf zu schlagen. Als Martin mir vor kurzem erzählte, daß Jerry mit einer Kundin der Bank angebändelt hat, nachdem ich gegangen war (wenigstens läßt er dieses Mal das Büro aus dem Spiel), sagte ich: »Sie muß verrückt sein!« Martin schaute mich nur schweigend an. Was ein großer Umweg dahin ist, zu sagen, daß ich, seit Jerry und ich uns vor ein paar Jahren trennten, keine sehr hohe Meinung von Männern hege und ich niemandem, besonders mir selbst nicht, genug vertraut habe, um mich auf etwas einzulassen.

Teilweise deswegen, vermute ich, zitterte ich buchstäblich, als Greg vom Tresen zurückkam, mit zwei Gläsern, einer neuen Flasche Wein und einem Geschirrtuch.

Als er mich fragte, wo ich gerne zu Abend essen würde, hörte ich mich sagen: »Warum gehen wir nicht zu mir und lassen uns eine Pizza kommen?«

Er lächelte und reichte mir meine Jacke, und als wir den Parkway hinaufgingen, legte er seinen Arm um mich, als wäre das die natürlichste Sache der Welt, und ich fühlte mich zum ersten Mal seit Jahren so, als sei ich Teil eines Paares.

Ich denke, der Pizzabote muß recht überrascht gewesen sein, weil ich nur Gregs T-Shirt anhatte, als ich die Tür öffnete, denn das war das erste, was ich gefunden hatte, als es klingelte.

Greg und ich hatten uns unterhalten, während wir die Regent's Park Road entlanggingen, waren aber in einer Art nervöser Vorfreude verstummt, als wir die Treppe zu meiner Wohnung hinaufstiegen, und sobald ich die Pizzeria angerufen hatte, waren wir gierig übereinander hergefallen. Wir waren zusammen gut im Bett und auf dem Küchenfußboden auch. Als wir dann zum Luftschnappen aufstanden, war die Pizza kalt, aber sie schmeckte immer noch köstlich. Ich hätte kalte Spiegeleier essen können und mich genauso dabei gefühlt. Ich war wirklich glücklich.

»Darf ich heute Nacht hierbleiben?«

Alles an diesem Mann war wundervoll. Ich dachte an die Tirade gegen »Neue Männer«, an der ich für meine Kabarettnummer arbeitete und fühlte mich ziemlich gedämpft. Hier war ein Mann mit aufrichtiger Höflichkeit und mit Respekt für andere Leute. Das war etwas Wertvolles, und ich sollte keine Witze darüber machen.

»Natürlich. Möchtest du baden?«

»Sehr gerne.«

»Die einzige Sache ist, ich muß dich warnen, mein Badezimmerdekor ist scheußlich, und ich habe es nicht ausgesucht ...«

Er lachte. »Für solche Sachen interessiere ich mich wirklich nicht.«

Trotzdem zündete ich eine Kerze an, damit die avokadofarbene Badezimmereinrichtung nicht allzu abschreckend wirkte. Wir lagen lange Zeit in dem warmen, duftenden Wasser. Ich habe immer gefunden, daß zusammen baden fast noch intimer ist als Sex. Das einzige, was ich körperlich an Jerry auszusetzen hatte, war seine Obsession fürs Duschen und seine Nörgeleien über den unzulänglichen Wasserdruck in London im Vergleich zu den Staaten. Immer wenn ich versuchte, ihn ihn meine Badewanne zu locken, verzog er das Gesicht und sagte: »Warum sollte irgend jemand in dreckigem Wasser herumhängen wollen?«

Greg gehört zu den Leuten, die immer gleich entspannt scheinen, ob sie nun reden oder schweigen. Wenn es Pausen in der Unterhaltung gab, verspürte ich nicht das Bedürfnis, die Lücken mit Geplauder oder trockenen Witzen zu füllen, wie ich es normalerweise tue. Er erzählte ein wenig von seiner Familie. Er ist der jüngste von acht Geschwistern. Er sagte, daß, als sie klein waren, sämtliche Kinder, von denen keines mehr als zwei Jahre im Alter voneinander entfernt war, quer in zwei Doppelbetten schliefen. Ihr Bad war in der Küche, mit einem Vorhang drumherum, so daß jedes Bad mit einer Tür, die man schließen konnte, für ihn Luxus war. Er stand seinen fünf Schwestern immer noch nahe, die ihn wahnsinnig verwöhnt hatten, als er ein Kind war, aber hatte keinen richtigen Kontakt mit seinen beiden Brüdern, den Ältesten in der Familie, die dachten, daß er es zu einfach gehabt hatte und dadurch ein ›Weichling‹ geworden war. Er machte sie nach, wie sie sagten »Unser Greg ist jetzt Schauspieler«, das Gesicht in liebevoller Mißbilligung verzogen.

Meine Jugend als Einzelkind war im Vergleich dazu so verhätschelt und idyllisch gewesen, daß es sich fast unwirklich anhörte, wie das Leben der Familie aus der Werbung, nach dem ich mich als Kind gesehnt hatte. Vermutlich malte er sich aus, wie meine Mutter und ich mit den Seifenblasen im Abwasch in unserer strahlenden Küche spielten und darüber staunten, wie weich unsere Haut war. Ich dachte, wie sehr Greg ihren Beifall finden würde, und hoffte, daß er sie auch mögen würde, aber nicht übermäßig. Dann, um dem Bild des häuslichen Glücks entgegenzusteuern, erwähnte ich meinen Vater.

»Ich habe heute mehr über ihn erfahren als in beinahe zwanzig Jahren!« sagte ich und beschrieb mein Gespräch mit Agatha.

»Vermißt du ihn denn nie?«

»Zuerst schon, vermute ich. Vielleicht habe ich es einfach verdrängt. Als Agatha über ihn redete, habe ich eine

Art Sehnsucht verspürt, ihn zu treffen. Obwohl ich, glaube ich, große Angst hätte ...«

»Angst wovor?« Greg rutschte nach vorne, so daß kleine Wellen in der Wanne hin und her schwappten. Er legte seine Hände auf meine Schultern und schaute mir in die Augen.

»Oh, daß er sich als Enttäuschung erweisen würde. Agatha kann sich sehr gut für Sachen begeistern, weißt du – ja, natürlich weißt du das. Oder vielleicht, daß ich eine Enttäuschung für ihn sein würde, daß er mich nicht mögen würde ...«

Der Satz hing in der Luft. Unerklärlicherweise fühlte ich Tränen aus meinen Augen quellen, aber ich wollte nicht die Hände heben, um sie abzuwischen, weil ich Gregs Hände nicht bewegen wollte. Plötzlich fühlte ich mich sehr verletzlich und schaute weg.

»Komm«, sagte Greg. »Ich wasche dich.« Er seifte mich ganz ein, wie ein Kind, und stieg dann aus der Wanne, damit ich mich hinlegen und mich abspülen konnte. Dann rubbelte er mich mit einem Handtuch ab, hob mich mit erstaunlicher Kraft hoch und trug mich ins Bett.

Wir verbrachten Stunden damit, uns stumm zu küssen, zu erforschen, zu lecken, zu saugen. Erst als er mit einem Seufzer des Wohlbehagens in mich eindrang, öffnete er seine Augen, schaute zu mir herab, lächelte und sagte: »Ich mag dich.«

Die Mitteilung war auf vertraut aussehendem Büttenpapier getippt und lautete einfach: »LEHN MICH AUF EIGENE GEFAHR AB, DU SCHLAMPE.«

Sie bestürzte mich. Ich nahm den Umschlag oben aus dem Papierkorb und sah, daß ich ihn sowieso nicht hätte öffnen sollen, weil er mit der Aufschrift »Persönlich und vertraulich« gekennzeichnet war. Die Adresse war vollständig getippt, aber es war keine Briefmarke darauf. Ich fragte mich, ob er mit der zweiten Post gekommen war, aber dann wurde mir klar, daß er persönlich eingeworfen worden war.

Ich hatte Agatha bereits einmal angerufen, um ihr zu sagen, daß der Vertrag für Cormac O'Hara fertig und das Geld telegrafisch auf das Konto der Agentur überwiesen worden war. Sie klang weniger heiser und fröhlicher gestimmt. Sie hatte beschlossen, sich zu verwöhnen, indem sie den Rest der Woche freinahm, wenn ich glaubte, es schaffen zu können. Nachdem ich ihr versichert hatte, ich könne, wollte ich sie nicht noch einmal anrufen, besonders nicht, um ihr dies vorzulesen. Ich erinnerte mich, daß sie beim letzten Mal, als eine ähnliche Notiz eingetroffen war, diese einfach weggeworfen hatte. Ich fragte mich, ob sie den Absender kannte und was für ein Spiel hier gespielt wurde.

Ich war sehr früh ins Büro gekommen. Greg hatte um neun Uhr einen Termin zum Vorsprechen und mußte zu seiner Wohnung zurück, um sich umzuziehen. Nachdem er gegangen war, versuchte ich, noch ein bißchen zu schlafen, aber ich war so aufgedreht, daß ich nicht konnte. Ich trank einen starken Cappuccino in der Patisserie unten, sobald sie öffnete, und traf wie auf Wolken schwebend im Büro ein. Ich war derartig gut gelaunt, daß es auf Janet abgefärbt haben muß, die richtig freundlich war – zumindest grüßte sie zum ersten Mal seit Tagen.

Ich las die Notiz noch einmal und fragte mich, ob ich sie ihr zeigen sollte in unserem neuen Kameradschaftsgeist. Heute wünsche ich mir, ich hätte es getan, denn es hätte furchtbar viele Mißverständnisse erspart. Was ich statt dessen tat, war, sie unter den Stoß von Agathas Post auf ihrem Schreibtisch zu schieben.

Der Rest des Tages war relativ ereignislos. Ich schaffte es, die ganze Arbeit, die ich während Agathas Abwesenheit erledigt hatte abzuheften, und reihte die Dinge, die ihre Aufmerksamkeit erforderten, der Priorität nach auf ihrem Schreibtisch auf. Ich fing an, die Einzelheiten der Verträge für die Autoren, deren Namen mit B begann, in den Computer einzugeben, stellte aber fest, daß mich am frühen Nachmittag allmählich meine schlaflose Nacht einholte. Anthony White war früh nach Hause gegangen – Janet erklärte, daß er donnerstags seinen Abend mit seinem Sohn Keith hatte –, und ich beschloß, das gleiche zu tun. Janet meinte, ich solle Agatha um Erlaubnis fragen. Ich zögerte, das zu tun, weil es mir so erniedrigend schien, aber schließlich rief ich sie an, denn ich wollte mir keinen Ärger mit Anthony am nächsten Morgen einhandeln. Ihre Nummer war besetzt. Meine Müdigkeit machte mich inzwischen gereizt. Ich legte den Hörer auf und ging ohne weitere Rücksprache.

Ich verbrachte den Freitag praktisch ohne Unterbrechung damit, die Bs im Computer zu speichern. Das Büro war ruhiger, als ich es je gekannt hatte. Wenn Agatha da war, surrte der Ort vor Energie. Es war, als ob sie durch ihre bloße Anwesenheit Geschäftigkeit schaffen würde. Ich fand Anthonys Zappeligkeit im Vergleich dazu ermüdend. Er hatte außerdem in Agathas Abwesenheit die ärgerliche Angewohnheit entwickelt, Janet in unserem Korridor-mit-Büro zu diktieren, statt in seinem eigenen. Ich entschloß mich, die Akten mit in Agathas Büro zu nehmen und an ihrem Terminal zu arbeiten.

Der vorletzte Hefter in der Sektion B war mit ›Burton‹ etikettiert. Normalerweise waren in der Akte jedes Klienten zwei Hefter. Einer war für die Korrespondenz des laufenden Jahres und wurde dann am Jahresende in riesigen Metallboxen gelagert, die im Keller des Hauses gestapelt waren.

Ein paar Wochen zuvor hatte Agatha mich gebeten, einen Vertrag herauszusuchen, der Cormac O'Haras erstes Stück 1974 betraf und versehentlich dort abgeheftet worden war. Der Keller war überraschend trocken, aber schlecht beleuchtet, mit nur einer Birne, und ich glaubte, das Rascheln von Mäusen zu hören, als ich vorsichtig die Holztreppe hinter der Tür in dem kleinen Foyer hinabstieg. Die Tür fiel mit einem Schlag hinter mir zu, der mich zusammenfahren ließ, aber es beunruhigte mich nicht übermäßig, weil es ein Yale-Schloß war, das man leicht von innen öffnen konnte. Was ich beängstigender fand, war der merkwürdige, geisterhaft klagende Ton, der aus der hinteren Ecke zu kommen schien, bis mir klar wurde, daß das der Koch aus dem chinesischen Restaurant nebenan war, der bei der Arbeit sang.

Der andere Hefter enthielt alles, was mit Verträgen zu tun hatte. Diese wurden nicht jahresweise abgeheftet, weil sie im Fall der Autoren ihre Rechtskraft während der gesamten Gültigkeitsdauer des Copyrights behielten, und bei Schauspielern, solange das Engagement andauerte. Ich hatte mir Jack Burtons Hefter schwerer vorgestellt. Es gab keine Korrespondenzakte, was mich nicht überraschte, weil er sein Werk ja nun selbst vertrat, aber der Vertragshefter enthielt nur zwei Dokumente: das ursprüngliche Übereinkommen für die Produktion des Stücks und etwas, das ein Buchkontrakt zu sein schien. Ich hatte noch keines von beiden zuvor gesehen, da die meisten As und Bs Schauspieler waren, die weit simplere Verträge hatten. Ich machte mir eine Notiz, Agatha zu fragen, welche Details festgehalten werden mußten, und begann mit dem nächsten Buchstaben des Alphabets.

Ich blieb bis spät im Büro, teilweise, weil ich mir selbst die Herausforderung gestellt hatte, die Cs bis zum Ende der Woche beendet zu haben, und teilweise, weil ich abends nichts vorhatte. Greg war zu einem Abendessen mit dem Direktor von Maguire Seven Film eingeladen, und Martin hatte eine nicht näher bezeichnete Verabredung. Er hatte sich am Telefon ziemlich selbstzufrieden angehört, und als ich ihn fragte, ob er die Stewardeß schon gebumst habe, antwortete er, er könne jetzt gerade nicht sprechen. Wonach ich annahm, er hatte. Ich stellte mir vor, wie er am anderen Ende der Leitung unangenehm berührt rot wurde und jeder im Büro genau wußte, worüber er nicht zu reden versuchte und ihn damit aufzog.

Ich erblickte Stephanie in der Käseschlange bei Sainsbury's und verbrachte mehrere Minuten damit, mich in der Schinken- und Wurstabteilung herumzudrücken, die sie, wie ich mir einbildete, als Vegetarierin vermeiden würde.

Ich dachte, ich sei in Sicherheit, als ich sie den Laden verlassen sah, aber es stellte sich heraus, daß sie vergessen hatte, ihren Vorrat an Mung-Bohnen aufzufüllen, und sie stellte sich an der Schnellkasse zwei Leute hinter mir in die Reihe. Ich staunte über die Verwüstung, die die fünf Sachen, die ich im Einkaufswagen hatte, in meinem Verdauungssystem anrichten würden, wenn ich sie in der falschen Reihenfolge aß, und schlug es aus, mich einer gesponserten Meditation am folgenden Wochenende anzuschließen, obwohl ich schon anbot, 50 Pence pro Stunde beizusteuern.

»Es ist nicht zeitlich festgelegt, Sophie. Es ist nicht so eine Art Ausdauertest.«

Ich fragte mich gerade, was es dann wohl war, und war nicht schnell genug, die Einladung zum Abendessen in der nächsten Woche zu umgehen.

Ich versuchte, meine Nummer für den Pub vorzubereiten, stellte aber fest, daß ich an nichts anderes als Greg denken konnte. Wir wollten nach meinem Auftritt am folgenden Abend zusammen essengehen.

»Sollen wir versuchen, mal etwas anderes als Pizza zusammen zu essen?« hatte er gesagt.

»Meinst du, diese Beziehung ist stark genug, einen Besuch beim Inder zu überstehen?« erwiderte ich.

»Ich gehe gern Risiken ein.«

Also schlug ich ein Restaurant im Westbourne Grove vor, wo er noch nie gewesen war.

Aber das war noch vierundzwanzig Stunden hin.

Wenn meine Mutter nicht angerufen hätte, um mir zu erzählen, daß sie und Reg ein Sonderangebot im Fenster eines Reisebüros gesehen und spontan beschlossen hätten, eine Woche Winterurlaub in Madeira zu machen, wäre es ein sehr öder Abend gewesen.

Sie fuhren am nächsten Tag, und sie wollte meinen Rat, was sie zum Anziehen mitnehmen sollte. Da ich fast immer abgeschnittene Levi's und ein T-Shirt mit in den Urlaub nehme, war ich keine große Hilfe, obwohl ich zustimmte, daß »etwas für den Abend« in einem Viersternehotel ratsam sein würde, wohl wissend, daß meine Mutter nie verreist ohne mindestens drei Garnituren pro Tag in ihren beiden gewaltigen Koffern. Sie war in sehr redseliger Stimmung und erzählte mir in allen Einzelheiten von Regs Fortschritten bei den Weightwatchers. Es klang, als müsse sie sich nicht sonderlich schämen, wenn er sich an dem lagunenförmigen Swimmingpool bis auf die Badehose auszog. Nach einer halben Stunde etwa muß sie bemerkt haben, daß ich nicht viel sagte, den sie unterbrach sich mitten im Reiseprospekt selbst und sagte: »Wie kommst du denn so zurecht?«

Ich hatte überlegt, ob ich ihr von Greg erzählen sollte oder nicht. Es schien ein bißchen früh. Ich bin ziemlich abergläubisch in diesen Dingen, und so sagte ich nur, daß ich jemanden kennengelernt hatte.

»Ist er nett?«

»Natürlich ist er nett«, sagte ich ungeduldig. »Er ist ein Prachtstück.«

»Das Aussehen ist nicht alles, weißt du, Sophie.«

Für jemanden, der mindestens eine Stunde am Tag damit zubringt, sich mit einer ganzen Kollektion von Schönheitsmitteln, Lotionen und Tinkturen einzukremen, war das eine Offenbarung.

»Nun, auch du solltest auf deine Haut achten«, sagte sie zu ihrer Verteidigung.

Ich wechselte das Thema zur Arbeit und erzählte ihr, daß die Dinge ein bißchen hart gewesen waren, seit meine Chefin krank war. Dann erinnerte ich mich an die Unterhaltung, die Agatha und ich am Mittwochnachmittag gehabt hatten.

»Mama, meine Chefin sagt übrigens, daß sie dich mal vor Ewigkeiten gekannt hat.«

»Oh, wirklich? Wie heißt sie denn?« Meine Mutter hat es nach meiner Plemplem-Entscheidung (ihr Wort), die Bank zu verlassen, aufgegeben, irgendwelches Interesse für meine Arbeit zu hegen.

»Agatha Brown. Sie sagt, sie kannte meinen Vater, und daß sie dich traf ...«

Ich bemerkte, daß ich am anderen Ende der Leitung auf ein höchst eisiges Schweigen stieß.

»Ja, das hat sie wohl, nicht?«

»Was heißen soll?«

»Was bedeutet, daß wenn du meine Meinung hören willst, sie eine widerliche Schlampe ist, und ich nicht viel mit ihr zu tun haben wollte, wenn ich du wäre.«

Ich konnte mir das Lachen nicht verkneifen. Es war sehr selten, daß meine Mutter irgend etwas Schlechtes über irgend jemanden zu sagen hatte. Das Wort ›Schlampe‹ tauchte in ihrem Vokabular ungefähr so oft auf wie ›Kartesianer‹. Ich war verblüfft.

»Nein, ich werde es nicht erklären, wenn es dir nichts ausmacht«, fuhr sie fort. »Nur sag' nicht, daß ich dich nicht gewarnt habe.«

Ich merkte, daß jetzt nicht die Zeit war, sie zu bedrängen, also wechselte ich das Thema zurück zu Sonnenschutzfaktoren, erinnerte sie daran, etwas gegen Insekten mitzunehmen. »Und vergiß die Malariatabletten nicht.«

»Bist du sicher? Im Reisebüro haben sie uns das nicht gesagt.«

»Na, die sagen einem alles mögliche, oder nicht? Nein wirklich, Mama, ich habe nur Spaß gemacht.«

Was sie mißbilligte, und wir legten beide unsere Hörer auf, das Gleichgewicht war wiederhergestellt.

»… **und haben Sie** sich jemals gefragt, was heutzutage mit der Sprache passiert? Nein, ich meine nicht die Kids auf der Straße, die sagen, du sollst dich verpissen, wenn man ihnen am Guy-Fawkes-Tag keinen Penny gibt. Penny, was red' ich denn da, was ist eigentlich aus dem Penny geworden? Heute heißt es schon verpiß dich, wenn man ihnen kein Pfund in die Hand drückt. Nein, ich will Ihnen jetzt nicht mit dem moralischen Niedergang der Nation kommen, ich red' von ganz normaler, alltäglicher Sprache … Ja, Sir, das, was der Rest von uns lesen und schreiben kann«, sagte ich zu dem Mann in der letzten Reihe, der die ganze Zeit über dazwischengerufen hatte. »Was ich meine, ist, alles hat heutzutage einen blödsinnigen Namen … British Rail hat damit angefangen, als ihnen klar wurde, daß sie wegen Vorspiegelung falscher Tatsachen vor dem Kadi landen würden, wenn Sie's weiterhin ›Billigtarif‹ nennen. Jetzt haben wir rosa Zeiten. Jetzt trauen sie sich nicht einmal mehr, uns Fahrgäste zu nennen, nein, wir sind Kunden. Wir bezahlen, aber das heißt noch lange nicht, daß sie auch fahren … Und erinnern Sie sich noch an die Zeit, als es nur drei Größen gab, Small für klein – nur mal so geraten, Sir –, Medium und Large? Nun, zum Glück für meinen Freund da hinten heißt das jetzt Normal, Groß und Jumbo ... Ich hatte mich gerade dran gewöhnt, das Ham vor Burger fallenzulassen, und jetzt soll ich nach einem Big Mac fragen – nochmals Entschuldigung da hinten ...«

»Auf die Qualität kommt's an, nicht auf die Quantität«, rief eine Frau dazwischen.

Ich verzog das Gesicht. »Ach, kommen Sie, machen wir uns doch nichts vor ...« Ich legte eine Pause ein und war erleichtert, die meisten anderen Frauen im Publikum lachen zu hören.

»Es war mal ein leichtes, sich Fish und Chips mit Ketchup zu bestellen. Ich weiß ganz einfach nicht, wie ich ›Filet-o-Fish‹ aussprechen soll. Ich meine, ist das nun ein stummes T und ein langes O oder was? ... Und das ist noch, bevor man bei den Pommes und dem BBQ-Dip angelangt ist – Was soll ich nicht? Ja nun, ich kann Sie nicht sehen, aber ich würde mal die Vermutung wagen, daß Sie Experte sind, wenn's darum geht, sich ins Hemd zu machen ... Oje! Da scheinen wir heute abend aber ein paar Wischiwaschiliberale im Publikum zu haben ... und meinen schwachköpfigen Freund natürlich ..., oder sollte ich PC sagen? Erinnern Sie sich noch an die Zeit, als PC wie Police Constable der Vorname des freundlichen Schutzmanns an der Ecke war? Erinnern Sie sich noch an freundliche Schutzleute? Tja, jetzt bedeutet PC Political Correctness. Ich versuch' mal, Ihnen das zu erklären ... Erinnern Sie sich noch, was das für ein Ärger war, bis Sie ihre Mutter überredet hatten, den Busschaffner nicht ›farbig‹ zu nennen? Erinnern Sie sich überhaupt noch an Busschaffner? Meine hat sich gerade daran gewöhnt, ›schwarz‹ zu sagen – leichtes Zögern am Anfang, sie ist sich nicht sicher, ob ich sie auf den Arm nehme –, und jetzt erzähle ich ihr ›*Nein*, Mama, du mußt afro-karibisch sagen‹. Ich war immer ganz glücklich damit, klein zu sein, aber nun haben sie entschieden, ich sei vertikal herausgefordert ... Was sind Sie dann eigentlich, Sir? Genital herausgefordert, nehme ich an ...«

»Fotze!« erwiderte er.

»Ich weiß, wie *Sie* heißen, also wie heißt die Frage?«

Zum ersten Mal seit Monaten bekam ich nicht diese Art Adrenalinkick, den mir meine Stegreifnummer normalerweise verschafft. Der Zwischenrufer war unnachgiebig und betrunken, aber er riß einen Teil der Zuhörer mit sich, und ich mußte mich wohl oder übel um ihn kümmern. Normalerweise halten sie den Mund, wenn man lange genug zurückschlägt, aber dieser nicht. Ich kam mit ihm zurande, gerade so, aber einfach bloß Unflätigkeiten mit jemandem auszutauschen, ist nicht so recht meine Sache. Ich schwor mir, mich auf den nächsten Auftritt besser vorzubereiten. Improvisation ist eine feine Sache, wenn man sie zwischen zwei Rollen einschiebt, aber ich wollte nie wieder eine halbe Stunde davon machen.

Es wäre nicht so nervenaufreibend gewesen, wenn ich pünktlich gekommen wäre, aber gerade, als ich aus der Wohnung ging, hatte das Telefon geklingelt. Ich hatte gezögert, bevor ich antwortete, weil ich schon ein bißchen spät dran war und normalerweise gerne im Pub etwas trinke und das gegnerische Team begutachte, bevor ich anfange. Es war Agatha. Sie hörte sich absolut schlimm an. Ich mußte sie dreimal ihren Namen wiederholen lassen, bis ich sie erkannte. Sie atmete so schwer, daß sie wie ein obszöner Anrufer geklungen hatte.

»Ich weiß, es ist ... schrecklich, darum zu bitten ... Samstagabend ..., sehen Sie zu, daß Sie vorbeikommen können ..., glaube ..., irgendwas stimmt nicht ..., macht nichts ...«

Sie war betrunken. Ich hatte sie so an so manchem Nachmittag mit ihren Klienten sprechen hören, nach einem langen Mittagessen bei Orso's, und erkannte den Rhythmus wieder, obwohl ich nicht richtig verstehen konnte, was sie sagte. Nach einer Woche, in der ich über den Ruf der Pflicht hinaus professionell agiert hatte, fand ich es ein bißchen zuviel, zu Hause angerufen zu werden, also sagte ich ihr, daß ich gerade gehen wollte, und schlug vor, sie solle sich eine Tasse Tee machen und zu Bett gehen. Ich kam mir unter den Umständen sehr höflich vor. Ich sagte »auf Wiederhören« und bis Montag. Es gab eine lange Pause, bevor sie einen Seufzer ausstieß und auflegte. Zumindest glaube ich, daß es so passiert ist. Ich habe der Sache seitdem viele Gedanken gewidmet und mich gefragt, warum ich so intolerant war. Tatsache ist, wenn ich gewußt hätte, was sie durchmachte, wäre ich sofort vorbeigegangen, aber ich wußte es nicht.

Greg stand an der Bar. Er reichte mir einen Gin Tonic.

»Hast du mich gesehen?« fragte ich und hoffte dabei mehr oder weniger, er habe nicht.

»Nur das letzte Stück ... Dein Mann ganz hinten hat dir schwer Ärger gemacht, oder? Trotzdem, du warst ganz gut«, fügte er hinzu und küßte mich.

Ich mochte seine Art, nicht zu übertreiben. Viele Schauspieler hätten mich mit Komplimenten überhäuft und dabei die Finger hinter dem Rücken fest überkreuzt.

Später, bei Khan's, sagte ich: »Du bist nicht so wie viele Schauspieler.«

»Was meinst du damit?«

Ich aß einen Happen Chicken Tikka Masala auf Fladenbrot und dachte über meine Antwort nach. Während ich kaute, näherte sich ein hispanisch aussehender Mann unserem Tisch, der den Arm voller roter Rosen trug, die einzeln in Zellophan eingewickelt waren. Er hielt eine davon Greg hin und deutete an, daß er sie für mich kaufen solle.

»Möchtest du sie?« fragte Greg.

»Nein danke! Absolut nicht! Gott, sie sind so aufdringlich. Ich habe keine Ahnung, wie sie davon leben können, du?« Ich plapperte weiter, um meine Verlegenheit zu überspielen. »Ich meine, hast du jemals wirklich jemanden eine von diesen Rosen kaufen sehen?«

Der Rosenverkäufer hatte sich an den Tisch neben uns weiterbewegt, wo ein Paar Papads mampfte. Ohne zu zögern nahm der Mann ein Pfund aus der Tasche und tauschte es gegen eine Rose für seine Freundin.

Greg und ich lachten beide.

»Es ist offensichtlich, wie sie davon leben«, sagte Greg.

Ich schlürfte mein Lagerbier und versuchte, mich zu erinnern, was ich gesagt hatte, bevor wir unterbrochen worden waren.

»Also, wie ich gesagt habe, die Schauspieler, die ich kenne, sind normalerweise ganz schön eitel, wichtigtuerisch –«

»Ja, die Liste ist endlos! Ich sehe mich nicht wirklich als Schauspieler. Ich wirke attraktiv, also kann ich es genausogut ausnutzen. Wenn mir das verloren geht, werde ich mich mehr aufs Schreiben konzentrieren.«

»Aber das wirst du nicht verlieren!« Ich war schockiert von der nüchternen Art, wie er sich selbst beschrieben hatte. Es war so unenglisch. Keine falsche Bescheidenheit und dennoch keine Spur von Arroganz.

»Oh, das werde ich. Du solltest meinen Vater sehen. Ich gleiche ihm in seinen Zwanzigern bis aufs Haar, aber die Zeit und das Saufen ... Selbst wenn ich aufpasse, werde ich auseinandergehen. Jetzt mal ehrlich, würdest du immer noch hier mit mir sitzen, wenn ich –«

»Ja!« Es klang so entschieden und uncool, daß wir beide

lachen mußten, obwohl ich mich, als ich hinterher darüber nachdachte, fragte, ob ich vollkommen aufrichtig gewesen war. Ich kannte ihn nicht wirklich. Es lag eine instinktive Sympathie zwischen uns, aber wir hatten keine Chance gehabt, unsere Gemüter auf die Probe zu stellen. Ich war in sein Aussehen verliebt, in seine Stimme und sein Lächeln. Allem Anschein nach hatte er ein gutes Wesen. Das war alles, wovon ich ausgehen konnte.

Ich habe immer gefunden, im Taxi zu knutschen sei ein bißchen unreif. Mit Greg kam es mir wie ein dringendes Bedürfnis vor. Wenn die Fahrt etwas länger gewesen wäre und ich nicht Leggins getragen hätte, wer weiß, was passiert wäre? Antwort: Ich weiß es, denn wir vögelten sowohl auf der Treppe auf dem Weg in meine Wohnung als auch mit mehr Muße drinnen.

Schließlich lagen wir auf dem Wohnzimmerboden, in die Bettdecke eingehüllt.

Plötzlich sagte er: »Das ist ein bißchen intensiv, oder?«

Ich spürte, wie in mir ein Gefühl des Unbehagens aufzusteigen begann.

»Was meinst du damit? Ich meine, ich weiß, was intensiv heißt, aber es sieht so aus, als ob du etwas anderes sagen willst.« Ich machte mich schon auf die Standardrede gefaßt, nicht zu verbindlich werden zu wollen, Druck etc., etc.

»Ich habe einfach gemeint, daß es erstaunlich intensiv ist«, sagte er ganz ruhig. »In Anbetracht dessen, daß wir uns nicht wirklich kennen. Trotzdem habe ich irgendwie das Gefühl, wir kennen uns. Weißt du, wovon ich rede?«

Erleichtert sagte ich ja, und wir lachten beide und umarmten uns. Es fühlte sich sehr sicher und behaglich an.

»Es ist nur so«, fuhr er fort, »es ist nur so, ich glaube, ich sollte dir sagen, daß es noch jemand anderes gibt.«

Ich schaute ihn ungläubig an. Nach allem, was wir gerade getan hatten, schien mir dies ein besonders grausamer und ungeeigneter Moment. Ich schluckte die Tränen herunter und sagte mit der eisigsten Stimme, die ich aufbieten konnte: »Ach so. Ich schätze, du solltest dann besser gehen.«

Er sah erstaunt und von meinem Ton gekränkt aus.

»Wenn du es mich nur ...«

»Oh, halt' mir um Himmels willen nicht diese Rede darüber, dir etwas Zeit zu geben. Die kenne ich bereits. Hör zu Greg, geh einfach. Du hast dir die falsche Person ausgesucht, um ihr das anzutun. Darauf kann ich verzichten, und ich lasse es mir nicht gefallen. Also red' beim nächsten Mal, wenn's dir nach einem Fick zumute ist, nicht davon, wie intensiv es sich anfühlt.«

»... erklären läßt. Ich wollte sagen, wenn du es mich nur erklären läßt.«

»Ich will es nicht hören. Tut mir leid, es mag deinem schlechten Gewissen guttun, aber mir hilft es überhaupt nichts. Es hat Spaß gemacht, und wir haben uns auf nichts eingelassen. Also laß es uns einfach jetzt beenden, in Ordnung?«

»Nein. Nicht in Ordnung. Ich möchte, daß du dir anhörst, was ich zu sagen habe.«

»Aber ich möchte es nicht hören. Bitte geh.« Meine Stimme hob sich.

»OK. OK. Es tut mir nur leid, daß du so schwarzweiß damit umgehen mußt. Es kommt mir so schade vor.«

»Vielleicht ist es das für dich. Aber ich muß mich schützen, weißt du.«

»Du bist offensichtlich verletzt worden.«

»Zehn von zehn Punkten. Deswegen solltest du so was nicht mit Leuten machen, die du nicht gut kennst. Weißt du, ich habe mir vor einer ganzen Weile die Regel gesetzt, nie mit einem Mann bei der ersten Verabredung zu schlafen. Es klappt nie, weil man sich körperlich zu schnell kennenlernt und mit den Gefühlen nicht hinterherkommt –«

»Nun, wir haben es sogar getan, bevor wir miteinander verabredet waren«, unterbrach er mich.

Ich mußte lachen. »Ich frage mich, gilt das dann als Verstoß gegen die Regel?«

Die Atmosphäre war ein bißchen entspannter geworden. Er küßte mich wieder, aber dieses Mal mit einer Art beschützender Zuneigung. Einen Moment lang vergaß ich das ›jemand anderes‹.

»Es tut mir leid, Greg, aber wir können das nicht machen«, sagte ich, als es mir wieder einfiel.

»Noch eine Regel?«

»Ich fürchte, ja.«

Er stand auf und fing an, sich anzuziehen. Ich blieb unter der Bettdecke, weil es mir widerstrebte, wieder nackt vor ihm zu stehen, und fühlte mich sehr verletzlich. Er beugte sich herunter und küßte mich auf die Stirn.

»Ruf mich an, wenn du deine Meinung änderst«, sagte er und brachte sich dann selbst zur Tür.

Eine meiner Hände kam aus dem Versteck unter der Decke heraus und winkte. Ich hatte zu sehr einen Kloß im Hals, als daß ich irgend etwas hätte sagen können. Als die Tür zuging, fing ich an zu weinen.

Ich wachte am Sonntag auf und fühlte mich elend. Mein Mund schmeckte nach schalem Curry, und so oft ich mir auch die Zähne putzte, ich konnte den Geschmack nicht loswerden, der mich ständig an den Abend davor erinnerte. Ich hatte nichts vor, also vertrieb ich mir die Zeit im Bett, zappte gelegentlich durch die Fernsehprogramme und döste dann wieder. Am späten Nachmittag zog ich meinen Trainingsanzug an und rannte ein paar Mal um den inneren Kreis im Regent's Park. Was ich an körperlicher Anstrengung nie verstanden habe, ist, daß wenn sie einem so guttut, warum heckt man dann so viele Vorwände aus, um sie zu vermeiden? Wie immer hob sich nach ungefähr einer halben Stunde Joggen meine Stimmung. Es wurde schon dunkel, als ich die Regent's Park Road zurückging, ein kalter, klarer Novemberabend. Als ich mich Primrose Hill näherte, wurde mir aufgrund der wimmelnden Menschenmenge klar, daß heute der Abend des Freudenfeuers war, das der Verein der Anwohner von Primrose Hill veranstaltete. Ganz London schien dort zu sein. An den Toren zum Primrose Hill Park stand alles, was in Camden Rang und Namen hatte, und hielt Eimer, um Geld für das Feuerwerk zu sammeln. Es waren ein paar Händler da, die dünne Plastikschläuche voll fluoreszierender Flüssigkeit an die Kinder der leichtgläubigeren Eltern des Bezirks NW3 verkauften, um sie als Halskette zu tragen, aber sie machten kein großes Geschäft. Ich war halb versucht, zu bleiben und zuzuschauen, aber ich war auf eine Party in Hampstead eingeladen, mit weniger Feuerwerk und mehr Leuten, die ich kannte, und heute abend brauchte ich Gesellschaft.

Ich lag im heißen Wasser mit Sandelholzöl und fühlte mich schon glücklicher und entspannter. Nach ein paar Minuten begann das Telefon zu klingeln. Ich seufzte und faßte den Entschluß, mir ein kabelloses zu kaufen, sobald ich es mir leisten konnte, damit ich gleichzeitig baden und reden konnte. Ich sank tiefer ins Wasser, so daß meine Ohren eintauchten und meine Haare vom Gesicht wegdrifteten. Doch das Klingeln hielt an. Ich wünschte, ich hätte den Anrufbeantworter angestellt und stieg widerwillig aus der Wanne. Inzwischen hatte ich mir eingeredet, daß es Greg sein mußte, und versuchte, mich in eine entsprechend unnachgiebige Stimmung hochzuschaukeln, um ihn abzufertigen. Es ist überflüssig zu sagen, daß in der Sekunde, als ich mich herabbeugte, um den Hörer abzunehmen, das Klingeln aufhörte. Ich nahm trotzdem ab und hörte nur noch das Freizeichen. Es erinnerte mich an Agathas Anruf am Tag vorher. Mir war ein wenig bange zumute, weil ich so kurz angebunden gewesen war, und ich beschloß, da ihre Wohnung fast *en route* lag, auf dem Weg zur Party bei ihr vorbeizuschauen.

Ich zog mein liebstes kleines Schwarzes an, schwarze matte Strümpfe, halbhohe Stiefel und legte jede Menge große unechte Perlen an. Ich wollte gerade in meinem Trenchcoat aus dem Haus gehen, als ich entschied, daß es diese Nacht nicht regnen würde, und ihn gegen eine alberne Pelerine tauschte, die ich vor zwei Jahren auf einer Geschäftsreise nach New York gekauft hatte. Sie ist aus rosa Kunstpelz und von oben bis unten mit schwarzen Mickymäusen bedruckt. Ich mußte bis zum Belsize Park laufen, um ein Taxi zu finden, weil starker Verkehr auf den Straßen herrschte.

Niemand antwortete auf mein Klingeln. Ich läutete mehrere Male und wollte schon reinen Gewissens gehen, als ich spürte, daß mir ein pelziges Tier um die Beine strich. Ich erschrak und konnte gerade so eben vermeiden, Chutney auf den Schwanz zu treten, Agathas Kater. Er ist ein unverwechselbarer Kater. Mir ist noch nie ein so großer begegnet. Agatha kam öfters ins Büro und hatte Chutney wie eine lebende Stola um ihren Hals drapiert. Wie die meisten Katzen ist er extrem freundlich, wenn er etwas will, und gibt sich ansonsten völlig unnahbar. Er wollte offenbar ins Haus hinein. Ich erklärte laut, daß niemand zu Hause sei, als mir einfiel, daß ich ein Schlüsselbund von Agathas Wohnung in meiner Tasche hatte.

Der Aufzug ächzte zum vierten Stock hoch. Chutney folgte mir den Gang entlang, und ich ließ uns beide in die Wohnung. Der Korridor innen war dunkel, aber hinten aus der Küche kam Licht. Ich rief: »Hallo?«

Keine Antwort.

»Hallo? Agatha?«

Immer noch nichts.

Ich fühlte mich langsam ein bißchen wie ein Einbrecher. Agatha war offenbar ausgegangen und hatte vergessen, das Licht auszumachen. Ich hätte dann einfach gehen sollen, aber aus irgendeinem Grund entschloß ich mich, in die Küche zu gehen und die Lampe auszuknipsen. Die Tür zum Tagesraum war offen, und die Katze verschwand hinein ins Dunkle. Die anderen Türen waren geschlossen, wie sie es das Mal davor auch gewesen waren. Nichts schien ungewöhnlich, bis ich zur Küche kam.

Sie war strahlend sauber. Der ganze Müll vom Mittwoch war fortgeräumt. Der Linoleumboden war weiß und glänzend. Vorher hatte ich seine Farbe nicht ausmachen können. Die Flächen waren geschrubbt worden, und es roch heftig nach Bleichmittel.

Der ehemals überquellende Abfalleimer war leer und ruhte umgedreht auf dem Ablaufbrett. Ich lächelte, als ich Agatha im Geiste mit Schürze und Mop vor mir sah. Ich drehte das Licht aus und ging zurück zur Tür, als meine Neugier die Oberhand gewann. Anscheinend war niemand zu Hause, und ich konnte einem flüchtigen Blick in die anderen Zimmer nicht widerstehen. Ich öffnete die erste Tür rechts und knipste das Licht an. Es war ein riesiges Badezimmer mit einer grandiosen gußeisernen Badewanne mit Krallenfüßen inmitten des Raums. Ich öffnete die nächste Tür. Die Lampe neben dem Bett war an und warf ein weiches, goldenes Licht in den Raum. Ich hatte keine richtige Zeit, die Ausstattung von oben bis unten zu betrachten, weil diagonal über der oberen Hälfte des großen Doppelbetts Agatha lag und mich anstarrte.

»Sehen Sie, es tut mir furchtbar leid«, begann ich zu sagen. »Ich habe mir ein wenig Sorgen um Sie gemacht, und ich weiß nicht recht, warum, aber ich entschloß mich, vorbeizukommen, dann erinnerte ich mich, daß ich Ihre Schlüssel habe, und, na ja, Ihre Katze schien hineinzuwollen, und es ist kalt draußen und ...«

Ich bemerkte mitten im Satz, daß ihr Gesichtsausdruck sich überhaupt nicht verändert hatte.

»Ist alles in Ordnung? Ich meine, ich weiß, es ist aufdringlich, und ja, vermutlich war ich ein bißchen neugierig, aber ...«

Immer noch keine Veränderung. Mir war allmählich äußerst nervös zumute. Ich trat einen Schritt zur Seite. Ihre Augen bewegten sich nicht. Ich fing an, in Panik zu geraten. Es war mir ziemlich peinlich, mich mit ihr zu unterhalten, während ihr kimonoähnlicher Bademantel aufklaffte, also hob ich ein Handtuch vom Fußboden auf und näherte mich dem Bett, und hielt es dabei wie die Capa eines Toreros vor mir. Als ich so nah war, wie ich es wagte, warf ich es über ihren Körper. Es bedeckte sie bis hoch zu den Brüsten. Sie lag immer noch tranceähnlich in der gleichen Position da.

Ich muß Hunderte von ähnlichen Situationen im Fernsehen oder in Filmen gesehen haben, aber ich stand mehrere Minuten lang wie festgefroren neben Agathas Bett, wünschte mir, irgendwo anders zu sein, und hatte absolut keine Ahnung, was ich machen sollte. Ich konnte mich nicht dazu bringen, sie anzufassen, und doch hatte ich nicht das Gefühl, sie sei tot. Sie war ziemlich gelb gefärbt, aber es war keine tödliche Blässe. Nach einer Weile kniete ich mich neben die Seite ihres Bettes und beobachtete ihren Brustkorb. Ich konnte nicht sagen, ob sie atmete oder ob ich es mir nur einbildete. Auf dem Nachttisch stand ein halbvoller Becher – er roch nach Whisky und Zitrone – und daneben ein Telefon.

Ich wählte 999.

Die Notaufnahme des Royal Free ist nicht der angenehmste Ort, um dort die Nacht zu verbringen. Der Krankenwagen kam gegen neun Uhr, und Agatha wurde auf einer Trage in eine der Wiederbelebungsstationen gerollt. Nach wenigen Minuten kam eine Ärztin heraus, um mit mir zu reden. Ich kämpfte mit einem Formular, das sie mir gegeben hatten, und fühlte mich erbärmlich ungenügend. Mit Ausnahme ihres Namens war ich nicht in der Lage, irgendeine der über Agatha erforderlichen Einzelheiten auszufüllen, noch nicht einmal ihr Alter. Ich versuchte zu erklären, wer ich sei und warum ich in der Wohnung gewesen war. Was auch immer aus meinem Mund kam, muß sich sehr merkwürdig angehört haben, denn die Ärztin entschied, das Gespräch in einem der mit abgeteilten Vorhängen umgebenen Warteräume fortzusetzen.

»Jetzt versuchen Sie mal nachzudenken«, sagte sie. »Wenn *Sie* keine nahe Angehörige sind, wer ist es dann?«

»Ist sie tot?« Die Worte »nahe Angehörige« lösten diese Antwort bei mir aus.

»Nein. Aber es geht ihr gar nicht gut. Bitte versuchen Sie nachzudenken, an wen wir uns wenden sollen.«

Ich dachte nach. Ich kannte nur eine Person, die Agatha nahestand, und das war Anthony White. Ich sagte seinen Namen.

»Und in welchem Verhältnis steht er zu der Patientin?«

»Na ja, Geschäftspartner, vermute ich.«

»Sie wissen nichts von irgendwelchen Verwandten?«

»Also, sie hat eine Schwester. Aber sie –«

»Und wie heißt sie?« unterbrach die Ärztin.

»Dorothy.«

»Dorothy Brown?«

»Das nehme ich an. Moment, nein, sie ist verheiratet. Ich vermute, sie stammt aus der Generation, die gewöhnlich den anderen Namen angenommen hat.«

Die Ärztin sah allmählich verzweifelt aus.

»Ich versuche nachzudenken.« Ich wußte, daß er mit B anfing. Ich hatte ihn in der Woche davor mehrmals in den Computer getippt, aber in meinem Kopf herrschte vollkommene Leere.

Die Ärztin ließ mich eine Minute allein, und als sie zurückkam, erinnerte ich mich wieder.

»Burton heißt sie. Ich habe keine Ahnung, wo sie wohnt. Ich denke, in London. Können Sie mir sagen, was passiert ist?«

»Ich fürchte, es gibt zur Zeit nicht viel, was ich Ihnen sagen kann. Warten Sie mal eben einen Moment draußen.«

Es kam mir wie Stunden vor, bis sie zurückkehrte. Der Warteraum füllte sich mit den Verletzten der Guy-Fawkes-Nacht. Mehrere Elternsippschaften hielten Kinder mit verbrannten Gliedmaßen. Ein kleiner Junge war hereingebracht worden, dem Blut aus dem Auge strömte, das mit Ruß geschwärzt war. Er wurde eilends fortgeschafft, und sein Geschrei hallte den Korridor hinunter.

Schließlich erschien die Ärztin wieder.

»Es ist uns gelungen, die nächste Angehörige ausfindig

zu machen. Sie können jetzt nach Hause gehen. Möchten Sie, daß ich Ihnen ein Beruhigungsmittel gebe, damit sie besser schlafen können?«

»Nein, ich würde gern hierbleiben, wenn ich darf.«

»Ich denke an sich nicht, daß das ratsam wäre.«

Das machte mich um so entschlossener.

»Können Sie mich davon abhalten, zu bleiben?«

»Nein, das kann ich nicht. Ich würde es nur nicht empfehlen.« Sie musterte mich mit einigem Abscheu von oben bis unten. Erst dann wurde mir klar, daß ich ziemlich seltsam aussehen mußte, wie ich auf einem Plastikstuhl in diesem schmuddeligen, seelenlosen Raum saß, in meinen Party-Klamotten, die von der hellrosa Micky-Mouse-Jacke vervollständigt wurden. Aber ich fand nicht, daß ich einfach gehen konnte. Ich wußte, daß ich im Weg war, aber ich konnte nicht fortgehen, bevor ich wußte, daß mit Agatha alles in Ordnung war.

Gegen Mitternacht muß ich eingeschlafen sein. Mit den meisten verwundeten Kindern war man inzwischen fertig geworden, und der Warteraum war mit einer neuen Spezies von Opfern bevölkert – jungen Männern, die zuviel getrunken hatten und schließlich in Kneipenschlägereien geraten waren. Ein paar Penner schlichen verstohlen herein und legten sich quer über mehrere Stühle, aber sie wurden von extrem geduldigen Hilfsschwestern hinauskomplimentiert, die wirkten, als seien sie darin sehr geübt. Ich hatte all die deprimierenden Sprüche an den Wänden mehrmals gelesen. Ich konnte die Nummer des AIDS-Telefons praktisch auswendig. Der Kaffeeautomat funktionierte nicht. Ich hatte versucht, meine Mutter anzurufen, mich aber erst nach rund zwanzigmaligem unbeantworteten Klingeln erinnerte, daß sie und Reg inzwischen auf Madeira sein mußten. Schließlich gab ich dem Schock und der Langeweile nach und nickte ein.

Beim Aufwachen schreckte ich hoch. Die Uhr zeigte neun Uhr fünfzehn, aber das hatte sie den ganzen Abend lang gezeigt. Ich schaute auf meine Armbanduhr. Es war halb zwei. Der Warteraum war leer, und am Rezeptionstisch war niemand. Ich hörte draußen das vertraute Dieselgeknatter eines ausparkenden Taxis, und dann kam Agatha zum Eingang herein. Sie schien mich nicht zu sehen, sondern marschierte direkt zur Rezeption. Ich stand auf, noch ein bißchen schwindelig vom Dösen, und ging auf sie zu. Ich grüßte sie. Sie drehte sich um, und ich merkte, daß ich mich geirrt hatte. Die Frau, die vor mir stand, war beträchtlich kleiner als Agatha. Ihr Gesicht hatte fast exakt die gleiche Form, war aber glatter und weicher und ohne jeden Ausdruck des Wiedererkennens.

»Dorothy?« sagte ich auf gut Glück.

»Kennen wir uns?« antwortete sie in dem Ton, dessen man sich auf einer aristokratischen Teegesellschaft bedienen würde.

»Nein, wir kennen uns nicht.« Ich hielt ihr die Hand hin. »Ich bin Sophie Fitt. Ich arbeite bei Ag ... Miss Brown.«

»Oh, waren Sie diejenige, die sie hierhergebracht hat?«

»Ja.«

»Es tut mir leid, daß ich so lange gebraucht habe, um herzukommen, aber ich lebe auf der anderen Seite von London.« Sie sprach sehr langsam und vorsichtig. Ich fragte mich, ob sie immer so redete oder ob es etwas mit der Alkoholfahne zu tun hatte, die sie nicht sehr effektiv mit Parfüm und Mundwasser zu kaschieren versucht hatte.

Eine Krankenschwester erschien, und ich ging zu ihr hinüber und erklärte, wer Dorothy war. Sie eilte davon und kam mit einem Arzt zurück. Ich fragte mich, ob Schichtwechsel gewesen war. Er ignorierte mich und nahm Dorothy mit in den Nebenraum mit den Vorhängen. Er hatte allerdings eine sehr laute Stimme, und die Vorhänge konnten nicht verhindern, daß ich Teile der Unterhaltung hörte.

»Fürchte ... schlechte Nachrichten ..., wir haben alles versucht ... zu weit fortgeschritten ... sehr leid.«

»Oh, so ist es also.« Fünf einfache, emotionslose Worte von Dorothy.

Ich merkte, daß ich zu zittern begann. Ich ging zurück, um mich hinzusetzen. Die Vorhänge wurden zurückgezogen, und durch wäßrige Augen sah ich Dorothy und den Arzt den Korridor entlang fortgehen. Sie gaben ein ungleiches Paar ab. Er trug einen weißen Mantel und lief langsam, wie von Sorgen niedergebeugt; ihr Mantel war beinahe knöchellang und schwarz, und das Klacken ihrer glänzenden schwarzen Absätze hallte unheimlich in der Stille nach. Plötzlich drehte sie sich um, sich erinnernd, daß es mich gab, und kam zu mir zurück.

»Anscheinend ist meine Schwester vor ungefähr zehn Minuten gestorben. Vielen Dank, daß Sie gewartet haben. Ich fürchte, da ist nichts mehr zu machen.«

»Wie?«

»Sie glauben, daß es eine Überdosis gewesen sein könnte. Ich fahre jetzt mit der Polizei zur Wohnung zurück. Sie müssen sich umsehen.«

Und damit machte sie kehrt und ging davon.

Ich weiß nicht mehr genau, wie ich nach Hause kam. Vermutlich bin ich gelaufen. Ich kann mich erinnern, daß ich ab und zu das Zischen von Raketen in der Luft hörte und sah, wie sich der Himmel für einen Moment lang rot verfärbte, als sie explodierten. Aber ich weiß nicht, ob ich diese Bilder vielleicht von zuvor in dieser Nacht dorthin verschiebe. Ich habe keine Ahnung, wieviel Uhr es war, als ich Martin anrief. Tatsächlich konnte ich mich, als er am nächsten Tag zurückrief, noch nicht einmal daran erinnern, eine Nachricht auf seinem Anrufbeantworter hinterlassen zu haben. Mehrere Stunden lang muß ich einen fast vollständigen Blackout gehabt haben, und als ich um acht Uhr morgens vom Klingeln meines Telefons geweckt wurde, war ich sicher, aus einem schrecklichen Alptraum zu erwachen.

»Miss Fitt?«

»Ja.«

»Es tut mir leid, wenn ich Sie geweckt habe.«

»Das macht nichts. Wer ist dran?«

»Mr. Middlemarch. Ich gehöre zum Büro des amtlichen Leichenbeschauers. Das Royal Free hat sich an mich gewendet und mir Ihren Namen gegeben.«

»Ja?«

»Soweit ich weiß, haben Sie Miss Brown ins Krankenhaus gebracht, und ich fürchte, ich muß Ihnen einige Fragen für meinen Bericht stellen.«

»Oh.« Dann war es doch kein Alptraum. Die vorige Nacht zwang sich stufenweise in mein Bewußtsein zurück. Ich hatte keine Ahnung, was ich seiner Erwartung nach sagen sollte. Es gab ein drückendes Schweigen.

»Könnten Sie mir eine günstige Zeit für die Befragung nennen?«

In meinem Kopf drehte es sich. War es immer noch Wochenende? Nein, es war Montag. In einer Stunde mußte ich bei der Arbeit sein. Mußte ich? Meine Chefin war tot, wurde mir plötzlich klar. Ich wußte nicht, ob ich unter diesen Umständen überhaupt noch Arbeit hatte.

»Es tut mir leid«, sagte ich, »ich bin ein bißchen durcheinander. Heißt das, Sie wollen mir Fragen stellen?«

»Ja.« Er klang sehr geduldig. »Wann es Ihnen paßt. Wäre Ihnen zehn Uhr recht?«

»Heute?«

»Heute morgen, ja.«

»Wo?«

»Ich könnte zu Ihnen nach Hause kommen.«

»Sehen Sie«, sagte ich, »es tut mir schrecklich leid, aber ich verstehe wirklich nicht recht, was eigentlich los ist.«

»Kann ich einen Vorschlag machen?« sagte Mr. Middlemarch.

»Aber sicher.« Es kam mir lächerlich vor, ein solches Gespräch mit einem vollkommen Fremden zu führen.

»Ich rufe Sie in ein paar Minuten zurück, wenn Sie Zeit für eine Tasse Kaffee gefunden haben.«

»Oh, danke. Gut. Wiederhören, dann.«

Ich legte den Hörer auf. Ich stand auf und ging ins Bad. Ich erhaschte einen flüchtigen Blick auf mich im Spiegel und sah, daß ich immer noch vollständig für die Party angezogen war. Aus irgendeinem seltsamen Grund fühlte ich mich schuldig, weil ich meine Gastgeber nicht angerufen hatte, um ihnen zu sagen, daß ich nicht kommen konnte. Ich wollte schon den Hörer abnehmen, als mir einfiel, daß Paul und Jennifer schon zu ihrer Arbeit in der City losgezogen sein würden. Ich ging zurück ins Bad und spritzte mir Wasser ins Gesicht. Das ließ das Make-up der letzten Nacht noch schlimmer aussehen, aber ich fühlte mich ein bißchen besser. Das Telefon klingelte wieder. Ich spielte mit der Idee, nicht dranzugehen. Ich wollte mich eigentlich nicht noch einmal mit Mr. Middlemarch befassen müssen, aber er hatte ziemlich bestimmt geklungen, wenn auch höflich, und ich fühlte mich verpflichtet, abzunehmen.

»Das war aber eine kurze Tasse Kaffee!« sagte ich so fröhlich wie ich konnte.

»Soph, bist du in Ordnung?« Es war Martin.

»Oh, Entschuldigung Martin, ich dachte, du wärst der Untersuchungsbeamte vom Leichenbeschauer.«

»Soph. Was zum Teufel ist los?«

Seine Stimme klang so besorgt und beruhigend, daß ich

umgehend in Tränen ausbrach. Ich konnte kein einziges Wort herausbringen, weil das Weinen, sobald es angefangen hatte, in großen, stöhnenden Schluchzern kam und ich es nicht stoppen konnte.

»Soph. Hör mir zu. Ich komme vorbei, jetzt sofort. Warte einfach, bis ich da bin, bitte. Hörst du?«

Ich brachte etwas zustande, das so ähnlich wie ›ja‹ klang.

Bis Mr. Middlemarch wieder anrief, hatte ich mich ein bißchen gefaßt, eine Tasse Kaffee gemacht, wie er mich angewiesen hatte, und ihn gerade ausgetrunken.

Ich sagte ihm, er könne um zehn vorbeikommen. Ich rief im Büro an und sprach mit Janet. Sie sagte, die Polizei sei dagewesen, und daß Anthony die wichtigsten Klienten informieren werde. Sie würde alle Anrufer abwimmeln, aber sie hatte keine Ahnung, was sie den Leuten erzählen sollte. Sie klang beinahe aufgeregt, als ginge es um eine größere Machenschaft in ihrer Lieblingsseifenoper, was es, nehme ich an, in gewisser Weise auch war. Ich sagte ihr, sie solle Anthony mitteilen, daß ich den Tag frei nahm, falls er fragte.

Mr. Middlemarch hatte das Benehmen von jemandem, der mit dem Tod vertraut war. Er war ein großer Mann unbestimmbaren Alters mit grauem Haar, der ein wenig aussah wie John Major, aber mit Schnurrbart. Ich bin noch nie einem Leichenbestatter begegnet, aber wenn, stelle ich mir vor, daß er Mr. Middlemarch ähneln wird. Hinter der schleimigen Betroffenheit in seiner Stimme lag jedoch eine stählerne teilnahmslose Klangfarbe, die mich ziemlich nervös machte.

Ich bot ihm einen Kaffee an, aber er lehnte ab. Während ich etwas Platz auf meinem Eßtisch schuf, der mit ungelesenen Sonntagszeitungen bedeckt war, bemerkte ich, wie er ganz sorgfältig den Raum inspizierte, als mache er sich im

Geist Notizen. Dann begann er, mich in seiner monotonen Stimme zu befragen. Die Einzelheiten zu meiner Person erledigten wir recht schnell, und dann bat er mich, die Ereignisse des vorangegangenen Abends zu beschreiben. Zu meinem Schrecken kicherte ich. Teils waren es die Nerven, und teils, weil es so eine klischeehafte Phrase schien.

»Sie hören sich genau an wie ein Polizist in einem Film«, sagte ich kläglich zur Erklärung.

»Ich *bin* Polizeibeamter«, erwiderte er ruhig. »Es ist meine Arbeit, jeden Todesfall zu untersuchen, der unter unnatürlichen Umständen eintritt.«

Plötzlich nahm unser Treffen eine vollkommen andere Bedeutung an. Mir wurde klar, daß ich dabei war, eine polizeiliche Aussage zu machen, und das jagte mir Angst ein. Besonders, da ich mit einer Erklärung loslegen mußte, warum ich in der Wohnung gewesen war, was, wie ich glaubte, auf Einbruch hinauslaufen würde. Ich wünschte mir, Martin würde eintreffen. Inzwischen hatte ich sowenig Vertrauen zu meinem eigenen Urteilsvermögen, daß ich zu zweifeln begann, ob er überhaupt angerufen hatte.

»Macht es Ihnen etwas aus, wenn ich eben zur Toilette gehe?« sagte ich, um Zeit zu schinden.

»Ganz und gar nicht.«

Ich saß so lange auf der Toilette, wie es anstandshalber möglich war, kam aber zu keiner Schlußfolgerung.

»Was glaubt man, ist Agatha zugestoßen?« fragte ich, als ich ins Zimmer zurückkam.

»Das ist es ja gerade, was wir festzustellen versuchen«, erwiderte er kühl.

Ich sah ein, daß ich keine andere Wahl hatte als anzufangen, und ich beschrieb sehr schlicht, woran ich mich erinnern konnte. Als ich fertig war, bedankte er sich und sagte, es gäbe nur noch einige wenige Fragen, die er mir stellen wolle.

»Trank Miss Brown Ihres Wissens nach exzessiv?«

Ich sagte, daß sie eine ganze Menge getrunken habe, ich aber nicht sicher sei, wieviel erforderlich war, um es als Exzeß bezeichnen zu können. Ich merkte, wie ich genauso pedantisch wurde wie er.

»War sie Ihres Wissens sehr unglücklich?«

»Meinen Sie damit, man glaubt, sie hat sich umgebracht?«

»Finden Sie das schockierend?«

Ich dachte darüber nach.

»Ja, das finde ich tatsächlich. Ich hätte mir einfach nicht vorstellen können, daß sie der Typ dafür ist, aber andererseits kannte ich sie nicht sehr gut ..., gab es einen Abschiedsbrief?«

»Es tut mir leid, aber ich bin nicht befugt, diese Information weiterzuleiten.«

Allmählich fand ich die Befragung frustrierend. Er fragte mich nach meiner Meinung, weigerte sich aber, mir die Informationen zu geben, auf die sie sich gründen konnte. Wenn sie eine Nachricht hinterlassen hätte, wäre es dann nicht offensichtlich gewesen, daß sie unglücklich war? Vielleicht fragte er eben deswegen, weil es keinen Brief gab. Ob oder ob nicht, ich empfand es als respektlos, Agathas vermutliche Motive nur Stunden nach ihrem Tod mit jemandem zu diskutieren, der ihr nie begegnet war.

»Wir haben das hier gefunden.« Er hielt mir ein kleines, gelbes Stück Papier hin. »Auf einem Kissen neben ihrem Bett. Sagt Ihnen das irgend etwas?«

Ich nahm ihm den Zettel aus der Hand und sah, daß er von einem selbstklebenden Notizblock stammte. Darauf war in Blockschrift gekritzelt »SOPHIE B. A.«.

Es war Agathas krakelige Schrift.

Ich betrachtete den Zettel lange Zeit, als ob irgendeine Bedeutung aus dem Papier hüpfen würde.

»Vielleicht wollte sie, daß ich die Briefe ablege, die sie mit nach Hause genommen hat. Oder es heißt ›Broadway anmahnen‹; sie hat dringend auf einen wichtigen Vertrag aus Amerika gewartet. Ich weiß es wirklich nicht. Wie ich sagte, sie rief mich am Samstag an, als ich gerade weggehen wollte, aber ich konnte nicht verstehen, was sie wollte.«

»Sie war betrunken?«

»Ja. So hat es sich angehört. Woran ist sie gestorben?«

»Das wird die Autopsie ergeben. Einstweilen glaube ich nicht, daß ich zuviel verraten würde, wenn ich sage, daß sie anscheinend eine Menge Alkohol und Schmerztabletten im Blut hatte.«

»Arme Agatha«, sagte ich.

Wir saßen schweigend da, während er meine Aussage protokollierte. Ich las sie durch und unterschrieb. Dann bedankte er sich bei mir und ging. Er war noch nicht am Fuß der Treppe angelangt, als es erneut an der Haustür klingelte.

»Wer um Himmels willen war denn der Zombie?« sagte Martin eine Minute später.

Ich lachte, erleichtert, ein vertrautes Gesicht zu sehen.

»Das war Mr. Middlemarch, der Untersuchungsbeamte vom Leichenbeschauer.«

»Was zur Hölle ist los, Soph? Du siehst aus wie ein komplettes Wrack. Du hinterläßt mitten in der Nacht eine Nachricht, wenigstens glaube ich, du warst es, weil du noch nicht mal deinen Namen dazugesagt hast, dann bist du in Tränen aufgelöst, wenn ich anrufe, und obendrein lädst du einen Untoten zum Frühstück ein. War wohl eine schwere Nacht, wie?«

»So kann man es auch ausdrücken«, sagte ich und fing mit dem Erklären von vorne an.

Die Ereignisse zum zweiten Mal zu berichten, schien ihnen eine Art Realität zu geben, die sie vorher nicht gehabt hatten. Martin bekam nicht die überarbeitete Version zu hören, sondern wurde einem minutiösen Abriß ausgesetzt. Es wurde Mittagspausenzeit, noch bevor ich fertig war, und ich konnte sehen, daß er ein wenig unruhig wurde.

»Ich habe denen in der Bank lediglich gesagt, ich würde den Vormittag frei nehmen«, erklärte er. »Wir verhandeln in einem sehr wichtigen Verkaufsgespräch. Ich sollte besser zurückfahren.«

»Aber das kannst du nicht machen.« Ich merkte, daß ich wieder den Tränen nahe war, wie schon vereinzelt während meines Berichts.

»OK, OK. Gib mir mal dein Telefon, ich rufe sie an.«

Ich fühlte mich unwohl, zuzuhören, wie er seinem Chef sagte, daß er sich verspäten würde. Ich wußte, wie unnachgiebig Jerry sein konnte, und Martin erklärte die Situation nicht besonders gut, da er versuchte, meinen Namen zu vermeiden.

»Ich lade dich jetzt zu einem schönen Mittagessen ein«, sagte Martin, als er den Hörer auflegte.

»Ich habe keinen besonderen Hunger.«

»Ich schon. Und du solltest etwas essen. Jedenfalls wird es dir guttun, vor die Tür zu gehen.«

Ich merkte, daß ich doch ziemlich hungrig war, als ich die Holzkohle- und Gewürzgerüche des Cajun-Restaurants in Hampstead roch. Als ich einen Salat mit geräuchertem Huhn und fritierte Süßkartoffeln bestellte, fiel mir ein, daß ich seit Samstag nichts Richtiges gegessen hatte. Wir saßen an einem Fenstertisch und tranken schweigend Tomatensaft mit viel Tabasco.

»Was ich nicht verstehe«, sagte ich schließlich, »ist, warum jemand – besonders Agatha, die nicht gerade penibel im Haushalt ist ... war – seine Küche saubermachen sollte, bevor er sich umbringt.«

»Wie meinst du das?«

»Na ja, du weißt doch, ich habe dir erzählt, wie es kam, daß ich in der Wohnung war? Nun, das Küchenlicht war an, und als ich hineinging, um es auszumachen, war die Küche nicht mehr wiederzuerkennen im Vergleich zum Mal davor.«

»Vielleicht hattest du sie an einem schlechten Tag gesehen.«

»Vielleicht.«

»Und sowieso kann es sein, daß sie sie nicht selbst saubergemacht hat. Sie hat wahrscheinlich eine Putzfrau.«

»Stimmt ... Aber da stellt sich noch die Frage mit Chutney.«

»Was?«

»Agathas Kater. Er heißt Chutney. Anscheinend hatte er mal einen rötlichgelben Bruder, der Mango hieß. Jedenfalls, warum hätte Agatha ohne ihn sein wollen?«

»Ich würde denken, daß sie wahrscheinlich andere Dinge im Kopf hatte«, sagte Martin. »Sieh mal, Soph, ich weiß, wie schlimm dir deswegen zumute ist – es ist schrecklich, daran zu denken, daß jemand, den du kennst, sich umbringen wollte –, aber es sieht sehr danach aus, daß sie eben das getan hat, und je schneller du dir das eingestehst, desto schneller wirst du darüber hinwegkommen.«

Ich schob den Rest meines Essens beiseite.

»Die Sache ist, je mehr ich darüber nachdenke, desto unwahrscheinlicher kommt es mir vor. Sie war einfach nicht der Typ dafür.«

»Aber das weißt du doch nicht. Du hast selbst gesagt, daß du eigentlich gar nichts über sie wußtest.«

»Trotzdem darf ich ja wohl auf meine Intuition hören. Du redest, als hätte ich nichts damit zu tun. Das habe ich aber. Ich meine, ich war diejenige, die sie ins Krankenhaus brachte, und sie hat diese Notiz an mich geschrieben.«

»Ehrlich, Soph, ich glaube, du stehst immer noch ein bißchen unter Schock. Zwei Wörter sind wohl kaum eine Notiz, und sie kann sie vor Ewigkeiten geschrieben haben, nach allem, was du weißt. Ich weiß, es ist eine unschöne Sache, die da passiert ist, aber ich glaube, wir sollten zusehen, daß du über etwas anderes nachdenkst.«

Ich gab nach. Er hatte wahrscheinlich recht. Wir plauderten beim Kaffee gekünstelt und beklommen über Trivialitäten und standen dann auf, um zu gehen. Es wurde bereits dunkel, und ein grausamer Novemberwind wehte. Martin schlug vor, ein Taxi zurück zu mir zu nehmen, und daß ich zu Bett gehen und versuchen sollte, etwas Schlaf zu bekommen. Er bot an, bei mir zu bleiben, als ich ihn unterbrach.

»Ich glaube, ich gehe einfach und schaue mich in Agathas Wohnung um.«

»Das kannst du nicht machen, Soph. Jetzt wirst du albern. Was könntest du da denn wohl finden? Die Polizei hat sie wahrscheinlich durchgekämmt. Und außerdem bin ich mir sicher, daß es illegal wäre.«

»Noch habe ich die Schlüssel.«

»Soph, das kannst du nicht machen.«

»Doch, kann ich. Es hängt allein davon ab, ob ich dazu bereit bin oder nicht. Ich will einfach nur beruhigt sein, das ist alles. Ich möchte nachsehen, ob es eine Liste von Dingen gibt, von denen sie will, wollte, daß ich sie erledige. Du brauchst ja nicht mitzukommen. Ich komme schon klar.«

Martin sah gereizt aus. Er kennt mich gut genug, um zu wissen, daß ich sehr stur sein kann.

»Bitte tue es nicht. Aus Gefallen für mich!« bettelte er.

Nichts sah anders aus als am Abend davor, außer daß der Becher neben dem Bett weggenommen worden war; er hatte einen Ring auf der Holzfläche hinterlassen. Auf dem Tisch an der anderen Seite von Agathas Bett lagen Agathas Füllfederhalter ohne seine charakteristische Mont-Blanc-Kappe und ein leerer selbstklebender Notizblock, von dem die Polizei vermutlich den Zettel abgerissen hatte, den Mr. Middlemarch mir gezeigt hatte. Das Tageszimmer sah genauso aus wie während der Woche, mit Stapeln von Aktenordnern und Papieren überall, aber ich konnte keinerlei Nachricht oder Liste für mich entdecken. Die Tür der Anrichte war offen, und als ich sie schließen wollte, sah ich, daß von den neun vollen Flaschen Glenmorangie vom Mittwoch nur noch sechs übrig waren. Der Kater schlief auf der goldsamtenen Chaiselongue. Ich fragte mich gerade, wer sich jetzt um ihn kümmern würde, als ich das Geräusch von Schlüsseln in der Tür hörte. In einer Aktion, die rückblickend äußerst komisch erscheint, schoß Martin ins Badezimmer in Deckung. Ich stand wie festgebannt im Tageszimmer, als Dorothy hereinkam.

»Hallo«, sagte ich so natürlich wie möglich. »Ich bin nur vorbeigekommen, um nachzusehen, ob ich irgendwelche Arbeit mitnehmen kann.«

»Oh. Ich bin bloß hier, um den Kater mitzunehmen. Jemand muß sich um ihn kümmern. Obwohl Jack mich umbringen wird, weil er allergisch gegen Katzen ist.«

»Na dann«, sagte ich. Es fiel mir erst später ein, daß Dorothy, die als nächste Verwandt jedes Recht hatte, in der Wohnung zu sein, sich genauso nervös benahm wie ich, die überhaupt kein Recht dazu hatte.

»Ich bin mit einem Freund hier«, sagte ich. »Er benutzt nur mal die Toilette. Ich hoffe, das ist in Ordnung?«

»Selbstverständlich.«

»Oh, also gut. Ich nehme nur eben diesen Stoß hier mit«, sagte ich und deutete aufs Geratewohl auf einen Stapel von Papieren, auf dem Agathas Diktiergerät lag. »Anthony hat mich gebeten, alles einzusammeln, wissen Sie, nur damit nichts Unerledigtes liegen bleibt«, erklärte ich umständlich.

»Ich hatte nicht gedacht, daß Sie heute im Büro sein würden«, bemerkte Dorothy kühl.

»War ich auch nicht«, stotterte ich. »Aber er hat mich angerufen.«

»Ach so. Ja, klar. Er war schon immer gründlich«, fügte sie verächtlich hinzu.

Ich stieß einen Seufzer der Erleichterung aus. Ich war fast bei einer Lüge ertappt worden. Es wurde Zeit, zu gehen. Ich klopfte an die Badezimmertür.

»Martin? Ich bin fertig. Willst du den ganzen Tag da drin bleiben?« rief ich um einiges lauter, als nötig gewesen wäre. Die Tür ging so schnell auf, daß es offensichtlich war, daß Martin durch das Schlüsselloch zugehört hatte. Glücklicherweise war Dorothy noch im Tageszimmer.

Wir schafften es, uns bis zum Aufzug zusammenzureißen, aber sobald er nach unten fuhr, brachen wir beide in Gelächter aus. Die letzten fünf Minuten waren so spannungsgeladen gewesen.

»Ich weiß nicht, warum du die Schauspielerei aufgegeben hast, Soph. Mit dem Auftritt hättest du einen Oscar gewinnen können.«

»Ja, und wo warst du, als ich dich brauchte?«

Martin erwiderte meinen wütenden Blick.

»Glaub bloß nicht, du kannst die Maid-in-Not-Masche mit mir abziehen«, sagte er. »Es war ganz und gar dein Fehler, daß wir überhaupt da drin waren.«

»OK.« Ich hob geschlagen die Hände.

»Bist du denn jetzt beruhigt?« fragte er, als wir an den Mülltonnen vorbei die Einfahrt zur Straße hinunterliefen.

»Ich denke schon. Trotzdem kann ich mich noch nicht daran gewöhnen.«

»Na ja, es ist ja auch erst vierundzwanzig Stunden her, daß es passiert ist. Komm, laß uns im Flask was trinken gehen.«

Am Dienstagmorgen wachte ich sehr früh auf und dachte, ich hätte wieder einen schrecklichen Alptraum gehabt. Als mir die Wahrheit dieses Mal bewußt wurde, fühlte ich mich leer und deprimiert. Wie ein Roboter machte ich mir etwas Kaffee und Toast, setzte mich an den Tisch und versuchte, mich damit abzulenken, daß ich die Sonntagszeitungen las. Mehrere Minuten später stellte ich fest, daß ich nichts mitbekommen hatte. Die Wörter verschwammen auf der Seite. Ich war anscheinend nicht in der Lage, sie zu sortieren. Ich legte mich in die Badewanne, bis ich merkte, daß ich vor Kälte zitterte, und probierte mehrere Garnituren an, bis ich entschieden hatte, was ich anziehen wollte. Nachdem ich fast bis zum Punkt der Erschöpfung im Geiste die Ereignisse vom Sonntag durchgegangen war, schwenkte mein Gehirn zum Samstag über und zu dem Telefongespräch, das ich mit Agatha geführt hatte. Je mehr mir wieder einfiel, desto mehr Schmerz empfand ich dabei. Wenn ich nicht so verdammt egoistisch gewesen wäre, hätte ich ihr möglicherweise das Leben gerettet. Aber warum in aller Welt hatte sie mich angerufen? Sicherlich hatte sie doch Freunde, mit denen sie reden konnte. Oder war sie so besessen von ihrer Arbeit, daß sie mir eine Liste mit unerledigten Pflichten geben wollte, bevor sie starb? Aber warum hätte sie sich überhaupt umbringen sollen? Wie auch immer, ich hatte ihr gegenüber versagt.

Das Schuldgefühl wurde unerträglich, und ich war wütend auf mich und alle anderen. Ich verfluchte meine Mutter und Reg dafür, daß sie fort waren. Ich wollte diese Art Geborgenheit, wie sie einem nur von der Familie gegeben werden kann, wollte gesagt bekommen, daß es nicht mein Fehler war. Aber je mehr ich darüber nachdachte, desto eher sah ich es als eben das.

Schließlich zwang ich mich, ins Büro zu gehen. Ich konnte es nicht aushalten, mich noch länger zu quälen. Wenigstens konnte ich draußen den Zorn, den ich gegen mich selbst hegte, gegen jemand anderes richten – wie dann der Taxifahrer feststellen mußte, nachdem er den Fehler gemacht hatte, zu mir zu sagen: »Kopf hoch, Mädel, vielleicht kommt's ja gar nicht so weit!«

Zu meiner Überraschung stellte sich das Büro an diesem Tag als rettender Hafen heraus. Es war leichter, mit Leuten zusammenzusein, die Agatha kannten. Janet war äußerst fürsorglich, obwohl ich unfreundlicherweise bei mir dachte, daß ihre Motive dafür genausoviel damit zu tun hatten, alle Einzelheiten zu erfahren, wie mit meinem Wohlbefinden. Sie sagte, ich sähe schlimm aus, und machte mehrere Tassen Tee für mich, bevor sie sich wieder ihrer Arbeit widmete. Sie saß an meinem Schreibtisch und benutzte zum ersten Mal das Textverarbeitungsprogramm des Computers, weil sie für alle Klienten den gleichen Brief schreiben mußte. Nach einer Weile sagte sie: »Fantastisch, dieser Apparat.«

Ich nickte, den dargereichten Ölzweig stumm annehmend.

»Ist Anthony da?« fragte ich.

»Ja, aber er hat seine Tür zugemacht«, sagte sie feierlich.

»Das kann ich selber sehen!«

»Geistreiche Bemerkungen sind da fehl am Platz. Ich glaube, er hat Schwierigkeiten, die Dinge zusammenzuhalten. Gestern hatte er seine Tür auch geschlossen. Er sagte, er würde die Klienten anrufen, aber seine Augen sahen mir sehr gerötet aus. Sie waren sich sehr nahe, weißt du«, fügte sie gedämpft flüsternd hinzu und hob die Hand mit zwei gekreuzten Fingern.

»Du willst doch nicht sagen ...«

»Nun, ich habe es nie offiziell gehört, aber es würde mich nicht wundern.«

»Aber, aber ... Agatha war so viel kultivierter.«

Die Worte waren heraus, noch bevor ich die Chance hatte, sie zu zensieren. Wenigstens sagte ich nicht auch noch, daß ich immer angenommen hatte, Janet hätte selbst eine Affäre mit Anthony.

»Meinst du älter? Ich glaube nicht, daß es mehr als fünf Jahre sind. Anthony sieht natürlich viel jünger aus.«

Ich konnte nicht recht zustimmen. Ich dachte von Agatha als ziemlich zeitlos und von Anthony als einem Mann in seinen frühen Fünfzigern, der versuchte, jünger auszusehen. Aber es hatte keinen Sinn, das weiter zu diskutieren. Janet hatte offenbar den Eindruck, die Beziehung, oder was es auch immer gewesen war, zwischen Agatha und Anthony habe zwei Seiten und daß sie auf seiner stand. Ich entschloß mich, meine Stellung in Agathas Büro zu beziehen, da Janet an meinem Schreibtisch saß, und ich nicht wollte, daß sie irgend etwas von ihrer neuentdeckten Liebe zum Computer ablenkte.

Ich konnte nicht aufhören, darüber nachzudenken, daß Anthony und Agatha eine Affäre gehabt hatten. Die Vorstellung stieß mich ziemlich ab. Sie hätte sich doch sicherlich sich einen Besseren suchen können. Oder vielleicht auch nicht. Ich begann, von ihr als einem Menschen zu denken, der ein ziemlich leeres Leben gelebt hatte, bei allem Glamour an der Oberfläche. Der Schock darüber, daß sie sich entschieden hatte, es zu beenden, wurde langsam geringer.

Ich starrte in ihrem Büro herum. Mir kam der Gedanke, daß all die Danksagungen und Fotografien an der Wand, die ich vorher so reizvoll gefunden hatte, vielleicht nichts anderes waren als Requisiten, die einer leeren Seele Auftrieb geben sollten. Was hatte Agatha denn am Ende mehr zustande gebracht, als anderen Leuten zum Erfolg zu verhelfen? Es war ein Dasein aus zweiter Hand. Scheinbar gesellig, aber letztendlich doch einsam. Hier stand ihr enormer viktorianischer Schreibtisch mit den Schubfächern, der sie von ihren Klienten trennte, Symbol für Macht und Distanz. In dem kalten Zwielicht eines Wintertages hatte das Büro nichts Gastliches. Die Blasenlampe war abgestellt, ihr Glaskolben mit bewegungsloser malvenfarbiger und grauer Flüssigkeit angefüllt.

Ich saß in dem Sessel, auf dem Chutney immer seine Tage schlafenderweise verbracht hatte, und dachte darüber nach, wie wenig man andere Leute überhaupt je wirklich kennt. Ich hatte Agatha bei zahllosen Anlässen meinen Freunden beschrieben, dabei Wörter gebraucht wie individuell, selbstbewußt, geistreich und, wenn sie mich angekotzt hatte, arrogant, egoistisch, rechthaberisch. Jetzt hatte ich so viele widerstreitende Vorstellungen von ihr, daß ich mir im Geist kein Bild einprägen konnte, außer dem von ihr im Koma, das sich mir immer wieder aufdrängte, wenn ich es am wenigsten erwartete, und mich vor Schauder schlucken ließ.

Ich dachte über die sonderbare Kette nach, die wir anscheinend zwischen uns geschmiedet hatten, und über den merkwürdigen Zufall, daß sie meinen Vater besser gekannt hatte als ich. In Anbetracht dessen, daß wir für bloße zwei Monate miteinander bekannt gewesen waren, hatte ich mich ihr erstaunlich nah gefühlt, als sei sie ein Teil meines Lebens und sei es immer gewesen. Aber das alles war nur meine Vermutung, denn ich hatte sie überhaupt nicht richtig gekannt, hatte nicht das Leid verstanden, das sie plagte, hatte mir niemals vorgestellt, daß sie irgend etwas anderes war als das leuchtend bunte, exzentrische, einnehmende Äußere, das sie der Welt zeigte. Schließlich begannen mir Tränen die Wangen hinunterzurollen, die mir irgendwie vorher nicht gekommen waren; um Agatha und um die Hilflosigkeit der Menschen.

Ich wischte mir das Gesicht ab. Ich hatte abwesend auf die stattliche Reihe veröffentlichter Stücke in Agathas Regalen gestarrt. Was ich vorher nicht registriert hatte – und was mich bei Agathas Hang zur Schlampigkeit überraschte –, war, daß sie in alphabetischer Reihenfolge angeordnet waren. Ich arbeitete mich von hinten, von Y (keiner der Namen ihrer Klienten begann mit Z) im Alphabet nach vorne vor. Es müssen mehrere hundert Bücher gewesen sein. Ich klappte den Bibliotheksstuhl auf, der sich in eine Trittleiter verwandelte, und kletterte hoch, um die oberste Reihe zu betrachten.

Plötzlich dachte ich, wie kleinlich ich war. Agatha war die Sorte Agentin, die wirklich etwas bewegte. Autoren und Schauspieler brauchten die Art Unterstützung, die sie so gut geben konnte. Ihre Klientenliste anzusehen, war, als würde man eine geraffte Geschichte des britischen und irischen Theaters der letzten dreißig Jahre lesen. Wenn sie es sich ausgesucht hatte, sich dort hineinzustürzen, dann sollte ich sie bewundern, statt sie zu kritisieren. Die Bibliothek der Theaterstücke war eine ehrfurchtgebietende Grabinschrift. Falls ich plötzlich sterben sollte, dachte ich, würde es überhaupt nichts geben, das mein Leben bezeugte. Noch nicht einmal einen trauernden Partner. Wer war ich denn, um hier ein Urteil fällen zu können? Ich begann, immer mehr zu weinen, bis ich fast hyperventilierte. Dann stockte mir plötzlich der Atem, und ich hörte auf, wie das so ist. Ich hatte das Gefühl, weiter weinen zu wollen, aber ich konnte nicht. Ich befand mich direkt gegenüber dem blauweißen Keramikpferd, das auf dem obersten Regal stand. Ich hatte es vielfach bewundert, während ich im Zimmer war und Agatha telefonierte, aber ich hatte es nie aus der Nähe gesehen. Es war ein schönes Objekt, wahrscheinlich türkischen Ursprungs. Seine Größe paßte fast perfekt zur Tiefe des obersten Regals. Was ich von meiner üblichen Position unterhalb der Regale nicht gesehen hatte, war, daß das Pferd auf einem dünnen Taschenbuch stand. Langsam hob ich das Pferd an und zog das Buch hervor. Sein Einband war mit Staub bedeckt, aber die charakteristische Penguin-Typographie mit ihrer nüchternen schwarzen Schrift schimmerten durch. Der Titel lautete *Die Haare im Abfluß*.

Ich wischte den Staub ab, stellte das Pferd zurück und stieg die Stufen hinab.

Der Buchrücken brach, als ich das Buch öffnete, und die Seiten rochen muffig. Ich begann zu lesen.

Das Copyright war von 1962, dem Jahr meiner Geburt, und darunter merkte ein Satz an, daß man sich wegen der Aufführungsrechte an Brown und Brown wenden solle.

In dem Stück gab es vier Charaktere: zwei Frauen, Jemima und Bella, die sich ein großes Haus in Südlondon teilen, ihr Diener und allgemeines Faktotum Sid, und Johnny, ein junger Mann aus Liverpool, der in der ersten Szene ankommt, um sich ein Zimmer zu mieten.

Obwohl die Form der mehrerer anderer Angry-Young-Man-Stücke sehr ähnlich schien, mit denen ich vertraut war

– junger Mann aus der Arbeiterschicht, zu intelligent und ehrgeizig für seine Heimatstadt, verläßt sie, um vorwärtszukommen, und begegnet zwei Frauen, die eine attraktiv, gewöhnlich älter, kultiviert und welterfahren, die andere schön, unschuldig, garantiert Mittelschicht, und schließlich sein Ruin –, war der Schauplatz viel schauerlicher und fantastischer, eine Art von ›Norma Desmond trifft Jimmy Porter in Dulwich Village‹.

Ich stellte fest, daß mir die erste Szene Spaß machte. Der Dialog knisterte. Die beiden Frauen, die sich beide offensichtlich von dem rauhen, aber sehr gutaussehenden jungen Mann angezogen fühlten, fragen ihn gnadenlos nach seiner Herkunft aus und äffen seinen Akzent nach. An einem Punkt bemerkt Jemima in beiseite gesprochenen Worten Bella gegenüber: »Er ist ziemlich unfertig, meinst du nicht? Sollen wir ihm den letzten Schliff verpassen?«

Sie beschließen, ihm das Zimmer zu geben, obwohl es unklar ist, warum er es noch wollen sollte, nachdem er derart in die Mangel genommen wurde, sehr zum Verdruß von Sid, der die ganze Zeit über hinein- und wieder hinausgeflitzt ist, Tee ausgeschenkt und die eine oder andere giftige Bemerkung fallengelassen hat.

Szene zwei spielte in einem Schlafzimmer, wo die beiden Frauen einen riesigen Kleiderschrank durchsehen und jede Garnitur anprobieren, als seien sie Kinder, die sich verkleiden. Jemima hat eine besondere Vorliebe für Schuhe. Die Sprache, die sie benutzt, um jedes Paar zu beschreiben, ist lyrisch, wie in Liebesgedichten. Die Regieanweisung seitlich am Text heißt: »Es ist offensichtlich, daß keiner der Schuhe ihr paßt.« War das ein Bezug zu Aschenputtel, fragte ich mich und blätterte die nächste Seite um.

Ich weiß nicht, wie lange Anthony mich beobachtet hatte. Seine Anwesenheit wurde mir erst unmittelbar, bevor er sprach, bewußt. Abrupt setzte ich mich auf (ich hatte es mir auf dem Leopardenfellsofa bequem gemacht) und schob das Buch unter ein Kissen. Ich fühlte mich, als sei ich beim Lesen im Bett erwischt worden, nachdem das Licht ausgemacht worden ist.

»Vielen Dank, daß Sie zur Arbeit gekommen sind«, sagte er. Ich konnte keinerlei Spur von Sarkasmus in seiner Stimme ausmachen.

Ich wandte mich zur Tür. Ich bin nicht sicher, warum, aber Engländer sehen gut aus in Trauerkleidung, und Anthony war da keine Ausnahme. Der Anzug war gut geschnitten, und sein Hemd war flott und frisch gewaschen. Schwarz ließ ihn auch schlanker wirken. Es machte einen solchen Unterschied, daß ich ihm fast ein Kompliment gemacht hätte, bemerkte aber gerade rechtzeitig, daß es unangebracht sein würde.

»Es muß ein furchtbarer Schock für Sie gewesen sein«, sagte er. »Ich habe sie so lange gekannt, daß mich nichts, was sie tat, noch schockieren konnte ...« Er lächelte schwach und kam auf mich zu. Ich stand verwirrt auf und hoffte, er war nicht drauf und dran, mich zu umarmen, wie Janet es getan hatte, als ich ankam. Aber er lief an mir vorbei und setzte sich in Agathas Stuhl hinter dem Schreibtisch. Es fühlte sich sehr unbehaglich an, ihn dort zu sehen.

»Sehen Sie, meine Liebe«, sagte er langsam, »ich weiß, wir hatten unsere Differenzen, aber ich hoffe, Sie werden weiterhin bleiben, jetzt, wo sie weg ist. Wir könnten etwas Hilfe gebrauchen. Ich schlage vor, wir versuchen alle Klienten zu behalten. Es mag sein, daß wir für ein paar von ihnen schon zu spät dran sind. Schlechte Nachrichten verbreiten sich schnell in dieser Welt. Ich rechne damit, daß unsere Konkurrenz bereits mit den Stars telefoniert hat.«

Er hatte angefangen ganz animiert zu reden, als bereite ihm die Aussicht auf ein Tauziehen mit seinen Rivalen

Vergnügen. Für mich lag eine ungehörige Hast in seinem Vorgehen. Wie ein Witwer, der seine Heiratspläne bekanntgibt, bevor seine Frau beerdigt worden ist. Und ich haßte das Wort »Stars«. Er hörte sich wie ein Animateur in einem Urlaubsclub an.

Er schien meine Abscheu zu spüren und fuhr feierlich fort: »Sie war eine beeindruckende Agentin ... und ein beeindruckender Mensch. Wir alle werden sie schrecklich vermissen.«

Seine Stimme brach im letzten Satz, und ich erkannte, daß ihm das Gespräch schwerfiel. Unter all dem Gerede über das Geschäftliche war er zutiefst bestürzt, aber, wie die meisten Männer, wollte er seine Emotionen nicht zeigen.

Ich glaubte keinen Moment daran, daß Anthony irgendeine Chance hatte, die renommierten Klienten, die ihn immer als zweite Wahl betrachten würden, zu halten, oder die Gruppe junger Schauspieler und Regisseure, mit deren Hege und Ermutigung Agatha so viel von ihrer Zeit verbracht hatte. Es gab jede Menge zweitrangige Agenten seines Kalibers in London und nur sehr wenige Persönlichkeiten wie Agatha. Er hatte zweifellos den Dreh heraus, Geschäfte abzuschließen und Tantiemen aus so vielen Quellen wie möglich einzufordern, aber seine Klientenliste war mehr Gameshow als Royal Shakespeare Company, und ich konnte mir nicht vorstellen, daß ihm irgendeiner von meinen Standesgenossen seine Arbeit anvertrauen würde. Vielleicht bat er mich deshalb zu bleiben. Es kam mir in den Kopf, daß, wenn ich das Spiel richtig spielte, eine Möglichkeit für mich bestehen könnte, Agentin zu werden, aber ich konnte die Vorstellung von Brown und Brown ohne Agatha nicht ertragen, und ich hatte nicht genug Erfahrung. Ich hatte noch keine Gelegenheit gehabt, darüber nachzudenken, was aus mir werden sollte. Ich hatte angenommen, daß ich bis zum Ende meines Vertrags im Dezember dableiben würde. Ich wollte eigentlich nicht bleiben, aber ich fühlte mich auch nicht stark genug, mich nach einem anderen Job umzuschauen.

»In Ordnung, ich bleibe«, sagte ich mit einem schwachen Lächeln.

»Ich danke Ihnen.« Er machte eine Pause. »Sie war sehr angetan von Ihnen, wissen Sie, sie sagte, Sie würden den Laden hier aufheitern. Das war eine ganze Menge für sie. Normalerweise verachtete sie ihre Mitarbeiter … Sie dachte, sie würde eine Drehbuchautorin aus Ihnen machen.«

»Dachte sie? Aber sie wußte überhaupt nichts über mich.«

»Nun ja, Sie wissen, wie sie war.«

»Ja«, antwortete ich, obwohl ich mir langsam gar nicht mehr so sicher war.

Im *Evening Standard* erschien ein Nachruf von Stuart Regan, einem der Klienten, der seit den Sechzigern von ihr betreut worden war. Er beschrieb ihr erstes Treffen in einem Pub nach einer Lesung seines Stückes *Die Bombe.* Sie war jünger gewesen als er und hatte gerade eben als Agentin angefangen, aber sie hatte sich aufgeführt, als gehörte ihr das West End und der Broadway noch dazu. Er schrieb von der Tiefe ihres Wissens und ihrem guten Geschmack, aber vor allem von ihrer Fähigkeit, in anderen Selbstvertrauen zu erwecken, was, wie er sagte, ihre einzigartige Begabung war. Sie sei eine der wenigen Agenten gewesen, die dem Theater auch im Erfolg treu blieben, und daß das Theater durch ihre Abwesenheit ein Stück ärmer sein würde. Ich fand es ein ziemlich fades Stück für einen so angesehenen Autor, vermutete aber, daß es eine schwierige Pflicht war, einen Nachruf zu schreiben. Die letzten paar Zeilen gaben an, daß ein Gedenkgottesdienst arrangiert wurde und zu einem späteren Zeitpunkt angekündigt werden würde.

Der Bus steuerte meine Haltestelle an, also faltete ich die Zeitung zusammen und kämpfte mich nach vorne durch. Im allgemeinen versuche ich, öffentliche Verkehrsmittel in London zu vermeiden. Für mich ist die U-Bahn viel zu tief unter der Erde, als daß ich mich jemals sicher fühlen könnte, und die Busse scheinen täglich kleiner zu werden. Es gibt nichts Schlimmeres, als zwischen unbekannten Körpern eingequetscht zu sein, nachdem man gerade aufgewacht ist, oder am Ende eines langen Tages, besonders, wenn man ungefähr die Größe hat, die auf Höhe der Achselhöhlen der meisten Männer liegt. Ich habe mich teilweise dehalb dafür entschieden, in Primrose Hill zu wohnen, weil es möglich ist, in die meisten Teile von Central London zu laufen; obwohl, um aufrichtig zu sein, würde ich denken, daß ich in Wirklichkeit weniger als fünf Mal gelaufen bin, weil anscheinend immer ein schwarzes Taxi vorbeifährt, das sein oranges Licht anhat, ob ich eines brauche oder nicht. Heute jedoch hatte ich absichtlich auf den Camden Hoppa gewartet (noch ein Grund, warum ich normalerweise den Bus vermeide: Ich bin genauso schnell dabei zu sagen: »Muß mich beeilen, den Hoppa zu kriegen«, wie ein halbes Dutzend Chicken McNuggets mit BBQ-Dip zu bestellen), weil ich meine Fahrt so lange wie möglich ausdehnen wollte.

Ich sollte zum Abendessen zu Stephanie kommen. Sie hatte mich im Supermarkt eingeladen, und ich hatte im Aufruhr der letzten zwei Tage vergessen abzusagen, wie eigentlich vorgehabt. Ich hätte es vollkommen vergessen, wenn Stephanie nicht das Büro angerufen hätte, während ich mich in Agathas Zimmer mit Anthony unterhielt, um nachzufragen, ob ich Milchprodukte vertrage.

Am Ende war ich ganz froh über die Ablenkung. Sie hatte einen neuen Job und machte die PR für eine Firma, die auf ganzheitliche Ferien spezialisiert war. Sie hatte in der Werbeagentur, wo sie seit Cambridge gewesen war, an diversen Werbekampagnen für Pauschalreisen gearbeitet. Für mich war das eine ziemlich sonderbare Diskrepanz zwischen ihrer äußerst kommerziellen Arbeit und ihrem privaten Zurück-zur-Natur-Leben gewesen, und ich dachte, daß sie für diese Sache jetzt besser geeignet war. Sie stimmte mir zu, daß ihr Yin und Yang ausgeglichener sein würden, und wir ließen uns zu unserem Blumenkohl mit Käse nieder.

Als ich ihr bei einer Tasse Ginsengtee erzählte, was in meinem Leben passiert war, seit wir uns das letzte Mal getroffen hatten, stellte Stephanie sich als erstaunlich hilfreich heraus. Einer ihrer Cousins hatte Selbstmord begangen, und sie hatte viel in der Therapie darüber geredet. Sie wußte alles über die Schuldgefühle und die merkwürdig betäubten Empfindungen nach einem Tod. Sie bestand darauf, daß ich gut zu mir sein müsse, und gab mir ein paar Atemübungen, die ich machen sollte, wenn ich mich schuldig fühlte. Sie müssen gewirkt haben, weil ich auf ihrem Sofa fest einschlief. Als ich wieder aufwachte, fühlte ich mich weitaus entspannter als in den letzten Tagen. Sie war in einem monotonen Sprechgesang vertieft, als ich ging, also berührte ich nur ihre Schulter und brachte mich selbst zur Tür.

Stephanie wohnt in der Albert Street, die vom Parkway abgeht, und ich merkte, wie ich exakt die gleiche Route nach Hause lief, die Greg und ich eingeschlagen hatten, als wir von der Weinbar weggingen. Seit dem Wochenende war es mir mehrmals in den Sinn gekommen, ihn anzurufen, aber ich hatte mich nicht getraut. Sobald wir anfingen, uns zu unterhalten, war ich mir ziemlich sicher, daß einer von uns eine Verabredung vorschlagen würde, und ich konnte mir nicht erlauben, mich darauf einzulassen. Besonders nicht, wenn ich mich so zerbrechlich fühlte. Gleichzeitig wünschte ich mir, er würde anrufen. Es ist selten, jemanden zu treffen, mit dem man so vollkommen körperlich harmoniert, und ich sehnte mich verzweifelt danach, eine Nacht an seinen Körper geschmiegt zu verbringen und beim Aufwachen sein Gesicht anschauen.

Als ich zurückkam, klingelte das Telefon. Ich konnte es unten an der Treppe hören. Aber sobald ich den Schlüssel ins Schloß steckte, verstummte es. Ich vermutete, es könnte Greg gewesen sein. Ich tröstete mich mit dem Gedanken, daß es wahrscheinlich Jerry war, der, seit wir uns getrennt hatten, die Angewohnheit entwickelt hatte, mich gelegentlich gegen zwei Uhr morgens betrunken anzurufen und dreckiges Zeug in die Leitung zu reden. Ich hatte nicht das Gefühl, daß ich damit fertig geworden wäre.

Im Büro war es in den nächsten paar Tagen sehr ruhig. Alle Klienten von Agatha schienen zu trauern, außer Paul Montefiore, der sich um Konventionen nicht scherte und wie immer fast jeden Tag anrief, um zu fragen, wo zum Teufel sein Geld sei. Ich fürchte, die dumme-blonde-immer-so-zuvorkommende Sekretärinnennummer, die ich ihm zuliebe normalerweise abzog, entgleiste so ziemlich, und ich sagte, was ich ihm schon seit mehreren Wochen sehnlichst hatte sagen wollen. Janet hörte verblüfft zu und ließ mich dreimal hochleben, als ich fertig war.

»Du solltest in dieses Geschäft einsteigen, weißt du«, sagte sie.

»Hmm. Das Ärgerliche ist, daß man so eigentlich mit seinen Feinden umgehen soll, nicht mit seinen Klienten!«

»Na ja, er hat es verdient.«

»Ich hoffe, Anthony stört es nicht, ihn loszuwerden. Wo ist er übrigens?« Ich hatte ihn seit unserer Plauderei am Dienstagabend nicht gesehen, und jetzt war Donnerstag morgen.

»Ich glaube, er ist wieder beim Rechtsanwalt«, sagte Janet.

»Also ich wünschte, er würde sich beeilen. Da ist ein riesiger Stapel mit Zeug, das ich nicht erledigen kann, und die ganze Post. Ich brauche ein bißchen Anleitung. Ich meine, ich weiß noch nicht mal, wie ich jetzt die Einladungen beantworten soll. Miss A. Brown bedauert, daß sie nicht in der Lage ist zu erscheinen, oder was?«

»Es drängt doch nicht so, oder?«

»Nun, nicht für sie!«

Janet sah mich ziemlich streng an, aber dann brachen wir beide in Gelächter aus. Seltsam, ich war in den letzten paar Tagen wohl immer am Rande der Tränen oder kurz vorm Lachen gewesen.

Vermutlich war ich in einem Zustand, der der Hysterie ein wenig verwandt war. Es schien schrecklich respektlos, so dicht neben Agathas Büro zu lachen, aber irgendwie hatte ich das Gefühl, sie hätte es nicht schlimm gefunden.

»Übrigens«, sagte ich und wischte mir die Augen, »wann ist die Beerdigung?«

»Morgen. Nur Familie und enge Freunde. Keine Blumen.«

»Oh. Woher weißt du das?« Ich fand, ich hätte es auch wissen müssen.

»Dorothy hat am Dienstag angerufen, gerade bevor du kamst. Sie sagte, daß ich das jedem sagen solle, der fragt.«

»Geht Anthony hin?«

»Keine Ahnung. Ich denke schon. Obwohl er und Dorothy, weißt du, haben sich nie verstanden.«

»Könnte ich hingehen?«

»Würdest du denn wollen?«

»Also eigentlich, ich glaube schon.« Ich war mir nicht ganz sicher warum, aber ich war ziemlich verletzt, weil man mir nichts gesagt hatte.

»Es wird einen großen Gedenkgottesdienst geben, weißt du«, sagte Janet.

»Ja, ich weiß, aber ich finde, ich hätte gefragt werden sollen.«

»Nun, dann ruf sie an.«

Ich suchte Dorothys Nummer heraus und ging in Agathas Zimmer. Das Telefon wurde von einem Mann mit einem starken Liverpooler Akzent beantwortet. Ich nahm an, es sei Jack Burton. Ich fragte mich, ob ich ihm erzählen sollte, daß ich gerade sein Stück las, bekam aber keine Gelegenheit dazu.

»Wer will sie sprechen?« rief er.

Ich nannte meinen Namen und blieb eine Weile am Apparat und wußte nicht, ob er Dorothy holte oder einfach den Hörer liegengelassen hatte. Schließlich sprach sie am anderen Ende.

»Was wollen Sie?«

Ich war so bestürzt, daß ich sekundenlang nicht reden konnte.

»Ich habe mich gefragt, ob ich wohl zu der Beerdigung kommen könnte?« sagte ich endlich. Ich war mir nicht mehr länger sicher, warum ich es unter diesen Umständen wollte.

»Es ist eigentlich nur für die Familie, aber ich vermute … Nun, ich kann Sie wohl kaum davon abhalten, oder? Golders Green Krematorium. Zehn Uhr.«

Und sie legte auf.

Ich bezweifle, ob ich überhaupt zu der Beerdigung gegangen wäre, wenn es nicht an dem Abend beim Essen eine Diskussion gegeben hätte.

Ich kenne Donny und Dan fast so lange, wie die beiden sich kennen. Sie hatten sich einander bereits vorgestellt, als ich zum Vorsprechen der Theaterneulinge in unserem ersten Semester in Cambridge kam, und sie sind seit diesem Tag immer zusammengewesen.

Wie Donny sagt: »Gott sei Dank mußten wir unser erstes Semester nicht mit einer sexuellen Krise verbringen. Wir haben uns nur gesehen und das war's dann. Wir wußten, wir waren ein Paar alte Tunten, die füreinander gemacht sind.«

In Cambridge verbrachte ich wohl mein halbes Leben im Zimmer eines der beiden, trank Tee und aß gute Schokoladenkekse bei Dan oder Champagner und Appetithäppchen bei Donny. Sie waren als großartige Gastgeber bekannt, und ich zählte sie zu meinen besten Freunden. Seit Cambridge haben wir uns ein wenig auseinandergelebt. Sie gingen für zwei Jahre in einem alten Cadillac auf eine Rundreise durch Amerika, und als sie zurück nach England kamen, überraschten sie alle damit, daß sie sich ein verfallenes Bauernhaus in Dorset kauften und dort lebten, während Donny versuchte, es instand zu setzen, und Dan seinen ersten Roman schrieb. Schließlich schaltete Donny einen Maler ein, und sie konnten das Haus zu einem angemessenen Profit verkaufen und nach London ziehen. Dans erster Roman wurde vor einiger Zeit in England veröffentlicht, aber von einigen wenigen durchwachsenen Besprechungen abgesehen, brachte er sehr wenig ein. Der Grund für die Dinner-party – »Das heißt natürlich, wenn man überhaupt je einen Grund für eine Dinner-party braucht«, wie Donny sagte, als er die Tür öffnete – war, daß er gerade in Amerika veröffentlicht worden war, das Stadtgespräch war und die oberen Zwanzig der Bestsellerliste erreicht hatte. Die Taschenbuchrechte wurden just, während wir beim Essen saßen, in New York versteigert, und Dans Agent in New York rief etwa jede Stunde an und brachte uns auf den neuesten Stand, was den Preis anbetraf.

In dem riesengroßen Wohnzimmer in ihrer Hochparterrewohnung im Ladbroke Grove war eine ausgedehnte Tafel für ungefähr zwanzig Gäste gedeckt. Der Raum war mit Kerzen erleuchtet, die in einem enormen, modernbarocken Kronleuchter steckten, der an einer Stuckrosette in der Mitte der Zimmerdecke aufgehängt war. Eine ausgewachsene Palme in einem Terracottatopf stand in dem vorhanglosen Erkerfenster, und zwei große Spiegel mit goldenen Rahmen, deren Beschichtung porös und rissig war, hingen an gegenüberliegenden Wänden. Die Wände sahen aus, als seien sie bis auf den Putz abgezogen worden, um gestrichen zu werden, aber ich hörte, wie Donny beschrieb, welche Mühe es gekostet hatte, sie so aussehen zu lassen – »verzweifelt« war das Wort, das er gebrauchte –, und mir wurde klar, daß der Effekt beabsichtigt war. Ich kannte etwa die Hälfte der Leute im Raum. Ich war ein bißchen spät eingetroffen und wurde an das Tischende gesetzt, das Dan am nächsten war, aber am weitesten von meinen Freunden entfernt.

»Da ist sie ja endlich!« sagte Donny und zog meinen Stuhl zurück. »Ich hoffe, sie wird euch nicht zu sehr langweilen.«

Dan lächelte entschuldigend. Er ist der bei weitem weniger schrille von beiden und manchmal machen Donnys tuntige Possen ihn verlegen.

Donny stellte mich vor. Die anderen um mich herum waren ein Literaturkritiker, eine ziemlich schüchterne Zahnärztin, die neue Freundin von Donnys Bruder David, die durch Donnys rücksichtslose Platzverteilung genötigt worden war, sich an das andere Tischende zu setzen, und ein relativ berühmter Friseur, dem es aus irgendeinem Grund erlaubt worden war, bei seiner Freundin, einem Fotomodell, zu sitzen.

»Ich weiß nicht so recht, wie ich Sophie zur Zeit vorstellen soll«, sagte Donny. »Es war immer sehr lustig mit ihr, vor einigen Jahren, aber dann ging sie bei einer Handelsbank arbeiten –«

»Bei einer amerikanischen Bank.«

»Um so schlimmer«, fuhr er fort. »Sie hat jahrelang jedermann mit ihrem Gerede über Euro-Anleihen und die Verschuldung der dritten Welt gelangweilt. Dann, als man gerade ein bißchen Geld hatte und nach einem freundlichen Tip hinsichtlich zukünftiger Märkte Ausschau hielt, oder nach einem Insider-Hinweis zu ein oder zwei Optionen, schmeißt Sophie den Kram hin und geht. Für niemanden von Nutzen. Dann hören wir, daß sie Sekretärin geworden ist. Ein Wunder, daß sie immer noch hierher eingeladen wird.« Er zwinkerte und schlenderte zu seinem Tischende zurück.

Er machte Spaß, aber es lag ein leicht unbehagliches Element des Vorwurfs in seinen Bemerkungen. Ich habe festgestellt, daß einige meiner sogenannten Freunde aufrichtig entsetzt sind über den Rückschritt in meiner Karriere. In Cambridge war die Identität eines jeden in seinen Aktivitäten verankert, wie Rudern oder Schauspielerei, und zu einem geringen Ausmaß in seinem Fach. Seit wir dort fortgegangen waren, interessierten sich die Leute mehr und mehr dafür, was man macht, und immer weniger dafür, was man denkt. Donny ist »Innenarchitekt« geworden, Dan ist »Schriftsteller«. Ich war als Bankkauffrau gerade so eben akzeptabel gewesen: Über die Arbeit selbst hatten sie die Stirn gerunzelt, das Gehalt beneidet. Als Sekretärin wissen die Leute einfach nicht, was sie mit mir anfangen sollen. Ich muß mir mehr Mühe geben, in ihre Unterhaltungen einbezogen zu werden, weil meine Arbeit kein taugliches Diskussionsthema ist.

Ich beobachtete meine Mitgäste. Dem Kritiker ging praktisch einer ab wegen seiner exklusiven Anwesenheit bei der Taschenbuchauktion von Dans Roman. Dan ist von Natur aus bescheiden und fand, wie ich glaubte, den ganzen Auftritt ziemlich ermüdend.

»Es kommt so selten vor, daß ein so internationaler Roman der Feder eines Engländers entströmt.«

»Vielen Dank. Ich bin eigentlich Schotte, aber es macht nichts.«

»Schotte? Faszinierend ... Sehr, sehr ... Ich glaube, ich habe selbst etwas schottisches Blut in mir.«

»Wirklich?«

Ich hatte einen großen Schluck Kir genommen und fühlte mich verpflichtet, Dan zu helfen.

»Bei welcher Zeitung sind Sie?« fragte ich.

Er sagte es mir.

»Ist das nicht jene, die Dans Buch als schwule Version von *Love Story*, bloß ohne die Story, beschrieben hat?«

Er starrte mich an.

Dan lächelte. »Oh, ich mochte das recht gern«, sagte er. »Es hat uns ermöglicht, ›Eine schwule *Love Story*‹ als Zitat quer über die Titelseite der amerikanischen Ausgabe zu setzen.« Er stand auf, weil das Telefon schon wieder klingelte.

Der erste Gang war hausgemachte Pasta, haargenau *al dente* gekocht und mit ein wenig geschmolzener Butter und ein paar Schnitzen weißer Trüffel verziert. Wir konzentrierten uns alle so sehr darauf, unsere Tagliarini nur mit der Gabel aufzurollen, daß die Unterhaltung versiegte, bis unsere Teller von dem ausnehmend hübschen kubanischen Butler abgeräumt wurden, den sie für den Abend angeheuert hatten.

»Eine halbe Million, und es ist erst vier Uhr nachmittags nach deren Zeit«, sagte Dan, als er zurückkam. »Ich kriege nur die Hälfte, weil ich mit meinem Verleger teilen muß, aber es ist immer noch eine ganze Menge.«

»Wir reden in Telefonnummergrößen«, rief Donny vom anderen Ende des Tisches. »Gut, natürlich nicht London, aber wenn man in der Provinz lebt.«

»Es fühlt sich irgendwie unwirklich an«, sagte Dan und schenkte jedem etwas Claret ins Glas.

Die Unterhaltung wandte sich dem Geld zu, und wir sagten alle reihum, was wir tun würden, wenn wir zufällig eine Million Pfund erhielten. Von der Zahnärztin abgesehen kam es niemandem in den Sinn, auch nur einen Penny davon zu verschenken, an Wohltätigkeitsorganisationen oder für gute Zwecke irgendeiner Art. Mehrere Leute sagten vage, daß es nicht genug sei. Der Literaturkritiker fing seine Liste mit einem Ferrari an, entschied sich aber schnell für eine Insel um, als er merkte, wie ihn jeder übertrieben angähnte. Das Fotomodell meinte, daß man sich mit einer Million heutzutage keine sonderliche Insel kaufen könne, es sei denn, sagte sie, er dächte an ein kleines Atoll vor der Küste seines Heimatlandes.

»Was?«

»Schottland«, sagte sie. »Sie haben uns gerade gesagt, Sie seien aus Schottland. Ich schätze, man könnte einen Felsen da oben für eine Million kriegen.« Es war das einzige, was sie bis dahin gesagt hatte, aber es war zeitlich ausgesprochen gut angebracht. Ich wechselte Blicke mit ihr.

»Und Sie, Sophie. Es war doch Sophie, oder?« sagte der Verleger. »Würden Sie Ihr Sekretärinnendasein aufgeben?«

»Ehrlich gesagt bin ich mir nicht sicher«, gab ich zurück. »Ich habe in den letzten Wochen eine ziemlich ereignisreiche Zeit erlebt.«

»Wirklich?« sagte er.

»Oh, ja, es war eine Nonstop-Entdeckungsreise ... von den Pinters der Zukunft bis zur gelegentlichen Leiche.«

Die Unterhaltung rund um den Tisch war beim Erwähnen von Pinter versiegt und kam mit der Leiche endgültig zum Stillstand. Ich bereute augenblicklich, es gesagt zu haben. Der Kritiker benahm sich derart herablassend, daß ich mich verpflichtet gefühlt hatte, seine Vorstellungen über den Haufen zu werfen, aber ich war zu weit gegangen. Ich hoffe, ich fühle mich eines Tages sicher oder reif genug, der Versuchung zu widerstehen, Leute, die mich bevormunden, zu schockieren. Ich schaute mich am Tisch um. Zwanzig Gesichter warteten darauf, daß ich fortfuhr. Ich erklärte die Sache so kurz ich konnte. Mehrere Leute hatten von Agatha gehört oder die Nachrufe gelesen. Ich versuchte, die Unterhaltung auf die gesammelten Anekdoten zu lenken, die ich über die Theater- und Filmwelt aufgeschnappt hatte, aber heute abend glitten sie mir nicht mit der üblichen Redegewandtheit von der Zunge, und ich fühlte mich gräßlich oberflächlich.

Der zweite Gang kam, gebratene rote Paprika und Auberginen mit Pesto aus frischem Koriander, und ich wurde durch einen neuen Anruf aus den Staaten davor bewahrt, weiterreden zu müssen. Dan blieb dem Tisch eine ganze Weile fern, und als wir das Essen beendet hatten, standen mehrere Leute auf und wechselten den Platz.

»Alles in Ordnung?« Anna, die Zahnärztin, unterbrach welchen Gedankengang auch immer, in den ich versunken war. Ich fand es sehr schwer, mich zu konzentrieren.

»Ja, danke ... das heißt, eigentlich nicht. Ich hätte wahrscheinlich heute abend nicht kommen sollen. Ich bin nicht sehr gut in Form.«

»Es muß schrecklich für Sie gewesen sein ..., war sie schon lange krank gewesen?«

»Na ja, sie war wegen einer Grippe nicht zur Arbeit gekommen. Ich nehme an, sie muß sehr deprimiert gewesen sein ... Es war Selbstmord, wissen Sie.«

»Oh, wie furchtbar.«

»Eine massive Überdosis, glaubt man.«

Anna legte ihre Hand auf meinen Arm, und wir saßen einige Augenblicke schweigend da. Ich dachte, was für eine liebenswürdige Zahnärztin sie sein mußte, und stellte mir vor, daß sie fähig war, das widerspenstigste Kind mit ihrer friedfertigen Gegenwart zu besänftigen. Sie schien innerlich mit sich zu Rate zu gehen, ob sie weiter auf das Thema eingehen sollte. Schließlich sagte sie: »Ich denke, der Tod ist wohl etwas, woran wir uns gewöhnen müssen, wenn wir älter werden, aber das erste Mal, wenn wir es erleben, ist es schrecklich schwierig.«

Sie beschrieb, wie ihre Mutter gestorben war, als sie noch ein Teenager war. Ich war von der Ehrlichkeit ihrer Beschreibung bewegt und erkannte manche der Symptome wieder, die ich in viel abgeschwächterer Form durchgemacht hatte. Dann sagte sie: »Vor ein paar Monaten starb eine meiner Patientinnen. Sie war noch jung – in den Dreißigern –, und ich fand es sehr schwer, damit zu Rande zu kommen. Wissen Sie, sie hatte eine schlimme Erkältung, oder Grippe, oder so was, und sie hatte gerade ihre Weisheitszähne gezogen bekommen. Ich hatte ihr Schmerztabletten verschrieben, und was anscheinend passiert ist, war, daß sie die nahm, aber sie nahm auch Mittel gegen Schnupfen ein – wissen Sie, dieses Zitronengetränk und dieser grüne Sirup für die Nacht? Sehen Sie, alle diese Arzneien enthielten nämlich Paracetamol, und die Leute sind sich nicht darüber im klaren, wie stark es wirkt. Sie hat allein gelebt, und ich glaube, sie wird die Warnungen auf der Packung, sich an die Dosis zu halten, nicht weiter beachtet haben. Als ihr Freund ein paar Tage nichts von ihr gehört hatte, ging er vorbei und fand sie im Koma. Dann brachte er sie ins Krankenhaus, aber ihre Leber war irreparabel geschädigt. Niemand konnte mehr irgend etwas tun, und sie starb.«

»Gott, wie schrecklich«, sagte ich. Es kam mir erbärmlich unangemessen vor, das zu sagen, und ich wünschte mir nicht zum ersten Mal, daß es ein besseres Vokabular gäbe, um sein Beileid auszusprechen. Ihre Augen hatten sich mit Tränen gefüllt, die ihr, wie ich wußte, nicht aus Kummer kamen, sondern aus Zorn über ihre Unfähigkeit, das Geschehene zu ändern. Ich hatte die letzte Woche damit verbracht, mich mit dem Telefongespräch zu quälen, das ich mit Agatha geführt hatte. Wenn ich nur damals vorbeigegangen wäre, anstatt bis zum nächsten Tag zu warten. Ich merkte, wie auch mir die Tränen in die Augen stiegen.

»Ich glaube, ich hätte sie retten können, verstehen Sie«, sagte ich und fing an zu weinen.

Anna legte ihren Arm um mich.

»Das bezweifle ich sehr. Sobald die Leber geschädigt ist, gibt es nicht mehr viel Hoffnung, fürchte ich.«

Irgendwie tröstete mich diese Meinung, die von einer Medizinerin kam, ein wenig.

Das Fotomodell hatte unser Gespräch halb mitgehört.

»War da nicht letztens etwas darüber in den Zeitungen? Wie es aussieht, macht sich eine Verbrauchergruppe dafür stark, daß diese scheinbar harmlosen Schnupfenpräparate besser etikettiert werden.«

»Die Sache ist, sie sind harmlos, wenn man die richtige Dosis nimmt, aber man braucht nicht sehr viel mehr, und dann sind sie tödlich.«

Donny hatte gespürt, daß die Schwermut an unserem Tischende die Oberhand gewann, und bestand darauf, uns zu trennen. Ich ging Dan gratulieren, der allein dasaß, unfähig, die Tatsache nachzuvollziehen, daß er bald nahezu eine halbe Million Dollar entgegennehmen würde. Die amerikanischen Rechte für das Taschenbuchs waren bei 900 000 Dollar angelangt, was für einen englischen (oder schottischen) Erstlingsroman Rekord war.

Einige Gäste fingen an, noch ein Dinner-party-Spiel zu spielen, nämlich der Reihe nach zu sagen, wen sie aus einer Laune heraus umbringen würden, wenn es in ihrer Macht stünde. Es ist ein Spiel, das ich, wie ich etwas beschämt sagen muß, auf anderen Dinner-partys gespielt habe und das mir ungeheuer viel Spaß gemacht hat. Normalerweise sind die ersten Opfer die Prominenten und wohltätige Menschen, und der Spaß liegt darin, noch empörender politisch unkorrekt zu sein als der letzte.

»Terry Waite«, schlug der Friseur vor, unter Applaus von allen Seiten.

Mir war nicht danach, mitzumachen. Mein Kopf versuchte aufzunehmen, was Anna gesagt hatte. Könnte das gleiche, das mit Annas Patientin passiert war, auch mit Agatha passiert sein? Sie hatte eine schlimme Erkältung gehabt. Außerdem trank sie schon normalerweise eine

Menge und wahrscheinlich mehr, wenn sie Schmerzen hatte. Schädigte Alkohol nicht auch die Leber? Ich fragte mich, ob irgend jemand an die Möglichkeit gedacht hatte, daß ihr Tod ein Unfall war. Zunächst fühlte ich mich bei der Vorstellung erleichtert, und dann sah ich mit Schrekken ein, daß es vielleicht sogar noch tragischer war, wenn es sich um einen Unfall handelte. Wenn sie Selbstmord begangen hatte, hatte sie das wenigstens aus ihrem eigenen, freien Willen getan. Wenn es ein Unfall gewesen war ...

»Der Prinz und die Prinzessin von Wales!« sagte ein anderer Gast.

»Langweilig!« schrie der Rest.

»Oh, na gut, Mutter Theresa.«

»Hatten wir schon.«

Die Party wurde immer rowdyhafter, wozu auch eine Kiste Champagner beitrug, die aufgetaucht war, als das Ergebnis von Dans Versteigerung verkündet wurde. Ich wußte, daß Donny uns jede Minute zwingen würde, uns in zwei Teams aufzuteilen und Scharaden zu spielen. Ich beschloß, nach Hause zu gehen.

Ich schaffte es, an der Holland Park Avenue ein Taxi aufzugabeln, und während es davonbrauste, starrte ich aus dem Fenster. Das Taxi nahm die hintere Route den Westbourne Grove hinunter, der immer noch mit Leuten bevölkert war, die Kebabs aßen. Ich sah ein Paar Arm in Arm aus dem Khan's kommen, wie Greg und ich es noch vor kurzem getan hatten. Ich fühlte mich merkwürdig entfernt von alledem. Mein Gehirn ging wieder und wieder Agathas letzte paar Tage durch.

Als das Taxi an der Polizeistation Paddington Green vorbeiraste, schien sich mein Geist zu lichten, wie bei einer Epiphanie. Ich richtete mich aus meiner zusammengesunkenen Haltung auf und schnappte angesichts der Klarheit des Gedankens nach Luft. Ein widerspenstiges Teil des geistigen Puzzles fügte sich plötzlich in seinen Platz. Agathas Tod konnte kein Unfall gewesen sein, weil Agatha von Arzneien nichts hielt. Daß sie eine Flasche Paracetamol in ihrem Badezimmerschränkchen hatte, war ungefähr so wahrscheinlich wie sie eine Espressomaschine in ihrer Küche hatte. Kaffee sei Gift, hatte ich sie öfters sagen hören, und ich wußte, daß sie über Aspirin genau dasselbe dachte, oder über jedes andere Mittel, das normale Leute nehmen, um über kleinere Unpäßlichkeiten hinwegzukommen. Mir wurde auch klar, daß einer der Gründe, warum es mir anfänglich schwergefallen war, die Prämisse zu akzeptieren, daß sie sich umgebracht hatte, nicht einfach darin lag, daß ich es nicht akzeptieren *wollte* – es hatte mir vielmehr nicht in den Kopf gewollt, daß sie tatsächlich eine Überdosis Schmerzmittel geschluckt haben sollte, weil ich mir nicht vorstellen konnte, daß sie überhaupt Schmerztabletten im Hause hatte.

Die Erleichterung, die ich dabei verspürte, schließlich doch etwas verstanden zu haben, wich augenblicklich einem Gefühl des schleichenden Grauens. Was war dann also passiert? Wenn es, wie ich glaubte, kein Selbstmord war und auch kein Unfall gewesen sein konnte, lautete die unausweichliche Schlußfolgerung, daß jemand Agatha ohne ihr Wissen Schmerztabletten gegeben hatte. Was bedeutete, daß Agatha ermordet worden war.

Martin war nicht gerade erfreut, geweckt zu werden, und dem Ton seiner Stimme nach nahm ich stark an, daß er auch nicht allein im Bett lag. Er war besonders gereizt, als er hörte, warum ich anrief.

»Sophie, um ganz ehrlich zu sein, ich denke, du solltest besser mal zum Arzt gehen. Jetzt wirst du irrational. Es ist verständlich, aber du mußt darüber hinwegkommen.«

»Nun hör mir doch mal einen Moment zu –«

»Nein, das werde ich nicht. Und nein, du darfst nicht zu der Beerdigung gehen. Es geht dich sowieso nichts an.«

»Ich habe sie verdammt noch mal gefunden, also geht es mich etwas an ... Wenn die Polizei dasselbe denkt wie ich, bin ich wahrscheinlich eine Verdächtige.«

»Jetzt geht endgültig die Phantasie mit dir durch, Soph. Leg dich ins Bett und geh morgen früh zum Arzt. Ich glaube, du brauchst ein bißchen psychologische Beratung, oder irgend so was. Ich melde mich dann.« Er legte den Hörer auf.

Ich fragte mich kurz, ob er recht hatte. Ich hatte mich seit dem Wochenende ganz und gar nicht normal gefühlt, und die Theorie, die ich mir über Agathas Tod zurechtgelegt hatte, schien ziemlich extrem. Martin war sonst ein großer Verschwörungstheoretiker, und wir verbrachten immer Stunden damit, Intrigen in der Bank miteinander zu diskutieren. Es würde ihm nicht ähnlich sehen, kurzerhand irgendeine Idee zu verwerfen, von der er glaubte, daß sie auch nur die kleinste Spur von Plausibilität enthielt. Ich beschloß, es mit Schlafen zu versuchen und zu sehen, wie ich mich am Morgen fühlte, bevor ich irgendeine Entscheidung traf, was zu tun sei.

Das Taxi setzte mich vor der düsteren Straßenfront des Golders-Green-Krematoriums ab. Es gab mehrere dunkelrote Ziegelbauten, die aussahen wie eine kleinere, finsterere Version der St.-Pancras-Station. Ich stand im strömenden Regen und fragte mich, wo die Beerdigung war. Schließlich bemerkte ich auf der anderen Seite des Vorhofes eine Tür, auf der »Rezeption« stand.

Ein überraschend fröhlicher Mann in einem schwarzen Mantel schaute auf seine Liste und informierte mich, daß die Beerdigung in der East Chapel abgehalten werden würde. Dann bot er an, mich unter dem Schutz seines großen schwarzen Regenschirms dorthin zu geleiten. Er erzählte mir, daß die kleinere Bedford Chapel dieser Tage kaum noch benutzt wurde, da es davor nicht genug Platz zum Wenden für die Autos gab, und ich war erleichtert, daß ich mein Taxi davon abgehalten hatte, durch das Tor zu fahren und das Verkehrsnetz zu verstopfen. Es wäre nicht so schlimm gewesen, wenn es ein schwarzes Taxi gewesen wäre, aber es war eines von denen, die wie eine Zeitung bemalt waren, um für den *Evening Standard* Werbung zu machen.

In der Stille der Kapelle war ich mir peinlich des Geräuschs bewußt, mit dem das Wasser von meinem Mantel tropfte. Ich setzte mich mehrere Reihen nach hinten, um Platz für die Verwandten zu lassen. In der vordersten Bankreihe war Dorothy und neben ihr eine viel ältere Frau, die ein bißchen senil schien. In der Reihe dahinter saß Anthony, mehrere Meter rechts von der Frau und mehr oder weniger vor mir. Er hatte mein Hereinkommen anscheinend nicht bemerkt. Der Vikar ging auf Dorothy zu und murmelte etwas. Sie nickte. Dann half sie der alten Dame auf die Füße, und was sich wie ein Kassettenrekorder anhörte, begann ein Stück von Bach zu spielen, das ich nicht einordnen konnte. Vier Friedhofswärter marschierten langsam mit dem Sarg herein und setzten ihn auf dem Katafalk ab. Anthony und ich sprangen auf und stellten im gleichen Moment fest, daß wir die einzigen anderen Trauergäste waren. Ich kann mich nicht an viel von dem, was der Vikar sagte, erinnern. Ich weiß noch, daß ich es schrecklich fade fand. Er hatte offensichtlich keine Ahnung, wer die Verstorbene war. Die alte Dame mischte sich an einem Punkt mit recht lauter Stimme ein: »Ist sie in der Kiste da drüben?«

»Ja, das ist sie«, antwortete Dorothy leise und nahm die alte Frau beim Arm.

»Ach je, dieser Anblick gefällt mir überhaupt nicht«, sagte sie und verstummte dann wieder.

Dann setzte das Band wieder ein und spielte ein unerkennbares Kirchenlied, die Türen hinter dem Sarg öffneten sich, und er wurde außer Sichtweite gekurbelt. Alles, woran ich denken konnte, war, wie klein der Sarg schien und wie groß und leer die Kapelle. Sie war wie eine kleine viktorianische Kirche, aber es gab keine religiösen Bilder irgendeiner Art. Ich schätzte, daß fast hundert Leute darin Platz gefunden hätten. Zum ersten Mal in ihrem Leben, dachte ich und schniefte, schaffte Agathas Präsenz es nicht, den Raum zu füllen.

Der Vikar deutete an, daß wir gehen sollten. Ich vermute,

er wollte nicht, daß wir in die nächste Beerdigung gerieten. Ich hatte bemerkt, daß Leichenwagen in der Gegend herumkurvten, als ich ankam. Es war ein bißchen wie die Warteschleife am Heathrow Airport. Es gab offensichtlich feste Viertelstundenplätze mit rigoroser Verkehrskontrolle.

Dorothy half der alten Frau zur Tür. Sie trug denselben langen schwarzen Mantel, den sie im Krankenhaus angehabt hatte; fast, als ob sie es gewußt hätte, dachte ich.

Anthony rührte sich nicht, bis sie draußen waren. Ich folgte ihm. Hinter der Kapelle war ein Kreuzgang, wo die Blumen des Tages unter Namensschilder der Verstorbenen gelegt worden waren. Unter Agathas Name war praktisch ein ganzes Blumengeschäft, darunter ein riesiges Kreuz aus weißen Rosen und ein scheußliches Arrangement aus purpurnen Chrysanthemen, die das Wort MAMA buchstabierten. Dorothy, die sofort sah, daß etwas durcheinandergeraten war, marschierte direkt zu der Mauer, zog das Namensschild aus seiner Halterung und tauschte es mit dem unter dem Bogen daneben aus. Die vielgeliebte Mutter hatte Margaret Brown geheißen. Der Fehler war trivial genug, aber er brachte mich zum ersten Mal an diesem Tag zum Weinen, besonders weil der Kontrast zwischen den Blumenhuldigungen so deutlich war.

Unter Agathas Name ruhte nun das kleine, aber wunderbar geschmackvolle Arrangement aus Veilchen, wilden Blumen und Kräutern, das auf dem Sarg obenauf gelegen hatte, und daneben eine einzelne samtige, tiefrote Rose, mit einer Karte dazu, deren Widmung nach unten gekehrt war. Ich dachte, es wäre zu unverschämt, sich zu bücken und zu lesen, was darauf stand, obwohl ich sehr gern gewußt hätte, wer eine so ungewöhnliche Anerkennung geschickt hatte.

Wir vier standen so weit auseinander, wie wir konnten,

und schauten die Blumen an. Die alte Dame begann, etwas zu murmeln, sah dann Anthony an und sagte: »Ach je, Sie sind alt geworden.« Dorothy zog sie heftig zurück.

Dann ging Anthony einen entschiedenen Schritt weiter weg. Es war mir an diesem Tag noch nicht richtig gelungen, sein Gesicht zu sehen, aber ich erhaschte einen flüchtigen Blick darauf, als er fortging. Es war rot und vom Weinen verquollen. Er hielt mit einer Hand ein großes Taschentuch fest, schien sich aber nicht darüber im klaren zu sein, daß seine Nase lief. Ich ließ ihn mehrere Schritte vorgehen und folgte ihm dann. Dorothy hatte die ganze Zeit über keinen einzigen Blick mit mir gewechselt. Als ich das Grundstück des Krematoriums verließ, schaute ich zurück und sah, wie sie der alten Dame in das Bestattungsauto half. Sie fuhren an mir vorbei, zwei winzige Gesichter, die über dem Rücksitz einer großen Limousine schwebten.

Die ganze Zeremonie hatte knapp unter fünfzehn Minuten gedauert. In später Einsicht wünschte ich mir, daß ich das Taxi behalten hätte, weil es noch genauso stark regnete und ich keine Ahnung hatte, wo ich war. Ich entschied, nach links zu gehen und begann in der Hoffnung loszulaufen, früher oder später auf eine Bushaltestelle oder U-Bahn-Station zu stoßen.

Mit einer Sache hatte Martin recht behalten. Ich hätte nicht hingehen sollen. Es war ein bemitleidenswert schäbiger Abgang gewesen für einen so farbigen Menschen wie Agatha. Ich fing langsam an, äußersten Unmut Dorothy gegenüber zu verspüren. Wie schlimm ihre Fehde mit Agatha auch immer gewesen sein mochte, ich empfand es als flegelhaft, daß sie ihr einen so dürftigen Abschied bereitet hatte. Es sei denn …, es sei denn, es war ein absichtlich gedämpfter Abschied, der darauf angelegt war, so wenig Aufmerksamkeit wie möglich auf sich zu ziehen. Ich erinnerte mich an mein Gespräch mit Dorothy vom Tag davor, wenn man diese paar knappen, groben Worte ein Gespräch nennen konnte. Warum hatte sie sich mir so in den Weg gestellt, fragte ich mich. Soweit ich wußte, war sie die letzte Person gewesen, die Agatha am Mittwoch bei Bewußtsein gesehen hatte, nachdem ich gegangen war. Hatten sie sich vielleicht wieder gestritten? Trotz Martins Spott war ich nach dem Aufwachen nicht vollkommen geneigt gewesen, die Schlußfolgerung zu verwerfen, die mir in der Nacht davor so einleuchtend vorgekommen war. Während ich durch die Pfützen stapfte, fragte ich mich, was ich, wenn überhaupt, tun sollte.

Schließlich fand ich die U-Bahn-Station und nahm die Northern Line zum Leicester Square. Es hatte aufgehört zu regnen, als ich bei der Arbeit ankam, aber ich war immer noch naß und fühlte mich kalt. Anthony war nicht gekommen, und Janet lechzte nach einem minuziösen Bericht von der Beerdigung.

»Ach laß mich doch in Ruhe, Herrgott noch mal!« raunzte ich und nahm die Post mit in Agathas Zimmer, um sie dort zu öffnen. Mehrere Schreiben erforderten Agathas Unterschrift, und ich begann daran zu verzweifeln, wie wenig Anleitung ich von Anthony erhielt. Er war seit Dienstag nicht im Büro gewesen. Er hatte anscheinend gewollt, daß ich weiter blieb, damals, und doch gab es nicht viel, das ich ohne seine ausdrückliche Zustimmung tun konnte. Unerledigte Post stapelte sich auf Agathas Schreibtisch, und ich haßte die mangelnde Professionalität, wegen der ich sie nicht in Angriff nehmen konnte. Ich hätte an diesem Tag meine Kündigung angeboten, wenn es irgend jemanden gegeben hätte, der dafür zuständig gewesen wäre.

Ich riß einen dicken cremefarbenen Umschlag auf und dachte dabei, daß mir die Schrifttype bekannt vorkam. Innendrin steckte ein Blatt Büttenpapier. Darauf stand:

»ERINNERE DICH AN DEN TAG DES SCHAKALS«, das war alles.

Mir fiel die Notiz ein, die wenige Tage davor eingetroffen war, und ich zog sie aus dem Stapel auf dem Schreibtisch. Die beiden Schrifttypen waren gleich, und vorher hatte es noch eine dritte gegeben. Ich konnte mich nicht erinnern, was darin genau gestanden hatte, aber die Botschaften wirkten langsam sehr bedrohlich. Ich zitterte. Ich hatte noch nie einen anonymen Drohbrief gesehen. Ich dachte, sie existierten nur in Filmen und Kriminalromanen. Ich versuchte mich zu erinnern, was in *Tag des Schakals* geschah. Es kam ein Mordversuch an dem französischen Präsidenten vor, glaubte ich. Ich wußte nicht mehr, ob er erfolgreich gewesen war oder nicht. Es war lange her, daß ich den Film gesehen hatte.

Ich lief im Zimmer herum und versuchte zu entscheiden, was ich tun sollte. Eine Frau war unter Umständen gestorben, die mir verdächtig erschienen, und sie hatte drei Drohbriefe erhalten. Ich hatte mich den ganzen Vormittag über gefragt, ob ich mich an Mr. Middlemarch wenden und ihm von meinen unausgegorenen Verdächtigungen erzählen sollte, hatte mich aber beherrscht. Jetzt bekam ich allmählich das Gefühl, daß es meine Pflicht war, ihn anzurufen. Es nicht zu tun würde heißen, ich hielt Beweismaterial zurück. Vor der Befragung hatte er mir seine Karte überreicht. Ich fand sie hinten in meinem Filofax und wählte nervös die Nummer.

Ich glaube, meine Erklärung muß ziemlich eigentümlich geklungen haben. Mr. Middlemarch unterbrach mich gelegentlich, um zu sagen, daß er vollkommen sicher sei, daß es nichts Verdächtiges gab. Aber ich beharrte auf einigermaßen konfuse Weise darauf, und am Ende – mehr aus Höflichkeit als aus Interesse, hatte ich das Gefühl – willigte er ein, jemanden vorbeizuschicken. Es war fast fünf

Uhr, und Janet sammelte ihre Sachen ein, um zu gehen, als der uniformierte Beamte kam. Ich hatte entschieden, meine Theorie nicht mit ihr zu diskutieren. Falls ich recht hatte mit Agathas Tod, war es zwingend erforderlich, daß ich niemandem etwas erzählte, dem ich nicht vollkommen vertraute. Falls ich nicht recht hatte, konnte ich die Aussicht darauf, daß sie mich damit aufziehen würde, nicht ertragen. Ich hatte gedacht, daß Mr. Middlemarch klug genug sein würde, jemanden in Zivil zu schicken, der namentlich nach mir fragen und so vermeiden würde, Janets Interesse zu wecken. Jetzt allerdings steckte sie den Kopf in die Tür und verkündete: »Wachtmeister Briggs möchte dich sehen, Sophie.«

Er war ein äußerst gutaussehender Polizist, mit einem dichten Schopf aus dickem, kornfarbenem Haar und großen, grinsenden, weißen Zähnen. Seine Erscheinung, und dazu die ihr eigene Neugier reichten aus, daß Janet ihren Regenmantel zurück auf den Bügel hängte, sich in der Nähe der Tür herumtrieb und so tat, als würde sie aufräumen. Ich begann, Wachtmeister Briggs mit gedämpfter Stimme von meiner Theorie zu erzählen. Er schien nicht besonders interessiert, aber er machte sich die eine oder andere Notiz.

»Meine Information ist«, unterbrach er schließlich, »daß Sie im Besitz von irgendwelchem Beweismaterial sind, das die Untersuchung betrifft.«

»Nun ja, darauf wollte ich gerade zu sprechen kommen. Sehen Sie, ich habe ihr nichts davon gesagt, als sie anrief, weil sie an dem Tag so heiter schien –«

»Ja, ja. Wenn ich eben einen Blick auf das Beweismaterial werfen könnte.«

Ich zeigte es ihm.

»Dieser kam letzten Donnerstag an ... und dieser heute.«

»Aber die Verstorbene starb am Sonntag, habe ich recht?«

»Ja«, sagte ich ungeduldig.

»Nun, dann sehe ich die Logik nicht«, entgegnete er.

»Was meinen Sie damit?«

»Nun, wenn, wie Sie anscheinend glauben, jemand für den Tod der Verstorbenen verantwortlich ist, scheint es dann nicht ziemlich komisch, daß derjenige fünf Tage nach ihrem Tod einen Drohbrief schicken sollte?«

»Oh.« Das war mir nicht eingefallen. Ich wünschte, ich hätte länger und intensiver nachgedacht, bevor ich Mr. Middlemarch anrief.

»Könnte ich mal sehen, Herr Wachtmeister?« fragte Janet und kam ins Zimmer.

»Warum nicht«, sagte er und reichte ihr die beiden Briefe.

Ein riesiges Lächeln erstrahlte auf ihrem Gesicht, als sie sie las.

»Oh, nicht der schon wieder!«

»Du weißt, wer die geschrieben hat?« Ich war erstaunt.

»Aber sicher. Ich wundere mich, daß dir seine Akte nicht untergekommen ist. Er heißt Watt, aber wir heften ihn unter Weirdo wie ›Spinner‹ ab. Er ist dieser abgedrehte Autor, der immer noch versucht, daß Agatha ihn annimmt«, erklärte sie. »Er schickt ständig neue Stücke oder Geschichten, und sie sind absolut furchtbar. Ich meine, Herr Wachtmeister, ich weiß nicht viel über Literatur, aber ich habe ein paar davon gelesen, und sie sind ein alter Witz zwischen Viv und mir. Agatha lehnt ihn immer mit dem Standardbrief ab, sie sei zu beschäftigt, wissen Sie, aber er läßt ein Nein einfach nicht als Antwort gelten. Dann, eines Tages, hat sie so die Nase voll von ihm, daß sie ihm schreibt, daß er absolut kein Talent hat und daß sie ihr letztes Pfund darauf verwetten würde, daß er nie veröffentlicht oder aufgeführt werden wird ... Nun, danach kamen immer diese Zettel hier an. Es sind immer Einzeiler, die sich sehr oft auf einen Autor beziehen, den man ablehnte, und der dann aber berühmt wurde ... Warten Sie einen Moment, ich hole den Hefter.«

Ich konnte spüren, wie ich immer roter wurde. Wachtmeister Briggs versuchte, ein unbewegtes Gesicht zu wahren.

»Hier, sehen Sie mal, im Juli muß er entdeckt haben, daß James Joyce abgelehnt wurde, denn hier haben wir ›ERINNERN SIE SICH AN ULYSSES!‹ Es gibt mehrere andere ...« Sie bot Briggs den Hefter an, der einen kurzen Blick darauf warf und ihn dann mir reichte. Ich sah sie mir an. Die Schrifttype und das Papier waren immer gleich. Nie im Leben ist mir etwas peinlicher gewesen.

»Na, das scheint die Sache zu beantworten«, sagte der Polizist.

»Sehen Sie, es tut mir schrecklich leid«, stammelte ich.

»Machen Sie sich keine Gedanken, junge Frau.«

Ich ärgerte mich, daß das von jemandem kam, der offensichtlich jünger war als ich, verkniff mir aber, ihm das zu sagen. Er sagte mir, daß man sich mit dem Tod oft schwer abfinden könne, und fragte, ob ich daran gedacht hätte, die Telefonseelsorge anzurufen. Ich sagte, daß ich nicht gedächte, mich umzubringen, aber er erklärte mir, daß sie einen Beratungsservice für Trauerfälle anbieten. Ich dankte ihm für seine Anteilnahme.

»*Der Tag des Schakals* wurde etwa siebzehnmal abgelehnt, glaube ich«, fügte Janet hinzu, während sie Wachtmeister Briggs aus dem Büro geleitete.

»Wirklich? Das muß ja ein seltsames Geschäft sein. Das ist ein echt toller Film.«

Ich verbrachte den Freitagabend in einem Zustand der Raserei gegen mich selbst. Was mich am meisten ärgerte, war, daß ich jetzt alle Glaubwürdigkeit bei der Polizei verloren hatte. Wenn es bei Agathas Tod nicht mit rechten Dingen zugegangen war, würde ich sie nun kaum noch dazu bringen können, ihn zu untersuchen. Ich wünschte, ich hätte logisch über die dummen Botschaften nachgedacht.

Ich beschloß, Agathas letzte Tage mit wissenschaftlicher Gründlichkeit aufzuzeichnen und alle Fakten, die mir bekannt waren, in ein Diagramm einzutragen. Ich nahm ein paar Filzstifte und ein Lineal, teilte ein Blatt Papier in fünf gleich große Spalten auf und betitelte sie mit den Wochentagen.

In den Mittwochsteil setzte ich meinen Namen und dahinter Dorothys. Donnerstag und Freitag waren leer. Ich erschien in Klammern am Samstag, was das Telefongespräch bezeichnete, dann ebenso am Sonntag. Alles, was ich darüber hinaus wußtc, war, daß drei Flaschen Whisky konsumiert worden waren, die Küche geputzt und die Katze hinausgelassen worden war. Es war nicht viel, wovon ich ausgehen konnte. Vielleicht war ich ja wirklich paranoid.

Am Samstag fühlte ich mich nicht danach, irgend jemanden zu sehen. Ich wollte etwas Zeit für mich, um meinen Kopf zu klären, oder ihn wenigstens mit anderen Bildern zu füllen. Ich ging zum Leicester Square, aß riesige Mengen Dim Sum und fand mit Hilfe von *Time Out* vier Filme, die ich sehen wollte, stimmte ihre Vorstellungszeiten aufeinander ab und bewegte mich für den Rest des Tages von einer Leinwand zur nächsten. Zuletzt kam eine Mitternachsvorführung eines Filmes über einen Geist, der zurückkommt, um seinen Mörder zu finden. Das war ein Fehler. Als ich nach Hause kam, ging ich ins Bett und träumte, daß Agatha einen Vertrag für ihren eigenen Tod aushandelte und hinter mir stand, während ich ihn auf einer mechanischen Schreibmaschine tippte. Ich wachte aufgewühlt auf und hob den Telefonhörer ab, noch halb in der Erwartung, mit dem Diktat fortfahren zu müssen.

»Tut mir leid, daß ich so früh anrufe, aber wir sind gerade hereingekommen und da dachte ich, ich sage eben Bescheid, daß wir wieder zu Hause sind.«

»Mama!«

»Oh, wir hatten eine herrliche Zeit, aber das Flugzeug hatte Verspätung, und es kommt mir vor, als seien wir stundenlang unterwegs gewesen ... Moment ... Reg sagt, wir *sind* stundenlang unterwegs gewesen!«

»Ich bin so froh, dich zu hören.«

»Ich dachte, du könntest dir Sorgen machen.«

»Nein, ich meine, ja.« Bei all dem Hin und Her hatte ich vollkommen vergessen, daß sie am späten Samstagabend nach Hause kommen sollten, und es war mir nicht in den Sinn gekommen, mich darüber zu wundern, daß sie sich nicht gemeldet hatten.

»Warum kommst du nicht heute zum Abendessen. Es sind genug Sachen im Gefrierschrank, und wir können mit unserer Bräune angeben, bevor sie wieder verblaßt.«

Ich sagte, sehr gern, und vereinbarte, gegen sieben dort zu sein.

Ich liebe den Weg von der U-Bahn-Station Pinner zum Haus meiner Mutter. Die Hauptstraße hat etwas sehr Tröstliches mit ihren kleinen Geschäften und Restaurants, die liebevoll erhalten werden und deren Fenster mit bescheidenem Weihnachtsschmuck beleuchtet waren. Sogar der Eingang zum Sainsbury's ist getarnt, so daß ein Durchreisender nie auf die Idee käme, daß dahinter ein riesiger Supermarkt lauert. Im Lebensmittelgeschäft kaufte ich eine Flasche von der Sorte süßen deutschen Weins, für den meine Mutter eine Vorliebe hat, und der Inhaber begrüßte mich herzlich; zweifellos erinnerte er sich an das ganze Geld, das meine Schulfreunde und ich immer für Süßigkeiten und später Zigaretten in seinem Laden ausgegeben hatten.

»Sie haben sich die Haare schneiden lassen«, sagte er, als sei er überrascht, daß ich mich überhaupt von der Fünfzehnjährigen in langen Socken und mit Zöpfen, die er immer bedient hatte, unterschied. »Ist eine nette Abwechslung, obwohl Sie so ganz anders aussehen als ihre Mutter.«

Ich wußte, daß das kein Kompliment war, bedankte mich aber trotzdem.

Ich ging weiter hoch, an der Kirche vorbei, und bog in unsere Straße ein. Wie ich war meine Mutter ein Einzelkind. Ihre Eltern starben bei einem Autounfall, als ich ein Baby war, was verheerend für sie gewesen sein muß, weil sie sich immer sehr nahegestanden hatten, sogar noch, als sie meinen Vater heiratete, den sie ihrer schönen Tochter nicht für wert erachteten. Auch wenn sie weitergelebt hätten, wären wir vermutlich zurück in ihr Haus gezogen, als mein Vater uns verließ, da die Wohnung in der Nähe der

Portobello Road gemietet war. So wie es war, stand das Haus leer, als wir einzogen, als ob es auf uns gewartet hätte. Es dauerte Ewigkeiten, bis meine Mutter den Mut aufbrachte, zu renovieren, aber als sie es endlich tat, war das auf der Höhe der Laura-Ashley-Manie, und sie gestaltete das Haus sehr hübsch, auf eine feminine Art, mit viel Pink und Gelb und einer rustikalen Küche, die sie mit einem massiven schwedischen Herd ergänzte, den ich in einem Haus, das im Grunde genommen eine Vorstadtvilla aus den dreißiger Jahren ist, immer unpassend fand.

Reg ist ein fester Bestandteil im Leben meiner Mutter, und sie machen alles zusammen, aber genaugenommen ist er nie bei ihr eingezogen. Er hat ein eigenes Haus in Hatch End, auch wenn er wohl nicht viel Zeit dort verbringt. Ich glaube, meine Mutter hat immer Angst davor gehabt, ihr Leben vollständig mit einem anderen Mann zu teilen, und das ist ihr Sicherheitsventil. Sie lernte ihn kennen, als sie noch verheiratet war, weil er der Gutachter war, der das Haus für die Testamentsbestätigung schätzte, als ihre Eltern gestorben waren. Sie sagt immer, daß sie zu dieser Zeit so durcheinander war, daß sie ihn gar nicht wahrnahm, aber er verliebte sich offenbar auf den ersten Blick, und sobald wir zurück nach Pinner gezogen waren, begann er, ihr den Hof zu machen. Weil sie so hübsch ist, ist meine Mutter daran gewöhnt, daß Dinge für sie erledigt werden, und weil Reg seine Dienste freiwillig anbot, wurde er ziemlich rücksichtslos als Gartenumgräber und allgemeines Faktotum benutzt. Ich glaube, es ist meiner Mutter jahrelang nicht aufgegangen, daß er an ihr interessiert war, oder vielleicht doch, und sie ist gar nicht so harmlos, wie sie immer tut (ein Lieblingsausdruck von Reg).

Ich glaube, Reg wäre nichts lieber gewesen, als meine Mutter zu heiraten und Kinder zu haben. Aber meine Mutter hat sich immer gesträubt. Nachdem sie das Trauma einer zerbrochenen Ehe überlebt hatte und etwa zur gleichen Zeit zur Waise wurde, schaffte sie es, ihr Leben genauso zu organisieren, wie sie es wollte, und sie wollte nichts oder niemanden, der noch einmal ihre Sicherheit beeinträchtigt. Zum Glück für mich blieb Reg sowieso da. Er war immer die liebenswürdigste Stiefvaterfigur, die man sich nur denken kann, und auch wenn unser Geschmack und unsere politische Meinung sehr verschieden sind, kommen wir im allgemeinen gut miteinander aus.

Ich klingelte an der Tür und erschauderte. Weihnachten vor ein paar Jahren hatte Reg meiner Mutter eine Klingel gekauft, die neunundneunzig verschiedene Melodien spielen konnte. Sie hatten sie heute darauf programmiert, die ersten sieben Noten von »Una Paloma Blanca« ertönen zu lassen. Mutter öffnete die Tür, umarmte mich fest und gab mir einen Kuß.

»Müßt ihr dieses scheußliche Lied draufhaben?« sagte ich.

»Na ja, es soll uns bei Urlaubslaune halten.«

»Aber ist das nicht ein spanisches Lied? Madeira ist doch portugiesisch, oder?«

»Oh, ich weiß es nicht«, sagte sie. »Sie haben es die ganze Zeit in dem Nachtclub im Hotel gespielt, stimmt's, Reg? Jedenfalls« – sie senkte die Stimme – »ist es besser als die Weihnachtslieder, die *er* einstellen wollte.«

»Aber es ist erst Mitte November!« sagte ich.

»Eben. Also beschwer' dich nicht«, sagte sie und zwinkerte mir zu.

Ihr langes, welliges Haar war sogar noch blonder als gewöhnlich, mit natürlichen Aufhellungen von der Sonne. Anders als die meisten Frauen ihres Alters bräunt sich meine Mutter nicht gern, und deshalb ist ihre Haut auch nicht sehr gealtert, aber sie hatte es doch geschafft, einen lichtgoldenen Teint anzunehmen, der ihre Augen blauer denn je erscheinen ließ. Sie trug ein einfaches, marineblaues Leinenkleid, offenbar ein neuer und teurer Kauf, und recht unpassend für einen kalten Novemberabend, aber sie sah entzückend darin aus. Ich betrachtete meine eigenen schwarzen Jeans und den weiten Pullover mit dem Zopfmuster und wünschte, ich hätte mir etwas mehr Mühe gegeben. Reg war in der Küche, trug eine Plastikschürze mit dem Martini-Logo drauf und rührte eine Suppe um, die auf dem schwedischen Herd stand. Er bot mir ein Glas Madeira mit Eis an und behauptete, es sei in Mode, ihn so zu trinken, und wir setzten uns fast umgehend zum Essen hin.

Sie waren sehr erpicht darauf, mir bis ins letzte Detail von ihrem wunderbaren Urlaub zu berichten, und ich aß zwei köstliche Gänge ohne irgend etwas von mir zu geben, außer einem gelegentlichen anerkennenden Murmeln in bezug auf das Essen. Meine Mutter hatte vor kurzem einen Gourmet-Kochkursus besucht, und wir aßen die Gerichte, die sie zubereitet und eingefroren hatte. Eine leuchtende, klare Consommee, gefolgt von Boeuf Bourguignonne. Das einzig Enttäuschende an diesem Essen war das Gemüse – simple Tiefkühlerbsen, die gar nicht erst versuchten, sich zu verstellen.

»Aber, Soph, du solltest selbst hinfahren. Es würde dir so gut dort gefallen«, sagte Reg. »Komm schon, laß uns eine Woche Urlaub für dich buchen. Ich bezahle! Es wäre eine Art vorzeitiges Weihnachtsgeschenk für dich. Sie sieht ein bißchen blaß um die Nase aus, findest du nicht auch, Schatz?«

»Sie paßt nicht auf sich auf«, fügte meine Mutter hinzu.

»Das tut sie«, sagte ich matt. »Sie hatte bloß keine so tolle Woche.«

»Oh, tut mir leid, Schatz. Wir haben einfach immer weiter geschwätzt.«

»Nein, nein, wirklich. Es war faszinierend ... Es ist bloß so, daß –« Ich fing an zu erklären.

Sie waren so schockiert, wie ich es von ihnen erwartet hatte, und ebenso mitfühlend. Meine Mutter ließ mich auf ihr neues Kleid heulen, und Reg stürzte los und versuchte, etwas Brandy für mich zu finden. Ich schaffte es sogar, ihnen von der peinlichen Geschichte mit Wachtmeister Briggs zu erzählen, und sie versicherten mir, sie hätten unter den Umständen das gleiche getan. Ich erklärte die Unfall-gegen-Selbstmord-Argumente, und meine Mutter sagte, sie hätte kürzlich selbst einen Artikel über Paracetamol gelesen. Ich verzichtete darauf, ihnen zu sagen, daß ich meine eigene Theorie nicht für ganz und gar ausgeschlossen hielt. Ich wollte nicht noch einmal hören, ich sei albern.

Ob es nun daran lag, daß er spürte, daß ich mit meiner Mutter allein sein wollte, oder weil gleich *Inspector Morse* anfing, jedenfalls verließ uns Reg, damit wir den Abwasch zusammen erledigen konnten, und ging in das vordere Zimmer, um fernzusehen. Meine Mutter spülte, ich trocknete ab, und wir schwiegen eine Weile.

»Ich fühle mich scheußlich, weil ich neulich so häßlich von Agatha Brown gesprochen habe«, sagte meine Mutter schließlich.

»Danach wollte ich dich schon fragen«, erwiderte ich. »Verstehst du, seit ihrem Tod habe ich Schwierigkeiten, mir ein klares Bild von ihr zu machen. Es scheint so viele Widersprüche zu geben. Warum hast du sie nicht gemocht?«

Ich glaubte nicht, daß ich eine befriedigende Antwort von meiner Mutter bekommen würde. Sie schien eine ganze Zeit über ihre Antwort nachzudenken, bevor sie sprach, aber es muß ihr klargewesen sein, daß mir eine Antwort wichtig war, denn schließlich begann sie, sehr nervös ihre Geschichte zu erzählen.

»Niemand schien zu wissen, woher diese beiden Mädchen kamen«, begann sie, »und sie waren ein ganz schön einschüchterndes Paar, das kann ich dir sagen. Agatha, wenn das ihr Name war, war immer die Dominante. Dorothy war ein bißchen jünger, glaube ich, und betete ihre Schwester geradezu an. Sie schienen immer die ersten zu sein, die Bescheid wußten. Etwa was man trug, was in Mode war, diese Sachen eben. Sie behaupteten zum Beispiel, sie hätten die Beatles schon im Cavern Club gesehen, obwohl ich nie auch nur die Hälfte von dem glaubte, was sie sagten. Marcus sagte immer, ich wäre eifersüchtig, weil sie viel intelligenter seien als ich. Ich weiß nicht, warum ich mir dieses Gerede damals gefallen ließ. Du würdest das sicherlich nicht tun, oder? Sie sahen sich sehr ähnlich, außer daß Dorothy schön war und Agatha irgendwie nicht. Männer fanden sie allerdings sehr attraktiv. Ich bin mir sicher, daß sie eine Affäre mit Marcus hatte, obwohl er sich nie dazu äußerte. Er sagte, es sei zu bürgerlich von mir, danach zu fragen. Sie war auch immer abweisend zu mir. Wenn ich überhaupt versuchte, mich auf einer Party mit ihr zu unterhalten, schaute sie mir direkt über die Schulter, und sobald jemand Interessanteres ihr Blickfeld kreuzte, war sie weg. Oft wenn ich mitten im Satz war. Sie fanden, ich hätte nicht die richtige Arbeit, und obwohl sie immerzu darüber redeten, was sie machten – wenn ich ihnen mal von *meinem* Tag erzählte, tauschten sie Blicke aus und lachten.«

Das Bild, das sie da malte, war fast genau so, wie ich es mir vorgestellt hatte, als Agatha diese Zeiten beschrieben hatte. Ich verspürte ein starkes Aufwallen von Liebe für meine Mutter, die niemals verstehen würde (und warum sollte sie?), daß als Kellnerin in einem Cafe in Soho zu arbeiten wahrscheinlich kein Gesprächsthema für die plaudernden Schichten war, Theateragentin zu sein hingegen schon.

»Erinnerst du dich noch an irgend jemand anderes aus dieser Clique?« fragte ich.

»Es wechselte ständig, verstehst du. Sie waren sehr populär, kannten wer weiß wie viele Leute, obwohl ich immer dachte, daß es ein bißchen oberflächlich war. Sie waren nicht wirklich Freunde, wenn du weißt, was ich meine. Agatha hatte jedesmal einen anderen Mann. Oft mehrere verschiedene an einem Abend. Es gab einen Burschen, der ein ziemlicher Stammkunde war. Kann mich nicht an seinen Namen erinnern. Marcus nannte ihn immer den Buchmacher, weil er wie einer aussah. Uns wurde nie klar, was sie in ihm sahen –«

»War das Jack?«

»Nein, ich glaube nicht. Das war der Gutaussehende, der mit ihrer Schwester durchbrannte, oder? Nein, der war ganz nett zu mir, als ich ihn mal traf. Er war nicht so ein Snob, eher normal. Nein, der Buchmacher hieß irgend etwas wie Terry, so was Ähnliches … Was mich damals umgehauen hat, waren all die arroganten Allüren. Marcus hat gesagt, das sei sowieso alles Schwindel, weil sie nicht wirklich aus der Upper class kamen, wie sie vorgaben, sondern eigentlich ganz gewöhnliche –«

Wenn meine Mutter das Wort ›gewöhnlich‹ sagt, schürzt sie hinterher die Lippen. Es ist eines der abschätzigsten Wörter im Vokabular von Pinner. Mir fiel ein, daß es ein Wort war, das mir bei der Beerdigung durch den Kopf gegangen war, als die alte Dame sprach, die Dorothy begleitete. Ihre Stimme hatte einen ziemlich starken Londoner Akzent, was mich überrascht hatte, weil es nicht zu den Stimmen von Dorothy oder Agatha paßte. Ich fragte mich wieder, wer sie war.

»Er dachte wohl, das sei ein guter Witz.« Sie war mit dem Abspülen des letzten Topfes fertig. »Möchtest du eine Tasse Tee?«

Ich sagte, sehr gerne. Aus ihrer Beschreibung konnte ich sehen, warum meine Mutter Agatha nicht mochte, aber ich hatte das Gefühl, daß das, was sie mir erzählt hatte, kaum den emotionalen Nachdruck in ihrer Stimme kürzlich am Telefon rechtfertigte. Sie behielt etwas für sich.

»Aber ich sollte nicht weiterreden«, sagte Mama. »Ich meine, die arme Frau. Niemand hätte ihr das gewünscht.«

Ich merkte, daß das Gespräch für ihr Gefühl jetzt beendet war, aber ich war entschlossen, weiterzubohren. »Warum hast du aufgehört, dich mit ihnen zu treffen?« sagte ich.

»Oh, ich nehme an, daß du unterwegs warst und wir uns irgendwie auseinandergelebt haben.« Fast die gleichen Worte, die Agatha benutzt hatte. Ich glaubte sie jetzt genauso wenig wie damals.

»Hat mein Vater sie wiedergesehen?« fragte ich und hatte beinahe Angst, daß die Antwort positiv sein würde.

»Oh, nein. Absolut nicht. Es war tatsächlich seine Entscheidung, es nicht zu tun. Er war fest entschlossen. Ich kann allerdings nicht sagen, daß ich traurig darüber gewesen wäre ...« Sie unterbrach sich, als sie merkte, daß sie sich eine ziemliche Blöße gegeben hatte. Ich schaute sie direkt an. »Nun, ich vermute, es macht nichts, wenn ich es dir jetzt erzähle. Ich hätte es vorher nicht getan, aber da die arme Frau tot ist –«

»Was?«

»Na ja, wie du dir wahrscheinlich ausgerechnet hast, war ich schon ein kleines bißchen schwanger, bevor dein Vater und ich heirateten.«

»Ja, das hatte ich ausgerechnet.«

»Trotzdem haben wir uns gefreut. Ich hatte immer ein Baby gewollt, und Marcus war entzückt wie sonstwas. Eine Zeitlang erzählten wir es niemanden, und ich war damals sehr schlank, und es war nichts zu sehen. Eines Abends waren wir alle zusammen ausgegangen, außer daß Marcus zu spät kam. Ich konnte keinen Alkohol trinken, weil mir davon schlecht wurde, als ich schwanger war, und Agatha machte ständig Witze über mich. Ich war so bedient, daß ich ihr zuflüsterte, warum ich nicht trinken konnte. Ich glaube, sie muß gedacht haben, daß ich ihr ein Geheimnis erzähle, obwohl sie der letzte Mensch gewesen wäre, dem ich mich anvertraut hätte, aber das tat ich gar nicht, ich flüsterte nur, damit die anderen es nicht hörten, weil wir uns eigentlich noch nicht entschlossen hatten, es jemandem zu erzählen. Na ja, sie nahm mich beiseite und sagte mir, ich dürfe nicht daran denken, das Baby zu bekommen. Es würde Marcus in seiner Karriere beeinträchtigen, ich sei zu jung, zu verantwortungslos und zu dumm. Ob ich nicht sehen könne, daß das nur eine vorübergehende Vernarrtheit in Marcus sei? Sie redete immer weiter auf mich ein, und dann bestand sie darauf, daß ich am nächsten Tag mit ihr zu einem Abtreiber gehen solle. Es war grauenhaft. Sie bot mir sogar an, es zu bezahlen. Ich sagte ihr immer wieder, daß wir das Baby wollten, aber sie hörte nicht hin. Zu dem Zeitpunkt, als Marcus eintraf, war ich in Tränenfluten aufgelöst und völlig hysterisch. Als er fragte, was los gewesen sei, war ich so aus der Fassung, daß ich es ihm nicht erzählen konnte. Sie dachte offenbar, ich hätte ihm nicht gesagt, daß ich schwanger war. Ich sagte zu Marcus: ›Bring mich einfach nach Hause‹, was er tat. Und als ich mich beruhigte, erzählte ich es ihm. Er war total schockiert. Ich habe ihn nie so wütend gesehen. Ich dachte, er würde sie umbringen. Ich schaffte es, ihn davon zu überzeugen, daß es mir schon wieder ganz gutging, und wir beschlossen, uns mit dem Haufen nicht mehr abzugeben. Und das war das letzte Mal, daß ich sie gesehen habe. Ich bin mir sicher, es war auch das letzte Mal, daß Marcus sie gesehen hat. Verstehst du, er liebte die Vorstellung, daß es dich gab. Er hat dich sehr geliebt. Er war nur einfach nicht besonders gut in der Lage, mit der Verantwortung für eine Familie zurechtzukommen. Und in gewisser Weise hatte diese Kuh natürlich recht, weil ich zu gewöhnlich für ihn war ... Na ja, du hast mich gefragt, Sophie«, sagte sie, als sie sah, daß mir Tränen die Wangen hinunterrannen.

Ich glaube, ich weinte mehr bei dem Gedanken, daß mein Vater mich gewollt hatte, als über Agathas Versuch, mich loszuwerden. Ich hatte immer angenommen, ich sei ein kompletter Unfall gewesen, und mein Vater habe mich überhaupt nicht gewollt, sich dann aber großmütigerweise eine Weile mit mir abgefunden, als ich halt da war. Zum ersten Mal in meinem erwachsenen Leben hatte ich das Gefühl, ich sollte meinen Vater kennen. Vielleicht, dachte ich, denkt er manchmal über mich nach und fragt sich, wie ich bin. Aber ich konnte mit meiner Mutter nicht darüber reden, weil Reg in die Küche zurückkam, und ich wußte, daß es seine Gefühle ungemein verletzen würde, wenn ich aussprechen würde, was ich dachte.

Reg bot an, mich nach Hause zu fahren, aber ich lehnte ab. Ich wollte etwas Zeit allein verbringen und über alles nachdenken, was gesagt worden war. Ich war mir nicht so sicher, ob er überhaupt fahren sollte, da er mehr als die halbe Flasche Madeira intus hatte. Schließlich schlossen wir einen Kompromiß, und er fuhr mich die kurze Strecke bis zur Station Harrow-on-the-Hill, die ein großer Umsteigebahnhof ist.

Die Metropolitan Line ratterte bis Finchley Road ihres Wegs. Ich starrte aus dem Fenster, von den vorüberziehenden Lichtern hypnotisiert und tief in Gedanken. Der Zug kam ohne ersichtlichen Grund zum Stillstand, gerade hinter Neasden. Ich merkte, wie ich über die Schienen starrte und nach unten, in irgend jemandes Hinterzimmer. Der Fernseher war an. Ich konnte einen hell erleuchteten Kasten in der Fensterecke sehen; eine Frau kam mit einem Tablett in das Zimmer und wollte sich schon hinsetzen, als sie bemerkt haben muß, daß die Vorhänge offen waren. Sie setzte das Tablett ab und ging sie schließen. Für eine Sekunde erschien ihr Gesicht am Fenster und blickte hinaus in die Dunkelheit, dann, mit einer plötzlichen Bewegung, wurden die Vorhänge zugezogen, und die kleine Welt, auf die ich geschaut hatte, verschwand.

Ich dachte, wie seltsam es war, daß all die Lichtrechtecke in all den Häusern entlang der Schienen Leben und Geschichten enthielten, die ich nie erfahren würde. Manchmal berühren sich die Räume, die wir bewohnen, für einen kurzen Moment, und dann trennen wir uns wieder in verschiedene Richtungen. Ich fragte mich abwesend, ob ich in irgendeiner Verbindung zu der Person stand, die gerade ihre Vorhänge zugezogen hatte. Falls ich ihr begegnen sollte, wie viele Stunden würden wir damit verbringen, uns zu unterhalten, bis wir einen gemeinsamen Bekannten fänden? Die ungeheure Größe des Lebens macht Individuen so klein, daß sie nahezu unsichtbar werden, und doch scheint es oft eine unheimliche gegenseitige Verbindung zwischen uns allen zu geben. Meine Vergangenheit war vor langer Zeit mit der Agathas zusammengestoßen, und durch Zufall waren unsere Leben noch einmal zusammengestoßen. War das so ungewöhnlich, wenn man bedenkt, daß sie und meine Eltern etwa im gleichen Alter waren, in der selben Stadt zur selben ungestümen, kommunikativen Zeit gelebt und Interessen und Überzeugungen geteilt hatten? Nein. Und doch, dachte ich, als der Zug wieder losfuhr, wenn es nach Agatha gegangen wäre, würde ich nicht existieren.

Ich wunderte mich, daß meine Gefühle Agatha gegenüber sich deswegen nicht geändert hatten. Es schien überhaupt nichts mit mir zu tun zu haben. Ich mochte buchstäblich der Gegenstand einer Diskussion gewesen sein, aber auch nicht mehr als das. Ich konnte gegen Agatha keinen Zorn hegen, weil sie zur Abtreibung geraten hatte. Alles, was ich von ihr wußte, wies darauf hin, daß sie der Prototyp einer Feministin war, was ich bewunderte. In ihrer sonderbaren, herrischen Art hatte sie wahrscheinlich nur versucht zu helfen. Trotzdem gibt es eine bestimmte Weise, wie man etwas sagt, und ich bekam den Eindruck, daß sie ein sehr kalter Mensch gewesen sein mußte, wenn sie so mit meiner Mutter gesprochen hatte. Was noch wichtiger war, es hatte sie überhaupt nichts angegangen. Sie wollte offensichtlich jeden und alles um sich herum kontrollieren. Was für ihre Arbeit völlig in Ordnung war, aber es schien ihr ansonsten nicht viel Freunde eingebracht zu haben. Das Bild von ihr, wie sie in ihrer schmuddeligen Wohnung lag, ging mir wieder durch den Kopf. Vielleicht war es letztendlich doch Selbstmord gewesen. Es schien sich anzubieten für jemanden, der selbst seinen Tod unter Kontrolle haben muß. Aber nein, je mehr ich versuchte, mich selbst davon zu überzeugen, daß Agatha sich umgebracht hatte, desto weniger überzeugt war ich.

Ich erinnerte mich, wie ich sie eines Tages im Oktober beobachtet hatte, als sie auf dem Weg ins Büro den Soho Square überquerte. Sie war etwa dreißig Meter vor mir und wußte nicht, daß ich hinter ihr ging. Es war ein kalter Morgen, aber das herbstliche Rot der Bäume schien zu glühen, als die ersten Sonnenstrahlen durch einen fast rauchigen Dunst hindurchbrachen. Agatha hüpfte hin und her und zermalmte Blätter mit ihren Schuhen wie ein Kind, offenbar erfreut über das Geräusch, das sie machten. Es war das Benehmen eines Menschen, der das Leben liebt.

Als ich zurückkam, war eine Nachricht von Martin auf meinem Anrufbeantworter. Ich entschied, daß es zu spät war, um ihn zurückzurufen, aber ich fühlte mich hellwach, und so fing ich an, die Wohnung aufzuräumen, was ich die ganze Woche über vernachlässigt hattc. Ich warf die Sonntagszeitungen von letzter Woche weg, da ich wußte, daß ich sie jetzt sowieso nicht mehr lesen würde. Glücklicherweise kann ich sagen, daß ich die Angewohnheit abgelegt habe,

Zeitungen in der Erwartung aufzubewahren, daß ich sie eines Tages lesen und die Artikel, die mich interessieren, ausschneiden werde. Ich erledigte den Abwasch und staubsaugte das Wohnzimmer. Mit das Beste daran, keine Nachbarn zu haben, ist, daß ich, zu welcher Nachtzeit auch immer, soviel Krach machen kann, wie ich will. Es bereitet mir viel Vergnügen, während der frühen Morgenstunden zu staubsaugen; es ist eines der Zeichen meiner vorgeblichen Freiheit. Bevor ich meine Wohnung in Primrose Hill kaufte, wohnte ich in einem gemieteten Apartment in Belsize Park, wo meine Nachbarn darunter so neurotisch waren und die Schallisolierung so unzureichend, daß sie sich regelmäßig beschwerten, wenn ich nach Mitternacht ins Bad ging.

In meinem Schlafzimmer lag ein riesiger Haufen Schmutzwäsche, und ich machte mich daran, ihn in zwei Stapel zu sortieren: einen für die Reinigung und einen für den Waschsalon. Unter dem letzten Paar Leggins entdeckte ich Agathas tragbares Diktiergerät und ein paar Dokumente. Ich konnte mir nicht erklären, was sie dort taten, aber dann fiel mir ein, daß ich sie nach meiner unbesonnenen Erkundung letzten Montag in Agathas Wohnung mitgenommen hatte. War das wirklich erst weniger als eine Woche her? Ich hatte, was mir wie eine Ewigkeit vorkam, bei der Arbeit gesessen und mich darüber beschwert, daß ich nicht weiterkam, weil Anthony nicht da war, und die ganze Zeit über hatte ein volles Zwanzigminutenband zu Hause auf meinem Schlafzimmerfußboden vor sich hin geschmachtet. Ich kramte meine Aktentasche hervor, für die ich keine Verwendung mehr gehabt hatte, seit ich die Bank verließ, und stopfte alles hinein. Dann zog ich die verzierten weißen Laken vom Bett ab und versuchte, nicht daran zu denken, warum sie in erster Linie aufgezogen worden waren, und legte sie auf den Waschsalonstapel. Ich bezog das Bett mit einfachen, dunkelblauen Batistlaken und legte etwas zum Anziehen für den nächsten Morgen über einen Stuhl. Die Farbe, die ich am meisten trage, ist Schwarz, aber nach der letzten Woche war ich bedient von den Konnotationen, also wählte ich fast das Gegenteil, ein muschelrosa Bouclé-Kostüm mit kragenloser Jacke und kurzem Rock, das Jerrys Lieblingskleid gewesen war; aus eben diesem Grund hatte ich es seit Ewigkeiten nicht mehr getragen. Ich konnte nicht widerstehen, es mal wieder anzuprobieren, und war, wie ich zugeben muß, ziemlich erfreut darüber, daß ich um die Hüften herum abgenommen hatte.

Anthony zog die Augenbrauen hoch, als ich ins Büro kam, die Aktentasche in der Hand und in meinen femininen, aber ach so teuren Klamotten. Er diktierte Janet, hörte aber mitten im Satz auf und taxierte mich. Ich schätze, ich muß entschieden anders ausgesehen haben als das tropfende Bündel, dem er zuletzt im Krematorium begegnet war.

Er pfiff mir anerkennend hinterher. Es war eine ordinäre Geste, und sogar Janet sah überrascht aus. Außerdem schaute er zweimal hin, als wäre ihm momentan die Beherrschung entglitten, und hustete gekünstelt.

Ich grüßte auf, wie ich dachte, würdevolle Weise, legte dann meine Aktentasche auf meinem Schreibtisch ab und begann, die Post zu öffnen. Ich wollte so effizient wirken, wie ich konnte, nach dem Debakel am Freitag.

Ich sortierte die Unterlagen aus, für die ich Anthonys Rat brauchte, und nahm sie mit zu ihm hinein. Er ging sie mit mir durch und machte einige schmeichelhafte Bemerkungen dazu, wie ich mich entschieden hatte, diverse Angelegenheiten zu regeln. Dann sagte er: »Ich höre von Janet, daß Sie am Freitag die Polizei gerufen haben.«

»Ja. Das tut mir leid. Ich denke, es muß der Streß gewesen sein. Ich war ein bißchen durcheinander. Ich habe diese beiden Drohbriefe gefunden und versucht, zwei und zwei zusammenzuzählen. Bloß ist dann eben zweiundzwanzig dabei rausgekommen.« Ich wand mich vor Verlegenheit.

»Ich frage deshalb«, sagte er, »weil ich selber Zweifel habe.«

»Wirklich?« gab ich zurück, so nonchalant, wie ich konnte. »Was für Zweifel?«

»Es will mir scheinen, daß wir alle zu voreilig gewesen sind. Sie haben offenbar Ihre Zweifel, und jetzt, auch wenn ich zunächst überzeugt war, habe ich das Gefühl, daß ihr Tod doch noch Fragen aufwirft. Meine Theorie ist ein wenig langweiliger als Ihre. Es kommt kein wahnsinniger Axtmörder-Autor darin vor.« Er blinzelte mir gönnerhaft zu. »Ich denke, es muß ein Unfall gewesen sein.«

»Wie kommen Sie denn darauf?« fragte ich mit gespielter Überraschung.

»Anscheinend ist es nicht ungewöhnlich. Ich las vor einiger Zeit etwas in der Zeitung darüber.«

Warum hatte eigentlich jedermann diesen Artikel gesehen außer mir?

»Warten Sie einen Moment«, sagte ich und gab vor, nicht zu verstehen, wovon er redete. »Sie glauben, daß sie aus Versehen eine Überdosis genommen hat?«

»Es ist eine Möglichkeit, meinen Sie nicht? Haben Sie nicht selbst gesagt, daß sie fröhlich wirkte, als Sie das letzte Mal mit ihr sprachen?«

»Wann haben Sie eigentlich zuletzt mit ihr gesprochen?« fragte ich und versuchte, so gut ich konnte, meine Stimme im Griff zu behalten.

»Oh, Donnerstag, glaube ich«, sagte er und sah dabei, wie ich fand, etwas unbehaglich aus.

»Und wie hat sie sich angehört?«

»Ganz die alte.«

»Nun«, sagte ich, »vielleicht sollten Sie das Mr. Middlemarch mitteilen, wenn Sie wirklich davon überzeugt sind.«

»Oh, das habe ich«, sagte er und brachte mich damit ziemlich aus der Balance.

Mir war nicht recht wohl dabei. Warum legte jemand, der behauptet hatte, bestürzt, aber nicht überrascht über Agathas Selbstmord zu sein, auf einmal nahe, daß es ein Unfall gewesen war? Und warum, wenn er den Coroner schon von seinen Zweifeln informiert hatte, erzählte er mir das? Ich konnte mir keinen Reim darauf machen. Den Rest des Vormittags brachte ich damit zu, weitere Daten in den Computer einzugeben, aber mein Kopf schwirrte vor Hypothesen. Schließlich schützte ich eine Migräne vor und bat darum, den Rest des Tages freinehmen zu dürfen. Anthony war ohne weiteres einverstanden. Er bot sogar an, mich nach Hause zu fahren, aber ich lehnte vehement ab und sagte, ich wolle durch die frische Luft laufen.

Das Taxi hielt vor der italienischen Wein- und Delikatessenhandlung gegenüber von meiner Wohnung an, und ich beschloß, mir ein Ciabatta-Brötchen mit dicken Scheiben hausgemachten Schinkens und Fleischtomate zu gönnen. Ich fing im Laden an zu essen, während ich mit dem Inhaber schwätzte, und es war so köstlich, daß ich sofort noch eins bestellte. Der normalerweise lakonische Mann hinter der Lebensmitteltheke lächelte, als er das nächste Brötchen aufschnitt und die frische Mayonnaise daraufstrich. Erst als ich zu Hause war merkte ich, daß meine Nase voller Mehl war.

Ich aß den Rest meines späten Mittagessens, während ich über meiner Tabelle brütete. Ich fügte Anthonys Namen in Klammern zum Donnerstag hinzu. Er und Dorothy waren die offensichtlichen Verdächtigen. Aber warum, wenn er hinter ihrem Tod steckte, versuchte er jetzt, die vermutete

Todesursache abzuändern? Falls er der Mörder war, würde es doch sicherlich bequemer für ihn sein, wenn die Leute glaubten, daß sie Selbstmord begangen hatte. Wenn er jetzt seine Ansicht ändern sollte, würde Mr. Middlemarch nicht mißtrauisch werden? Vielleicht nicht. Meiner begrenzten Erfahrung nach war Mr. Middlemarch kein sonderlich phantasievoller Mann. Ich hatte den Eindruck, es würde leicht genug sein, einen weniger perfekten Mord direkt unter seiner diensteifrigen Nase zu begehen.

Ich starrte auf meinen Plan, als würde jeden Moment eine Antwort daraus hervorhüpfen. Ich spielte mit der Idee, Martin anzurufen und ihn so lange zu beschwätzen, bis wir meine Theorie diskutierten, aber ich verkniff es mir. Letztendlich weiß sogar ich, wann es reicht.

Ich wurde durch Costas und Elena, seine Frau, vor weiteren Überlegungen bewahrt, die endlich den Kredit auf ihre Waschmaschinen abbezahlt hatten und mit mir ausgehen wollten, um zu feiern. Als wir in der Taverne seines Cousins beim Essen saßen, wurde mir klar, daß ihr Motiv dafür, mich einzuladen, nicht ganz sauber war, wenn man bedenkt, daß es zu dem Zweck geschah, mich zu beschwichtigen, bevor die Bauarbeiter einzogen, um die Wohnung unter meiner zu renovieren – sehr laut, wie sich dann herausstellte; aber trotzdem hatten wir einen lustigen Abend, und nach ich weiß nicht wie vielen Flaschen Retsina fühlte ich mich ermutigt, sie nach ihren Ansichten zu dem Mord zu fragen. Ich war mir sicher, daß ich in ihren Augen eine völlig objektive Frage stellte, aus rein intellektuellem Interesse. Das Komische am Alkohol ist, daß man sich fürchterlich betrunken fühlt, solange man leicht angetrunken ist; wenn man halbwegs betrunken ist, weiß man, daß man ein bißchen was getrunken hat; aber wenn man absolut sturzbesoffen ist, fühlt man sich total nüchtern.

Elena wurde an dem Punkt sehr schweigsam, und ich erinnere mich vage, wie sie mich auf eine besorgte Art anschaute, die sie seitdem beibehalten hat. Costas, der scharf darauf war, das Essen mit ein paar Gläsern Metaxa abzurunden – der Mensch braucht, wie heißt das noch, einen zur Verdauung, um dem Magen nach einer solchen Mahlzeit zu helfen –, erwärmte sich für das Thema und hielt mir eine kurze (oder vielleicht doch recht ausführliche) Vorlesung über die griechische Tragödie und den menschlichen Racheimpuls.

Als ich mich schlafen legte (nachdem ich von der doppelt verriegelten Wohnungstür bis zum Bett einen Verhau aus Stühlen und Töpfen errichtet hatte, der potentielle Eindringlinge zurückhalten sollte), drehte sich mir der Kopf vor Geschichten über vergiftete Kleider und Äxte. Die Familie war laut Costas eine Institution, in der es nur so brodelte vor unterdrücktem Haß, aber die Kraft des sexuellen Magnetismus (wie er es nannte) war noch stärker. Kein Wunder, daß Elena, die vermutlich in beide Kategorien fällt, es eilig hatte, ihn ohne weitere Umstände nach Hause zu verfrachten, statt den letzten Schlummertrunk abzuwarten, den Costas und ich uns unbedingt noch zur Brust nehmen wollten.

Das Büro schien wie ausgestorben, als ich am nächsten Morgen ankam, was eine Erleichterung war, weil ich litt. Es war ironisch, daß ich am Tag davor eine Migräne vorgeschützt und mir jetzt freiwillig selbst eine verpaßt hatte. Mein Gehirn spuckte immer mal wieder sporadische Erinnerungen an die Unterhaltung mit Costas aus, und ich lächelte beinahe, aber jede Kopfbewegung tat weh. Zuerst dachte ich, ich sei die einzige, die da war, aber nach einer Weile begann ich, das Gemurmel eines Gesprächs zu vernehmen, das durch Anthonys geschlossene Tür drang und sich über den allgemeinen Stadtlärm legte, der heute lauter schien als sonst.

Ich wollte mit Anthony reden. Ich hatte beschlossen, ob es nun weise war oder nicht, ihn mit der offensichtlichen Frage: »Wenn Agatha keine Medikamente genommen hat, wie konnte sie sie dann aus Versehen überdosieren?« zu konfrontieren.

Ich dachte allmählich, daß meine Verdächtigungen ein bißchen obsessiv wurden, und ich wollte meine nagenden Zweifel bereinigen. Ich wollte allerdings nicht vor Janet mit ihm reden, also entschied ich zu warten, bis sie beendet hatten, was immer sie auch taten.

Es waren nur drei Briefe in der Post. Zwei an mich adressierte kamen von Klienten, die darum baten, ihre gesamten Unterlagen an ihren neuen Agenten zu transferieren. Ich fluchte, weil einer von Mark Adams war, einem Schauspieler, dessen zahlreiche Synchronverträge ich bereits sorgfältig auf den Computer übertragen hatte. Der dritte war ein Luftpostbrief, der eine weitere Bitte von der kalifornischen Universität enthielt, *Die Haare im Abfluß* inszenieren zu dürfen. Es war gerade noch einen Monat hin bis zu ihrer Aufführung, und sie verzweifelten allmählich. Es war offensichtlich, daß sie in der Annahme, daß die Erlaubnis in Kürze erteilt würde, mit den Proben für das Stück weitergemacht hatten.

Ich sah den gesamten Stapel Post auf Agathas Schreibtisch durch, bis mir einfiel, daß der letzte Brief der Amerikaner eine der Sachen gewesen war, die wir in ihrer Wohnung durchgesprochen hatten. Sie hatte den Brief genommen, um ihn, wie ich angenommen hatte, später am Abend Dorothy zu geben. Ich vermutete, daß Dorothy und Jack über die tragischen Ereignisse der folgenden Woche vergessen hatten, sich darum zu kümmern. Angesichts dessen, daß sie am Telefon so ruppig zu mir gewesen waren, als ich das letzte Mal angerufen hatte, hatte ich nicht übel Lust, die Sache auf sich beruhen zu lassen, aber die kalifornischen Theaterwissenschaftler waren hartnäckig, und ich war mir sicher, daß zunehmend hysterische Faxe folgen würden, wenn ich diese Anfrage ignorierte. Ich wählte Dorothys Nummer. Ein Anrufbeantworter meldete sich. Ich hinterließ eine Nachricht für Dorothy, daß sie mich dringend im Büro anrufen solle.

Es gab sonst nicht mehr viel zu tun für mich. Anthonys Tür war immer noch geschlossen, und ich mochte keine weiteren Informationen in den Computer eingeben, bis ich besser überblicken konnte, wie viele Klienten sich entschieden hatten, bei der Agentur zu bleiben. Also ging ich in Agathas Büro, fischte Jack Burtons Stück hinter dem Kissen auf dem Leopardenfellsofa hervor und begann wieder zu lesen.

Gegen Ende des ersten Akts kommt heraus, daß Sid, Jemima und Bella ein Geheimnis teilen. Obwohl in untergeordneter Stellung, scheint Sid die Frauen fast damit zu erpressen. In dem Moment, da die Zuschauer glauben, daß sie gleich erfahren werden, worin das Geheimnis besteht, kommt Johnny auf die Bühne, der Rest der Besetzung verstummt, und der Vorhang fällt zur Pause. Je mehr ich von Jack Burtons Stück las, desto besser gefiel es mir, gleichermaßen wegen der Schärfe der Dialoge, wie für den Schimmer, den es mir von Agatha vermittelte, als sie jung war. Es war deutlich, daß Jemima auf Agatha basierte, und ich dachte, daß Bella Dorothy sein mußte. War Johnny Jack selbst? Es war, als betrachte man eine sehr stilisierte Fotografie des Trios in jüngeren Tagen. Ich erinnerte mich, daß meine Mutter einen Mann erwähnt hatte, der sich häufig mit ihnen herumtrieb. Wie hatte mein Vater ihn genannt? Den Buchmacher? Vielleicht war er Sid in dem Stück.

Es mußte vor dem Zerwürfnis geschrieben worden sein, weil Agatha danach aufgehört hatte, seine Agentin zu sein. Ich fragte mich, wann das gewesen war. Das Copyright lautete 1962, und ich stellte mir vor, daß das Buch so veröffentlicht worden war, daß es herauskam, als das Stück gerade im West End lief. Wie lange danach hatten Dorothy und Agatha sich überworfen? Mir wurde klar, daß ich das ziemlich einfach herausfinden konnte, indem ich in den Akten nachsah, und da ich wenig anderes zu tun hatte, nahm ich den Schlüssel zur Kellertür von Agathas Schreibtisch und stieg die Treppe hinunter.

Der Keller war viel kälter, als er im September gewesen

war, und ich wünschte, ich hätte meine Jacke angezogen. Die Kisten waren vierfach aufeinandergestapelt, und die beiden, an die ich wollte, waren unvermeidlicherweise ganz unten in einem Stapel. Nach ausführlichem Gehebe und Geschiebe schaffte ich es, den Deckel zu öffnen, und zog die Akte heraus, die mit ›Burton‹ etikettiert war. Sie enthielt eine ganze Menge Korrespondenz. Es waren hauptsächlich Anfragen von Filmfirmen nach Leseexemplaren und Briefe in fremden Sprachen, die ich nicht verstehen konnte, von denen ich aber annahm, daß sie von Theatern im Ausland sein mußten. Ich legte die Akte wieder zurück und öffnete die Kiste für 1963. Darin waren weniger Briefe der gleichen Art, und es gab keinerlei Anzeichen für irgendeinen formalen Bruch zwischen Agentin und Autor. Ich wollte die Akte gerade schließen und die 1964er Kiste öffnen, als das Licht im Keller ausging. Ich hielt den Atem an. In der halben Sekunde, bevor es passierte, hatte ich wahrgenommen, daß jemand oben an der Treppe stand und mich beobachtete. Ich hockte mich wie versteinert hin. Es kann nicht länger als ein paar Sekunden still gewesen sein, aber mein Kopf fing an zu rotieren und auszurechnen, welche Wahl ich hatte. Ich wußte, es wäre sinnlos zu schreien, weil das chinesische Restaurant um diese Tageszeit noch nicht geöffnet hatte. Das Erdgeschoß des Gebäudes stand seit einigen Wochen leer, nachdem die Grafik-Design-Firma, die dort residierte, pleite gegangen war. Ein Schrei in den Straßen von Soho hätte keinen Passanten verwundert.

Dann plötzlich ging das Licht wieder an. Anthony White stand oben an der Treppe.

»Es tut mir leid. Ich ging gerade hinaus und sah, daß das Licht an war«, sagte er und kam schon die Treppe herunter.

»Gott, Sie haben mich vielleicht erschreckt!«

»Tut mir leid. Mir war nicht klar, daß Sie hier sind.«

Ich war drauf und dran, ihn zu fragen, warum er in diesem Fall das Licht wieder angemacht hatte, aber meine Zähne klapperten.

»Trotzdem bin ich froh, daß ich Sie erwischt habe«, fuhr er fort. »Geht es Ihnen gut? Sie wirken nervös ... Das ist es eigentlich auch, worüber ich mit Ihnen reden wollte.«

»Worüber?«

»Nun, über die Migränen und alles. Sie kamen heute zu spät, und Janet sagte, daß Sie neulich früher nach Hause gegangen sind. Ich glaube wirklich, Sie brauchen eine Pause, meinen Sie nicht? Sie sind ohne eigene Schuld in etwas tief verwickelt worden, das Sie eigentlich nicht bekümmern sollte. Ich bin nicht sicher, daß es gesund für Sie ist, zu bleiben.«

»Mir geht es gut«, sagte ich, erkannte dann aber, daß er nicht fragte, sondern feststellte. »Sie meinen, Sie wollen, daß ich gehe?«

»Nun, es ist wirklich das letzte, was ich zur Zeit brauchen kann, aber Sie sind so blaß und verstört. Ich könnte nicht die Verantwortung dafür übernehmen, Ihre Gesundheit zu ruinieren ... Machen Sie sich keine Sorgen um das Geld. Ich bin sicher, wir können Sie bis zum Ende des Vertrags bezahlen. Wann ist das? Noch drei Wochen?«

»Das ist sehr freundlich«, stammelte ich. Ich bin noch nie aus einer Arbeitsstelle entlassen worden. Es war ein gräßliches Gefühl.

»Keineswegs«, sagte er und wandte sich zum Gehen. Es war deutlich, daß der Wortwechsel beendet war.

»Meinen Sie sofort?« sagte ich. »Zumindest sollte ich doch wohl meinen Schreibtisch aufräumen?«

Er zögerte eine Minute.

»Nun, wenn Sie sicher sind, daß Sie das möchten. Sehr professionelle Haltung. Wenn es Ihnen wieder bessergeht, können Sie mich jederzeit als Referenz angeben.«

Er wartete, bis ich die Akte zurückgelegt hatte, dann stapelte er die Kisten wieder aufeinander und folgte mir nach oben. Anscheinend hatte er vergessen, daß er dabei war, zu gehen, als er mich im Keller fand.

Aus Janets Ausdruck von falschem Mitleid und Betroffenheit war deutlich abzulesen, daß sie gewußt hatte, was passieren würde. Sie hatten das Komplott wahrscheinlich vorhin in seinem Büro zusammen geschmiedet. Ich ignorierte ihr Angebot, mir eine Tasse Tee zu machen. Ich muß eine lächerliche Figur abgegeben haben in meinem pinkfarbenen Kostüm, das mit Kellerstaub bedeckt war (meine saloppe, bequemere Kleidung wirbelte in genau diesem Moment in den kostenlosen Waschgängen herum, die ich mit Costas ausgehandelt hatte, bevor ich am vorherigen Abend mit seinem Deckel an Drinks gleichzog), wie ich da die Papiere auf meinem Schreibtisch in ordentlichere Stapel schichtete und mich aus dem Computer austrug.

Ich hatte geglaubt, es würde mehr zu tun sein, aber die Aufräumaktion dauerte knapp zehn Minuten. Ich ging zur Toilette, atmete mehrmals tief durch, und kam mit dem Entschluß zurück, wenn auch nicht würdevoll, dann aber bestimmt ohne zu heulen das Büro zu verlassen.

»Es war nett, dich kennenzulernen«, sagte ich zähneknirschend.

»Warte einen Moment«, sagte Janet und streckte sich nach dem Telefon. »Brown und Brown, kann ich Ihnen helfen?« zwitscherte sie in ihrer üblichen Art, die ich heute unnötig triumphierend fand. »Ja? Ja? Oh, nicht schon wieder!« Sie knallte den Hörer zurück auf die Gabel.

»Was ist?« fragte ich.

»Das passiert schon den ganzen Vormittag. Das Telefon klingelt, und es hört sich an, als sei jemand am anderen

Ende, aber keiner sagt was. Dann wird eingehängt ... Übrigens, hast du nicht was vergessen?«

»Was?«

»Deine Aktentasche? Sie liegt unter deinem Schreibtisch. Die willst du doch bestimmt nicht hierlassen.«

»Danke«, sagte ich und hob sie auf. Ich hatte vollständig Agathas Diktiergerät und das zwanzigminütige Band darin vergessen, bis ich das Gewicht der Aktentasche fühlte.

»Oh, da ist dieses verdammte Band«, sagte ich, als ich die Tasche öffnete.

»Ich mache das, wenn du möchtest.«

»Nein«, erwiderte ich. »Es ist das mindeste, was ich tun kann.«

»Also, du lechzt ja wirklich nach Strapazen«, giftete Janet, die ziemlich beleidigt war, daß ich ihr Angebot abgelehnt hatte. »Ich gehe jetzt zum Mittagessen. Ich vermute, du wirst nicht mehr hier sein, wenn ich zurück bin, also sage ich jetzt tschüs.«

»Ja. Tschüs«, sagte ich emotionslos.

»Viel Glück«, fügte sie hinzu und schaute mich perplex an.

Es war unheimlich, Agathas überaus lebhafte Stimme in meinem Kopfhörer zu vernehmen. Im Hintergrund war ein seltsames, gurgelndes Geräusch, aber ihre Stimme klang glockenklar. Die ersten paar Briefe waren Standardkram – höchst ironisch formulierte Mahnschreiben und Anmerkungen zu Vertragsdetails. Dann sprach sie direkt zu mir.

»Schätzchen, es macht Ihnen doch nichts aus, einen persönlichen Brief für mich zu schreiben, oder? Es ist einfach so, daß diese verdammten Banken heutzutage alles schriftlich haben müssen ... Wo ist das denn bloß?«

Das Hintergrundgeräusch wurde schwächer, und ich erkannte, daß Agatha in ihrer Wohnung herumgewandert sein mußte und etwas suchte.

»Da haben wir's ja ... An den Direktor, Barclays Bank, Regent Street – Es ist die neben Liberty's, Schatz. Würden Sie die richtige Adresse herausfinden? Unter Bezug auf unser Telefongespräch von heute – setzen Sie das Datum ein, Schatz – möchte ich meine Anweisungen bekräftigen, Doppelpunkt, ein Dauerauftrag in Höhe von 2000 Pfund pro Monat von meinem Sparkonto, Nummer – auf das Girokonto, Nummer –, Punkt, neuer Absatz, oder was halt am übersichtlichsten aussieht, Schatz. Stets die Ihre, oder was auch immer man zu einem Bankdirektor sagt, Schätzchen, und so weiter. Als nächstes, Fax an Cormacs Hotel. Mein Lieber (oder wie ich ihn dieser Tage nenne), es tut mir so leid, daß ich nicht zu den Probeaufführungen kommen kann. Für mich ganz ungewöhnlich, ging es mir diese letzte Woche ziemlich jämmerlich, aber ich habe mich schon sehr erholt und – Schatz, könnten Sie anrufen und sehen, ob Sie einen Flug für den Abend der Premiere buchen könnten? Ich reise normalerweise mit British Airways, aber, wissen Sie, ich würde echt gerne mal Virgin ausprobieren ... Wo war ich? Ich werde versuchen –« Sie hörte beim Ertönen eines Summers auf zu diktieren – ihre Türsprechanlage, nahm ich an. Ein paar Sekunden lang war es still, dann rief Agathas Stimme: »Tür ist offen, nur rein, Schatz.« Dann wieder Stille, abgesehen von dem schwachen Geräusch im Hintergrund, das in unterschiedlichen Graden die ganze Zeit dagewesen war.

Ich wollte das Band schon zurückspulen, weil ich dachte, es sei zu Ende, als ich etwas hörte, das nach einer zuschlagenden Tür und Schritten klang.

»Ich wollte gerade ein Bad nehmen und einen Cocktail trinken, Schatz. Bißchen früh dran, oder?« sagte Agathas

Stimme, leicht gedämpft. Offenbar hatte sie das Diktiergerät wenige Schritte neben sich abgelegt.

»Darf ich mich anschließen?«

Und da hörte das Band auf.

Ich weiß nicht, wie oft ich das Band noch einmal abspielte, in der Hoffnung, mich verhört zu haben. Ich versuchte, mich selbst zu überzeugen, daß ich unmöglich aus vier Wörtern den Besitzer der Stimme erkennen konnte, der sie gesprochen hatte. Wenn es nicht eine so charakteristische Stimme gewesen wäre, wäre ich vielleicht nicht so sicher gewesen. Ich dachte daran, das Band zu löschen und so zu tun, als würde es nicht existieren, aber ich wußte, wenn ich das täte, könnte ich anfangen zu glauben, daß es nur ein Produkt meiner überaktiven Vorstellungskraft war. Ich zitterte, als ich es aus dem Abspielgerät nahm und in meine Handtasche legte. Ich druckte die Geschäftsbriefe aus und ließ sie auf Janets Schreibtisch zurück. Ich druckte eine Kopie des Briefes an den Bankdirektor aus, legte diese in meine Aktentasche und löschte dann die Datei aus dem Computer. Ich fand nicht, daß Agathas persönliche Finanzen Anthony oder Janet irgend etwas angingen. Ich hatte mir nicht die Mühe gegeben, das unfertige Fax an Cormac O'Hara zu tippen, oder die Unterhaltung, die ich gerade mitgehört hatte.

Ich warf einen letzten flüchtigen Blick auf Agathas Büro,

und als ich mich gerade umdrehte und gehen wollte, sah ich das dünne Penguin-Taschenbuch auf dem Sofa. Ich nahm Jack Burtons Stück und tat es in meine Aktentasche.

Ich steckte meinen Kopf in Anthonys Tür und sagte so normal, wie ich konnte, auf Wiedersehen. Er blickte auf und winkte durchaus freundlich.

Drunten auf der Straße goß es in Strömen, und ich war klatschnaß, bis ich ein Taxi fand. Sobald ich zu Hause war, ging ich direkt zum Tisch und starrte auf meinen Plan. Dann nahm ich einen roten Filzstift und schrieb in großen Blockbuchstaben über Donnerstag und Freitag GREG.

Als er mir gesagt hatte, daß er noch jemand anderes traf, hatte ich mir ein sommersprossiges irisches Mädchen ausgemalt, mit kilometerlangen kupferfarbenen Locken – eine Schauspielerin vielleicht oder eine gälische Dichterin. Ich wußte nicht, ob ich ihrer Falschheit wegen wütender auf ihn oder auf Agatha war.

Viele Dinge rückten jetzt an ihren Platz. Wie die Tatsache, daß Greg viel mehr über mich zu wissen schien, als ich ihm je erzählt hatte (ich hatte geglaubt, das sei eine Art natürliches Einfühlungsvermögen zwischen uns). Und Agatha, die augenscheinlich Pläne für mich als Drehbuchautorin hegte, aber nie meine Show gesehen hatte.

»Fick niemals mit deinen Klienten!« hatte sie gesagt. »Es bringt unsägliche Probleme mit sich.«

Ja, das tat es, oder etwa nicht, besonders wenn der Klient, um den es ging, halb so alt war wie man selbst. Bei der Vorstellung, wie sie sich gemeinsam in ihrer Badewanne aalten, hätte ich würgen können. Ihre runzeligen Arme, die Haut nicht mehr ganz straff, die seinen perfekten weichen Rücken umfaßten, seine glänzenden Locken, die auf ihre fleckigen geäderten Oberschenkel fielen. Ihr Gesicht, munter und gierig nach ihm, spähte in meiner Vorstellung über seine Schulter und lachte mich aus.

Wie konnte er das tun, wenn er nur Stunden zuvor wunderbaren Sex mit mir gehabt hatte? Das Band mußte am Donnerstag oder Freitag aufgenommen worden sein, und ich hatte Greg Mittwochnacht getroffen. Hatte sie das gewußt? Hatte er es ihr erzählt? Hatte sie mich deswegen am Samstag betrunken angerufen? War er derjenige, der die einzelne rote Rose zum Krematorium geschickt hatte?

Warum passierte das immer mir? Warum konnte ich nicht einmal im Leben einen netten Mann treffen ohne Komplikationen, statt in schäbigen Dreiecksgeschichten zu enden? Ich stampfte durch meine Wohnung und fühlte mich zornig und frustriert wie ein Kind. Ich warf mich aufs Sofa und schrie in die Kissen, mit den Füßen wild um mich tretend und mit den Fäusten auf den rauhen Leinenstoff einhämmernd, bis es weh tat. Ich fühlte mich machtlos und absolut allein. Es gab niemanden, mit dem ich reden konnte. Meine Mutter würde versuchen, mich mit wohlmeinenden Platitüden zu beschwichtigen, Martin würde nicht widerstehen können, anzumerken, daß er es mir ja gleich gesagt hatte, und Stephanie, nun, Stephanie würde wahrscheinlich sagen, daß all diese Wut eine gute Sache war, und mir die Nummer eines Urschrei-Therapeuten geben.

Mein Zorn legte sich so plötzlich, wie er gekommen war, genau wie das Ende der Wutanfälle, an die ich mich vage aus der Zeit, als ich fünf Jahre alt war, erinnern konnte. Ich begann, mich völlig allein und verlassen zu fühlen. Ich hatte keine große Wahl. Ich hatte meine Karriere aufgegeben, konnte nicht darauf hoffen, von der Schauspielerei leben zu können, und war als Aushilfssekretärin entlassen worden. Warum hatte ich mich in diese Situation gebracht?

Und warum suchte ich mir immer unmögliche Männer aus? Vielleicht waren Stephanies psychologische Erklärungen gar nicht so abwegig. Vielleicht suchte ich immer nach einem Ersatz für meinen Vater. Vielleicht war das etwas, womit ich mich auseinandersetzen mußte, bevor ich wirklich mit meinem Leben weiterkommen konnte. Vielleicht konnte ich keine richtige Beziehung mit einem Mann haben, bis ich die Frage der Beziehung zu ihm gelöst hatte. Schließlich hatte er mich verlassen, und das mußte mich emotional zutiefst in Mitleidenschaft gezogen haben.

Ich glaubte nicht, daß mir jemals die körperliche Abwesenheit soviel ausgemacht hatte, aber ich erinnerte mich an das schreckliche, leere, bittere Gefühl, das ich gehabt hatte, als mir klar wurde, vermutlich als ich ungefähr zehn war, daß er mir nicht mehr schreiben würde. Ich habe sehr wenige Erinnerungen an das Jahr, nachdem er aufgehört hatte, mir zu schreiben, außer, daß ich jeden Morgen nach unten rannte und nach der Post sah. Meine Mutter muß früher als ich erkannt haben, daß die Korrespondenz aufgehört hatte, weil sie immer versuchte, aus dem Frühstück etwas Besonderes zu machen, mich mit Spielen ablenkte und mich mit Essen verwöhnte. In der Schule wurde ich beneidet, weil ich mir jeden Tag meine individuelle Schachtel aus einer Kellogg's-Sammelpackung mit verschiedenen Sorten aussuchen durfte, während meine Klassenkameraden Cornflakes aus der Großpackung aßen. Ich bekam immer meine eigene Postkarte von allen Freunden von Mutter, die gerade in Urlaub waren. Aber es war nicht das gleiche wie diese kurzen kleinen, auf die Rückseite von Zeichnungen oder Aquarellen gekritzelten Notizen, die mein Vater immer geschickt hatte. Ein Jahr nach dem Datum der letzten verbrannte ich sie alle.

Ich saß auf meinem Sofa und fühlte mich betäubt. Ich versuchte, an positive Dinge zu denken. Als ich bei der Bank war, fühlte ich mich im Konkurrenzkampf gefangen. In dieser Zeit war ich mir sicher, daß alles andere besser wäre. Nun, jetzt war ich wenigstens frei. Extrem frei. Um einiges freier, als es mir ehrlich gesagt gefiel. Wenn ich vernünftig wäre, sollte ich die Gelegenheit nutzen, die meine Freiheit bot, und eine Zeitlang im Ausland leben, dachte ich. Ich könnte versuchen, den umherschweifenden Marcus Fitt zu treffen und mit ihm reden, und vielleicht würde das helfen. Vielleicht war es jetzt, wo ich erwachsen war, auch meine Verantwortung. Es hatte keinen Sinn, sich damit aufzuhalten, wie schlecht ich behandelt worden war. Vielleicht sollte ich hinfahren und ihm gegenübertreten. Auf seiner Türschwelle auftauchen und ihm sagen, was er für ein Scheißkerl gewesen war. Ich dachte über diese gräßlichen Sendungen im Fernsehen nach, in denen Verwandte, die sich lange aus den Augen verloren haben, wieder zusammengeführt werden. Unser Treffen würde nicht ganz und gar aus Tränen, Umarmungen und Gefühlen bestehen. Ich stellte mir vor, wie er die Tür öffnete und ich ihm einen Eimer Wasser übergoß, und ich konnte nicht aufhören zu kichern.

Und da ich schon einmal daran dachte, den Männern gründlich meine Meinung zu sagen, hob ich den Hörer ab.

Peinlicherweise klang Greg, als sei er erfreut, von mir zu hören, obwohl ich ihn aufgeweckt hatte. Es war nach zwei Uhr nachmittags, aber er arbeitete abends, erklärte er.

»Sophie! Ich bin so froh, daß du anrufst! Ich wollte so gern mit dir sprechen, aber ich habe mich nicht getraut anzurufen.«

»Warum?« Ich klang so frostig, wie ich konnte.

»Na ja, ich wollte hören, wie es dir geht. Ich habe mich schrecklich gefühlt wegen der armen alten Agatha. Und ich wußte, dir ging es genauso. Ich weiß, daß du sie gemocht hast ..., wir haben sie beide gemocht.«

Ja, aber nicht ganz auf die gleiche Weise, dachte ich.

»Außerdem, weißt du«, fuhr er versuchsweise fort, »habe ich viel über dich nachgedacht. Ich habe sozusagen gehofft, daß du deine Regeln gelockert haben könntest.«

Seine andere Geliebte war kaum unter der Erde, und dennoch flirtete er mit mir, als sei nichts geschehen.

»Gut«, sagte ich, »es gibt ein paar Sachen, über die ich nicht ungern mit dir reden –«

»Großartig!« unterbrach er. »Wann können wir uns treffen?«

»Heute abend?«

»Oh. Heute abend ist ein bißchen schwierig. Wir haben einen Nachtdreh in Kilburn. Aber morgen –«

»Ich fahre morgen weg«, log ich. Ich wollte diese Sache nicht noch länger hinziehen.

»Gut, paß auf, warum kommst du nicht nach Kilburn? Es ist nicht so weit von dir, oder? Man hängt höllisch lang herum zwischen den Einstellungen. Wir könnten was zusammen trinken.«

»Fein.« Er gab mir die Adresse von dem Pub, in dem sie filmten, und sagte, er würde sich jetzt schon darauf freuen.

Der Bankdirektor in der Barclay-Filiale in der Regent Street war so hilfsbereit, wie er es unter den Umständen sein konnte. Er sagte, er erinnere sich an das Gespräch mit Miss Brown. Tatsächlich, fügte er wehmütig hinzu, seien Gespräche mit Miss Brown im allgemeinen sehr denkwürdig. Ich sagte ihm, daß sie tot war, und er sprach linkisch sein Beileid aus. Ich erklärte, wer ich war, und zeigte ihm den Brief. Aber er schüttelte den Kopf und sagte, daß er ihn nicht annehmen könne. Mit dem größten Respekt, sagte er (warum benutzen die Leute immer diese Phrase, wenn sie genau das Gegenteil meinen?), der Brief sei nicht unterschrieben, und es gäbe keinen Weg, ihn zu verifizieren.

Ich überlegte, ob ich ihm sagen sollte, daß ich das Band behalten hatte, hatte aber das Gefühl, es könnte unklug sein. In jedem Fall sei es eine Angelegenheit für die Testamentsvollstrecker, sagte er, und er würde ihre Anweisungen abwarten. Weswegen es dazu kam, daß ich noch einmal Dorothy anrief. Ich hatte vollständig vergessen, daß ich die frühere Nachricht hinterlassen hatte.

»Sophie!« sagte sie, bevor ich eine Chance hatte, zu erklären, warum ich anrief. »Ich bin ja so froh, daß Sie anrufen! Ich habe versucht, Sie zurückzurufen, aber es geht immer diese gräßliche Frau ans Telefon.«

Sie redete, als seien wir uralte Freunde. Ich bemühte mich, mein Erstaunen zurückzuhalten.

»Hören Sie«, fuhr sie fort, »haben Sie morgen Zeit für ein Mittagessen?«

Ich sagte, das hätte ich.

»Gut, dann lassen Sie sich irgendwo von mir zum Essen einladen. Wie wäre es mit Kettner's. Nein, das ist vielleicht ein bißchen zu nahe gelegen ... Schlagen Sie etwas vor.«

Es gab wenige Straßen von meiner Wohnung entfernt ein neues und unglaublich teures italienisches Restaurant. Wenn Dorothy bezahlte, dachte ich, warum nicht?

»Fantastische Idee. Ich habe die Kritiken gelesen«, sagte sie. »Ich werde für ein Uhr reservieren lassen. Oder wäre Ihnen Viertel nach eins angenehmer? Und jetzt noch einen weiteren Gefallen ... Würde es Ihnen etwas ausmachen, unser Treffen im Augenblick vertraulich zu behandeln?«

Ich sagte, selbstverständlich gerne. Sie wußte anscheinend nicht, daß ich gefeuert worden war. Als sie auflegte, merkte ich, daß ich immer noch Agathas Brief an den Bankdirektor in der Hand hielt und keine Gelegenheit gehabt hatte, ihn zu erwähnen.

Es hatte gerade begonnen, dunkel zu werden, aber es

waren noch Stunden bis zu meiner Verabredung mit Greg totzuschlagen. In meiner neuen optimistischen Stimmung entschied ich, daß ich es mir verdient hatte, ein wenig verhätschelt zu werden. Angesichts dessen, daß ich nur noch wenige Stunden hatte, bis jegliche Mittel verloren waren, meinen Lebensunterhalt zu finanzieren, war es verwegen von mir, den Rest des Tages im Sanctuary zu verbringen, aber es war genau das, was ich brauchte, und Himmel, dachte ich, meine Kreditkartenrechnungen waren ohnehin gewaltig, welchen Unterschied würden da hundert Pfund mehr noch machen?

Es hatte aufgehört zu regnen, als ich ging. Ich war geschwommen, hatte mich mit Meersalz abfrottieren lassen, und war schließlich in ein sehr starkes, dampfendes Kräuterbad getunkt worden, in dem ich tief eingeschlafen war. Die frostige Novemberluft wirkte wie die Schlußphase in der Sauna, und ich hatte durch und durch ein köstliches, sauberes Gefühl. Wenn ich es mir überlegte, war es eine ganz schöne Erleichterung, daß ich gefeuert worden war. Ab übermorgen brauchte ich nicht mehr über die schauerlichen Ereignisse der letzten Wochen nachzudenken. Heute abend würde ich reinen Tisch mit Greg machen, und morgen würde ich imstande sein, Dorothy haargenau zu sagen, was ich von ihr und ihrer verdammten Schwester hielt. Danach, beschloß ich, könnte ich einfach auf Regs Angebot für einen Winterurlaub zurückkommen. Um die Spinnweben wegzupusten, wie er sagen würde.

Obwohl ich vorher noch nicht dort gewesen war, war es leicht, den Pub zu finden, wo wir uns treffen wollten, weil die Straße abgesperrt und mit riesigen Scheinwerfern ausgeleuchtet war. In der Nähe standen mehrere Laster voller Filmgerät, und es gab einen riesigen Lieferwagen für die Verpflegung, aus dem eine große Wolke Bratschinkengeruch emporstieg. Ich stellte mich ein kleines Stück weit weg und beobachtete, wie sie die Szene filmten. Soweit ich sehen konnte, weil viele Leute zwischen mir und den Kameras herumrannten, filmten sie Greg und ein paar andere junge Männer, wie sie auf den Pub zugingen. Anscheinend gab es keinen Dialog, aber der Regisseur war nicht damit zufrieden, wie sie liefen, und ließ es sie immer wieder machen. Nach etwa einer Stunde war ich durchgefroren und wäre für eines der Sandwiches gestorben, die alle anderen draußen aßen. Es ging auf elf Uhr zu, und die anderen Pubs in der Gegend schlossen. Mir wurde klar, daß wenn sie nicht bald fertig wurden, Greg und ich keine Chance haben würden, noch etwas trinken zu gehen.

Schließlich rief der Regisseur: »OK, die nehmen wir«, und die Truppe begann einzupacken. Der Pub schaltete seine Lichter aus, und die Statisten, die nichts getan hatten, als drinnen pubähnliche Geräusche zu produzieren, zogen ihre Mäntel an und gingen in Richtung U-Bahn davon.

Ich beobachtete, wie Greg mit dem Regisseur sprach. Er sah sehr ernst aus. Dann klopfte der Regisseur ihm auf die Schulter, und sie trennten sich. Greg begann, sich umzusehen, als ob er sich erinnere, daß er mich dort treffen sollte, also ging ich auf ihn zu.

»Hi! Wie lange bist du schon hier?«

»Ungefähr eine Stunde.«

»Hmm, du siehst verfroren aus.« Er beugte sich vor, um mich zu küssen. Ich trat einen Schritt zurück. Sein Kuß traf leere Luft, und er richtete sich auf. Es war alles sehr unangenehm.

»Also, wo sollen wir hingehen?« sagte er.

»Na ja, jetzt hat ja alles zu«, sagte ich ein bißchen gereizt.

»Laß uns dieses Taxi nehmen«, sagte er, winkte es heran, und bevor ich protestieren konnte, hatte er mich hineinverfrachtet und die Heizung aufgedreht.

»Schon besser. Und jetzt – zu dir oder zu mir?«

»Zu mir«, stammelte ich. Ich konnte es nicht glauben, daß er einfach erwartete, mit zu mir zu kommen. Ich plante auszusteigen, wenn wir da waren, und ihm das Taxi zu überlassen.

»Was hast du davon gehalten?« fragte er.

»Wovon?«

»Von dem Film.«

»Alles, was ich gesehen habe, waren drei Leute, die die Straße hinuntergingen. Es schien mir eine Riesenaktion für etwas so Einfaches. Hättet ihr das nicht in einem Studio drehen können?«

»Es würde nicht genauso aussehen«, sagte er.

»Nun, ich bin erfreut, daß meine Fernsehgebühren so

sinnvoll ausgegeben werden.« Es war lächerlich pompös, so etwas zu sagen. Ich fing an zu lachen.

»Was ist?« fragte er und schaute mich mit seinem herrlich unschuldigen Ausdruck an.

»Also, eigentlich habe ich mir nie die Mühe gemacht, Gebühren zu bezahlen«, gestand ich. »Ich werde immer ganz panisch, wenn diese Werbung im Fernsehen kommt. Ich habe sogar einen Drahtschneider neben der Steckdose.«

»Warum?«

»Oh, mir hat mal jemand erzählt, wenn dein Fernseher nicht angeschlossen ist, mußt du auch keine Geldbuße zahlen. Mein Plan ist, den Stecker abzukneifen, bevor die Kontrolleure in der Wohnung sind.«

Jetzt fing er an zu lachen.

»Verrücktes Huhn«, sagte er und legte seinen Arm um mich.

Ich wünschte, er wäre nicht so attraktiv. Ich fand es unmöglich, ihn anzuschauen und das zu sagen, was ich sagen wollte. Als wir bei mir ankamen, war er aus dem Taxi, bevor ich etwas einwenden konnte.

Das einzige, was ich noch zu trinken in der Wohnung hatte, war eine Flasche Champagner. Ich bot sie ihm an, halb in der Hoffnung, er würde ablehnen. Es war eine ziemlich gute Flasche, die ich auf meiner letzten Geschäftsreise nach New York im Duty-free-Shop gekauft hatte. Ich hatte die Absicht gehabt, sie mit Jerry zu trinken, um auf das Ende unserer Beziehung anzustoßen. Wie sich herausstellte, verlief unsere Trennung um einiges kühler, und ich hatte es seither nicht übers Herz gebracht, sie zu öffnen. Ich mußte feststellen, daß ich seit kurzem beunruhigend sentimentale Gefühle für Jerry hegte. Er war ein Arsch, aber zumindest gab er nicht vor, etwas anderes zu sein. Ich hatte gewußt, wo ich mit ihm dran war, auch wenn das nichts

Großartiges war. Greg dagegen spielte den perfekten Engel und sah auch noch so aus. Das machte ihn gefährlicher. Er ließ den Korken knallen und schenkte die Flüssigkeit, die nicht auf den Boden geschäumt war, in die beiden Gläser, die ich hielt.

»Kann ich einen Trinkspruch vorschlagen?« fragte er.

Ich hob ohne großen Enthusiasmus mein Glas.

»Auf Agatha. Ich denke, sie hätte es gutgeheißen, glaubst du nicht?«

Das war zu viel für mich.

»Du gottverdammter Scheißkerl«, sagte ich ruhig. Ich senkte mein Glas, ging in die Küche und goß golden perlende Flüssigkeit im Wert von zehn Dollar in die Spüle. Er folgte mir.

»Und jetzt, glaube ich, solltest du besser gehen«, sagte ich, ohne mich umzudrehen.

»Oh, nein. Nicht noch einmal, Sophie. Du kannst mich nicht immerzu hierher einladen und mich dann bitten zu gehen. Das ist nicht fair.« Seine Stimme klang heiter und scherzend.

»*Nicht fair!*« schrie ich. »Du hast ja wohl echt Nerven, oder? Glaubst du vielleicht, was du mir angetan hast und Agatha, was das betrifft, war fair?«

»Wovon redest du?« sagte er mit leiser, ruhiger Stimme.

»Gott, du bist ja noch beschissener, als ich dachte. *Ich weiß es, Greg, ich weiß, was da abgelaufen ist!*«

»Woa. Sachte, Sophie. Du mußt dich beruhigen und mit mir reden.«

»Ich will nicht mit dir reden«, schrie ich. »Hau einfach ab. *Hau ab!*«

»Hör zu, Schatz –«

»*Nenn mich nicht Schatz!*«

»Hör zu. Ich habe einen Fehler gemacht, letztes Mal. Ich hätte nicht sagen sollen, was ich sagte. Dieses Mal gehe ich nicht. Also, hör auf zu schreien und setz dich hin und rede mit mir.«

»Das werde ich nicht.« Und um ihm zu zeigen, daß ich es so meinte, marschierte ich aus dem Zimmer, ging ins Bad und schloß die Tür ab.

Ich wartete darauf, die Tür knallen oder zumindest klicken zu hören, wenn er ging, aber es gab kein Geräusch. Nach einer Weile gab es eins. Es war »Here, there and everywhere« von den Beatles. Er machte es sich offenbar in meinem Wohnzimmer gemütlich und hörte meine CDs. Ich entschloß mich, die Nacht, oder wie lange es dauern würde, im Bad zu verbringen. Irgendwann mußte er sich langweilen und gehen. Ich klappte den Deckel herunter und setzte mich auf die Toilette. Es war, als würde ich in meiner eigenen Wohnung als Geisel gehalten. Warum spielte er dieses Spiel? Ich konnte es nicht verstehen. Es sei denn ..., es sei denn, er hatte einen guten Grund dafür, zu leugnen, daß er und Agatha intim gewesen waren. Greg hatte Agatha gesehen, bevor sie starb. Mein Plan fiel mir ein, der direkt unter seiner Nase in meinem Wohnzimmer lag, mit meiner grafischen Rekonstruktion ihrer letzten Tage, und quer darüber prangte in dicken Lettern sein Name, rot wie Blut.

Seit ich das Band gehört hatte, war ich so mit der Tatsache beschäftigt gewesen, daß Greg und Agatha eine Affäre gehabt hatten, daß es mir überhaupt nicht in den Sinn gekommen war, die anderen Implikationen seiner Anwesenheit in ihrer Wohnung zu betrachten. Soweit ich wußte, war er der einzige Mensch nach Dorothy, der sie bei Bewußtsein gesehen hatte. Was war also passiert? Hatte er vielleicht begonnen, seine Affäre zu bereuen, und sich einen Weg ausgedacht, sie loszuwerden? Es wäre ein leichtes gewesen, eine Überdosis in die postkoitalen Drinks zu schleusen, die sie, wie ich mir vorstellte, miteinander genossen hatten. Aber warum? Gewiß nicht, weil er angefangen hatte, mich zu mögen, und die Unmöglichkeit gesehen hatte, mit uns beiden gleichzeitig eine Beziehung fortzuführen. Nein. Ich mag attraktiv sein, aber wohl kaum *Femme-fatale*-Material. Vielleicht hatte sie das mit uns herausgefunden und gedroht, seine Karriere zu ruinieren? Ich glaubte nicht, daß das wahrscheinlich war. Es wurde bereits über ihn als eines der kommenden Gesichter der neunziger Jahre gesprochen. Er war für die Neujahrsausgabe vom *Esquire* interviewt worden. Er brauchte Agathas guten Willen nicht so sehr. Es gab einfach kein logisches Motiv, aber ich konnte über den Indizienbeweis, daß er dort gewesen war, nicht hinweggehen.

Ich fing an, mich ziemlich zu fürchten. In meinem Bad mit seinem schwachen Riegel war ich wohl kaum sicher, falls tatsächlich ein Mörder in meinem Wohnzimmer war, der Champagner trank und *Revolver* hörte. Mein Kopf raste. Ich erinnerte mich an die Notiz, die Mr. Middlemarch mir gezeigt hatte. Sie lautete »SOPHIE B. A.«, und ich hatte mir keinen rechten Reim darauf machen können. Vielleicht hieß das ja am Ende gar nicht ›Briefe ablegen‹ oder ›Broadway anmahnen‹, sondern ›Sophie, Band abhören‹! Hatte sie mich in aller Eile auf das Tonbandgerät hingewiesen, weil sie wußte, daß ich dort hören würde, wie sie Greg traf? Aber das war lächerlich, weil sie das Band nur versehentlich angelassen hatte. Sie war sich offensichtlich nicht bewußt gewesen, daß sie sich selbst aufnahm.

»Komm schon, komm raus, oder ich tret die verdammte Tür ein!« sagte er lachend hinter der Tür.

»Geh weg!« Es schien eine vollkommen unangebrachte Antwort. Das Herz klopfte mir im Hals, und meine Pulsfrequenz hatte sich erhöht.

»Hör zu, du verrückte Frau«, sagte er, »komm raus und rede mit mir.«

»Warum?« Ich wünschte, es wäre ein Fenster dagewesen, aus dem ich hätte hinausklettern können, aber mein Bad ist vollkommen geschlossen und hat lediglich einen Belüftungsabzug mit einem automatischen Ventilator, was es schwer machte, ihn zu hören, wenn er leise sprach. Ich bewegte mich näher zur Tür.

»Weil ich mit dir reden will. Du machst mich nervös. Ich dachte, ich hätte mich in eine Exzentrikerin verknallt, aber das hier wird langsam albern.«

»Was meinst du mit verknallt?«

»Ich meine, ich mag dich, Sophie, ich mag dich sehr, weißt du. Sieh mal, wir können ein solches Gespräch nicht von einer Türseite zur anderen führen. Ich bin nicht sehr gut darin, aber ich bemühe mich. Ich weiß, es bedeutet dir vielleicht nichts, aber ich möchte dir etwas erzählen, und ich kann es nicht einer Tür erzählen, weißt du ...«

Seine Stimme wurde immer leiser. Ich stellte die Belüftung aus und wägte meine Möglichkeiten ab. Wenn ich ruhig darüber nachdachte, war Greg kein gewalttätiger Mann. Ich hatte mich nie auch nur entfernt physisch bedroht gefühlt in seiner Gegenwart. Tatsächlich hatte ich mich immer, sogar heute nacht, von Respekt und Wärme eingehüllt gefühlt. Es gab Zeugen für unser Treffen vorher. Falls mir also irgend etwas zustoßen sollte ... Ich wollte nicht darüber nachdenken. Wenn ich das Blatt kühl ausspielte, konnte ich ihn vielleicht aus der Wohnung kriegen, ohne mich selbst zu gefährden. Er würde offensichtlich nicht gehen, bis ich herauskam, und er konnte länger überleben als ich. Er hatte meine Wohnung zur Verfügung; ich hatte Wasser, so viel ich nur wollte, und die Klaustrophobie meines Badezimmers mit seinen beige marmorierten Kacheln und seiner avokadofarbenen Einrichtung, die ich immer verabscheut hatte und zu ändern gedachte. Jetzt wünschte ich, ich hätte es bereits getan, weil die Aussicht darauf, es dort eine Nacht auszuhalten, mich entsetzte.

»Ich komme unter einer Bedingung heraus«, sagte ich und dachte nach, während ich sprach.

»Was?«

»Ich komme unter einer Bedingung heraus, und die ist, daß du draußen auf mich wartest und wir einen Spaziergang machen. Ich brauche ein bißchen frische Luft.«

»Ich muß also vor der Tür warten? Vor dem Kuchengeschäft? Ist das genehm?« Er ließ mir meinen Willen. Ich vernahm ein amüsiertes Glucksen in seiner Stimme.

»Ja«, sagte ich und versuchte, meine Stimme nicht zu triumphierend klingen zu lassen.

»Ich bin sicher, du hast deine Gründe.«

»Habe ich.«

»OK«, sagte er.

Ich hörte ihn die Wohnungstür öffnen und dann das Treppenhaus hinunterlaufen. Als ich sicher war, daß er ganz unten angekommen war, entriegelte ich die Badezimmertür, sprang zu meiner Wohnungstür und schloß zweimal herum und ging dann in das vordere Zimmer. Ich bemerkte, daß er seine gefütterte Motorradlederjacke auf dem Sofa liegengelassen hatte. Er schaute zum Fenster hoch und winkte. Ich ließ mich auf dem Sofa nieder, sehr zufrieden mit mir selbst, bis es an der Haustür klingelte.

»Um Himmels willen, gib mir wenigstens meine Jacke«, sagte er, jetzt etwas verärgert.

Geschieht dir recht, dachte ich. Ich wollte sie schon zu ihm hinunterwerfen, aber als ich sie aufhob, fielen Kleingeld und ein paar Kulis aus den Taschen. Ich dachte, es würde mir schon nichts zustoßen, wenn ich sie zu ihm hinunterbrachte, statt sie aus dem Fenster zu werfen.

»Eines Tages werden wir darüber lachen«, sagte er.

Ich glaubte nicht, daß ich das je würde, aber mit der Zeit habe ich wirklich darüber gelacht. Manchmal fast hysterisch, und immer mit einem bittersüßen Anflug von Reue. Wir saßen in einem rund um die Uhr geöffneten Kebab-Imbiß auf der Chalk Farm Road. Greg trank ein Glas Retsina, während ich mich durch ein gemischtes Kebab mampfte, das aus Gyros, Souvlaki und diesen köstlichen Würstchen bestand, die mit frischer, glatter Petersilie gewürzt sind. Ich bin eine ziemliche Kennerin von griechischem Essen geworden, seit ich im Bezirk Camden wohne.

Ich hatte vorgehabt, ihm seine Jacke aus Armeslänge Abstand zu geben und dann die Tür zuzuknallen und in die Sicherheit meiner Wohnung zurückzuflitzen, aber er hatte meine Hand erwischt und mich an sich gezogen und mich auf den Mund geküßt. Ich war über die Kraft seiner Umarmung überrascht gewesen und ihr erlegen. Unter freiem Himmel schien sich die Gefahr verflüchtigt zu haben.

»Mmmmm«, sagte er, als wir uns trennten.

»War es mit ihr auch so?« sagte ich gemeinerweise.

»Nein«, sagte er. »So ist es noch nie mit jemandem gewesen.«

Ich hätte angewidert sein müssen. Tatsächlich war ich sehr zufrieden mit mir.

»Warum hast du sie dann gefickt?« sagte ich forsch.

»Na ja, ich weiß, es ist schwierig zu erklären, aber Maeve und ich hatten eine Menge miteinander ...«

»Wer ist Maeve?«

»Meine Freundin ... also, meine Ex –«

»Ach, hör auf!« unterbrach ich. »Ich weiß Bescheid, weißt du.«

»Du sagst das ständig, Sophie, und sagst es mit einem abscheulichen Blick, der dir nicht steht. Was ist dein Problem?«

»Muß ich es buchstabieren?«

»Ja. Mußt du.«

»Ich weiß, Greg, daß du eine Affäre mit Agatha hattest –« Er hob seine Hand in Protest und Erstaunen, aber ich beharrte darauf, den Beweis zu liefern, erzählte ihm alles, was ich mir zurechtgelegt hatte, und schloß mit jenen vier unzweideutigen Wörtern auf dem Band.

Schweigen, als er sich abwandte und ausdruckslos in das Fenster der Patisserie blickte, als versuchte er, in den leeren Kuchengestellen Inspiration zu finden. Als er sich wieder umdrehte, waren seine Augen feucht und traurig.

»Glaubst du das wirklich?« fragte er ernst.

Sobald er es sagte, hatte ich ein flaues Gefühl.

»Na ja ...«

»Mit einer Sache hast du recht, nein, vielleicht mit zweien ... Ich war Donnerstag nachmittag dort. Und ich glaube, Agatha, nein, ich weiß, daß sie wollte. Damals nicht, aber andere Male. Sie hatte einen ganz schönen Ruf, weißt du. Das mußt du doch gewußt haben? Ich meine, wie viele Frauen gibt es auf ihrer Klientenliste? Sie hat auf Teufel komm raus rumgeflirtet.«

»Warum warst du also da?«

»Sophie, weißt du, das ist wirklich deiner nicht würdig. Ich war da, weil ich meine Agentin, nein, eine Freundin besuchen gehen wollte. Sie ist wirklich gut zu mir gewesen, weißt du, und ich mochte sie. Ja, es ist mehr gewesen als eine Agent-Querstrich-Klient-Beziehung, aber bevor du diesen Ausdruck von Selbstzufriedenheit aufsetzt – paß auf, Sophie, daß sich der Wind nicht dreht, wenn du so guckst –, nicht so viel mehr. Wir haben oft etwas zusammen getrunken und andere Dinge als die Arbeit diskutiert, ja, wie die Tatsache, daß ich deinen Auftritt gesehen hatte. Nein, sie wußte nicht von uns, wenn du das denkst ... Ich dachte, daß sie letztlich ein einsamer Mensch war. Ich bin hier auch einsam gewesen. Du weißt das. Also ging ich, um Agatha zu sehen, weil sie eine Freundin war, die krank war, und als ich ankam, wollte sie gerade ein Bad und einen Drink nehmen, und ich muß gesagt haben, ›könnte ich mich anschließen‹, weil du das auf dem Band gehört hast. Hättest du mich gebeten, dir zu erzählen, was ich sagte, hätte ich gesagt, ich habe sie gefragt, ob ich auch einen Drink haben könnte. Aber augenscheinlich, deinem Beweis nach, wie du ihn so hartnäckig nennst, sagte ich, ›könnte ich mich anschließen‹. Nun, ich habe mich ihr angeschlossen. Wir tranken beide Whisky – Scotch. Sie war immer mehr für den schottischen, nicht den irischen – ich habe sie immer damit aufgezogen. Dann ging sie und nahm ein Bad, ja, also setzte ich mich auf den Rand ihrer erstaunlichen Badewanne. Hast du jemals diese Wanne gesehen? Was für ein merkwürdiger Luxus in dieser Wohnung! Und ja, ich habe sie mit Schaumblasen bedeckt in dieser Badewanne gesehen. Wir plauderten, und sie war großartig in Form. Sie war so zufrieden mit sich, weil sie sich mit ihrer Schwester versöhnt hatte. Sie war fast euphorisch. Deswegen bin ich seither so traurig. Sie schien wirklich so glücklich damals.«

»Und was ist passiert?« fragte ich zögernd.

»Nun, eigentlich nichts. Ich mußte zur Arbeit, also ging ich. Nein. Warte mal, da du ja auf jedes Detail aus bist ... Sie bat mich, ihr noch einen Drink zu bringen. Ich ging einen aus dem Wohnzimmer holen. Das Telefon klingelte. Sie rief aus ihrem Bad, ›Schatz!‹ ... Aber sie nannte jeden Schatz.«

Ich nickte.

»›Schatz, können Sie mal abnehmen‹ sagte sie. Ich erinnere mich, weil es das erste Mal war, daß ich ein kabelloses Telefon abnahm. Ich hob es auf, und da war nichts. Ich rief ihr das zu. ›Dummer Ire‹, sagte sie, ›drücken Sie auf den ›on‹-Schalter und ziehen Sie die Antenne raus!‹ Ich tat es. Jemand fragte nach ihr. Ich brachte ihr das Telefon an die Wanne ... Danach änderte sich ihre Stimmung.«

»Und was war geschehen?«

»Nun, sie telefonierte halt mit dem Kerl, der angerufen hatte. Es hörte sich nicht nach einem freundlichen Gespräch an. Ich reichte ihr einen Drink und deutete an, daß ich gehen mußte. Sie winkte mir nur nach. Und ich verließ die Wohnung.«

»Und das war am Donnerstag?«

»Ja. Das war das letzte Mal, daß ich sie gesehen habe.«

»Ich weiß nicht, was ich sagen soll.«

Wir standen ein paar Minuten schweigend da. Ich wünschte, die Patisserie wäre offen gewesen. Mir war kalt und ich fühlte mich leer.

»Nein. Tja, ich glaube, ich mache mich dann auf den Weg.«

Ich konnte es nicht ertragen, ihn einfach so gehen zu lassen, aber ich wußte irgendwie, wenn ich ihn wieder zurück zu mir einlud, würde er ablehnen.

»Ich bin am Verhungern!« sagte ich, als mir klar wurde, daß ich den ganzen Tag nichts gegessen hatte. »Würde es dir etwas ausmachen, mich ein Stück zu begleiten, damit ich mir etwas zu essen holen kann? Es ist ein bißchen spät, und ich mag die Eisenbahnbrücke im Dunkeln nicht.«

Wir gingen die Straße hinab, über die Eisenbahnbrücke und in den nächsten Kebab-Imbiß. Gregs Hände steckten fest in seinen Taschen. Ich versuchte zu erklären, warum ich gedacht hatte, was ich gedacht hatte, aber er schwieg. Ein Gefühl der Desillusionierung umgab ihn. Jemandem, der mir einmal erzählt hatte, daß seine Lieblingseigenschaft Großzügigkeit war, muß ich als ein sehr niederträchtig gesonnener und kleinlicher Charakter erschienen sein. Ich versuchte, das Thema Maeve aufzugreifen, aber er starrte mich nur ausdruckslos an, ein einziger Tadel für meine mangelnde Subtilität.

»Eines Tages werden wir darüber lachen«, sagte er. Aber er lächelte nicht.

Greg brachte mich bis zu meiner Wohnung, und ich wartete unten am Primrose Hill mit ihm auf ein Taxi. Wir diskutierten, ob es kalt genug für Schnee war, und schwiegen dann. Ich fing an, über seinen Bericht vom Donnerstag abend nachzudenken.

»Weißt du, als du Agatha zum letzten Mal gesehen hast?« sagte ich plötzlich.

»Sieh mal, ich mag wirklich nicht mehr darüber diskutieren.«

»Ich versuche nicht, darüber zu diskutieren. Ich habe mich nur gefragt, war Chutney da?«

Er schaute mich an, als hätte ich den Verstand verloren.

»Chutney, weißt du, Agathas Kater.«

»Oh, so heißt er! Ja. Natürlich. Wann hast du sie je ohne diesen Kater gesehen? Ich bin über ihn gestolpert und habe mir fast das Genick gebrochen, als ich Agatha das Telefon brachte. Oh, hier ist eins!«

Ein Taxi, dessen oranges Licht anzeigte, daß es frei war, war gerade oben auf dem Hügel aufgetaucht.

»Und der Anruf, der sie anscheinend verstimmt hat. War es ihr Partner? Kannst du dich erinnern?«

Er dachte einen Moment nach. »Nein, ich glaube nicht. Hatte eher einen Akzent. Ich versuche nicht, anderer Leute Gespräche mitzuhören.«

»Aua«, sagte ich, »habe verstanden. Aber du glaubst nicht, daß er es war?«

Das Taxi war neben uns herangefahren. Greg öffnete die Tür und kletterte hinein.

»Ich kann mich nicht erinnern. Was in aller Welt macht das aus? Tschüs, Sophie ... Wart' mal«, sagte er, als er die Tür schloß. »Es kann gar nicht ihr Partner am Telefon gewesen sein, weil er gerade die Auffahrt hochkam, als ich ging.«

»Anthony White? Bist du sicher?«

»Natürlich bin ich sicher – man kann dieses dumme Auto nicht verwechseln. Jedenfalls winkte er mir zu ...«

Ich versuchte, das Bild von Greg, wie er aus dem Taxifenster schaute, so lange ich konnte im Kopf zu behalten. Sein Gesicht war so ungewöhnlich schön, daß ich es schwierig fand, es mir in seiner Abwesenheit ins Gedächtnis zu rufen. Es brachte mich immer leicht aus der Balance, wenn ich ihn wiedersah. Dieses Mal würde ich ihn nicht wiedersehen, außer vielleicht im Fernsehen. Ich fühlte mich leer und traurig, und doch denke ich nicht, daß ich jemals wirklich daran geglaubt hatte, daß Greg und ich eine richtige Beziehung haben würden. Er war so perfekt; es war, als würde man mit einem Filmstar in seiner besten Rolle ficken (mir fällt die Wahl schwer zwischen Laurence Harvey in *Room at the Top* und Paul Newman in *Süßer Vogel Jugend*).

Ich konnte nicht schlafen, auch wenn ich mich total erschöpft fühlte. Je mehr ich darüber nachdachte, desto sicherer war ich, daß mit Agathas Tod etwas nicht stimmte. Wäre dies ein Kriminalroman gewesen, hätte ich soweit keine sehr gute Detektivin abgegeben. Mein erster Verdächtiger, Mr. Weirdo Watt, war ein sehr kühner Versuch gewesen, und ich hatte es geschafft, einen Liebhaber und potentiellen Freund zu verlieren, indem ich Greg verdächtigte. Ich wollte nicht noch einen falschen Zug machen, aber es kam mir seltsam vor, daß Anthony White, dem das alles zum Vorteil gereichte, zunächst nicht überrascht über Agathas Tod schien. Dann hatte er seine Theorie darüber geändert, dann, an dem Tag, als ich ihn damit konfrontieren wollte (wie ich mich jetzt trübe an dem Vormittag erinnerte, es schien so lange her), hatte er mich entlassen. Außerdem war er jetzt, soweit ich wußte, die letzte Person, die Agatha bei Bewußtsein gesehen hatte. Er hatte sehr unangenehm berührt ausgesehen, wie mir einfiel, als ich ihn gefragt hatte, wann er zuletzt mit ihr gesprochen hatte, und hatte impliziert, daß sie nur am Telefon miteinander geredet hatten.

Ich fragte mich, ob ich am Morgen Mr. Middlemarch anrufen sollte, erinnerte mich dann aber, daß ich mit Dorothy zu Mittag aß – die schließlich auch zu den Verdächtigen zählte –, also entschied ich, bis danach zu warten, für den Fall, daß ich irgend etwas Neues herausfand.

Es war drei Uhr morgens, aber ich konnte immer noch nicht schlafen. Ich stand auf, zog meinen weißen Bademantel aus Frottee an, ging ins Wohnzimmer und machte es mir mit der zweiten Hälfte von *Die Haare im Abfluß* auf dem Sofa gemütlich.

Am Anfang des zweiten Akts merkt Johnny, daß es mit dem eigentümlichen Trio, mit dem er das Haus teilt, etwas Seltsames auf sich hat. Zuallererst versucht er, sich bei Sid anzubiedern, läuft aber gegen eine Backsteinmauer der Loyalität, dann fangen Johnny und Jemima ein sehr lautes und leidenschaftliches sexuelles Verhältnis an. Bella verzehrt sich vor Eifersucht, wie auch Sid bis zu einem gewissen Grad. Sid sagt Bella, daß er nicht glaubt, daß Johnny

Jemima liebt, sondern daß er nur ihrer aller Geheimnis herausfinden will. Bella, die eine Möglichkeit wittert, Johnny in ihr eigenes Netz zu locken, enthüllt ihm das Geheimnis. In dem Stück besteht das Geheimnis darin, daß Jemima, Bella und Sid lediglich in das Haus eingedrungen sind, die Besitzer sind in Urlaub. Sie sind eingebrochen und haben überhaupt kein Recht, dort zu sein. Johnny erkennt, daß er schnell weiterziehen muß. Er hatte es immer seltsam gefunden, daß die anderen die ganze Zeit im Haus bleiben, obwohl es heißes Wetter ist. Er hat einen Job und muß gesehen worden sein, wie er aus dem Haus ging und wiederkam. In jedem Fall werden sie früher oder später ausziehen müssen. Er ruft alle zusammen und erläutert ihnen seinen Plan, wie er sie sicher hinausbekommen will. Bella erklärt sich bereit, mit ihm zu gehen. Sid lungert im Hintergrund herum und wartet auf Anweisungen. Jemima runzelt einfach königlich die Stirn, als hätte sie keine Ahnung, wovon er redet.

Der Schluß des Stückes ist zweideutig. Hat Jemima sich derart in eine Illusion hineingesteigert, daß sie jetzt verückt ist und glaubt, sie sei die Dame des Hauses, oder tut sie nur so, mit der Absicht, Johnny (und Bella) zu zeigen, daß sie immun gegen ihren Verrat ist? In der letzten Szene verlassen Johnny und Bella in einem Durcheinander das Haus. Bella versucht, sich zu verabschieden, wird aber ignoriert. Die letzte Bühnenanweisung lautet: »Scheinwerfer auf Jemimas teilnahmsloses Gesicht. Schlüsselgeräusche im Schloß, als die Hausbesitzer zurückkommen.«

»Sicherlich haben Sie sich gefragt, warum ich Sie hierhergebeten habe«, sagte Dorothy.

Das war eine leichte Untertreibung. Ich nickte andeutungsweise.

»Nun, wie Sie sich bestimmt vorstellen können, hat mich die ganze Sache ziemlich durcheinandergebracht. Ich weiß, daß ich ein bißchen kurz angebunden war, und so wollte ich Ihnen so etwas wie einen Ölzweig reichen ...« Sie war Agatha erschütternd ähnlich, sowohl äußerlich als auch in ihrem Auftreten. Bis hin zu der eigentümlich aristokratischen Art, Gefühle herunterzuspielen.

Ich murmelte etwas davon, daß das nicht nötig sei, während sich der Kellner in unserer Nähe herumdrückte und auf die Bestellung wartete. Dorothy wählte als Vorspeise ein halbes Dutzend Austern. Ich suchte etwas, das einfacher zu essen war, und begnügte mich mit einem Salat aus Ruccola, sonnengetrockneten Tomaten und Parmesanstreifen. Es hörte sich weniger interessant an als die Spaghetti mit Tinte vom Tintenfisch und Langustensalsa, aber ich trug einen cremefarbenen Rollkragenpullover, der fast eine Garantie dafür war, daß ich mich bekleckern würde.

Es handelte sich um eines dieser neuen italienischen Restaurants, die Essen servieren, das in keinerlei Beziehung zu irgend etwas steht, das man je in Italien gegessen hat. Die Karte besteht durch und durch aus gerösteten Paprika, Steinpilzen und gegrillter Polenta; alles ist mit so extra-extra reinem Olivenöl betröpfelt, daß man sich fragt, warum sie nicht einfach eine Schüssel Oliven auf den Tisch stellen, statt sich der ganzen Mühe des Pressens zu unterziehen. Wir nahmen beide die kurzgebratene Kalbsleber mit einer Himbeer- und Weinessigsalsa. (Warum konnte man noch vor wenigen Jahren nichts essen, das nicht von einer Dekoration aus irgendwelchem Obst umringt war, und warum bekommt man zur Zeit kein Essen, das nicht in Salsa ertrinkt, was immer das auch sein mag?) Der Kellner war ganz in Schwarz gekleidet, und daß er ein Lächeln aufsetzen würde, war ebenso wahrscheinlich, wie daß er eine große phallische Pfeffermühle hinter seinem Rücken hervorholen und mit einem lächerlichen italienischen Akzent »etwas Pfeffer?« rufen würde, wie es die italienischen Kellner früher immer taten. Zusammen mit dem minimalen Dekor und der nicht zur Jahreszeit passenden Klimaanlage war es, als speiste man in einer sehr trendgemäßen Leichenhalle.

»Verstehen Sie«, fuhr sie fort, »ich werde mich bemühen, aber ich bin nicht sicher, ob ich damit fertig werde ... Ich muß sagen, ich brauche etwas Hilfe. Ich weiß, es ist viel verlangt, aber glauben Sie, Sie könnten ...?«

Ich ließ ihre Frage in der Luft hängen und hoffte, sie würde weitersprechen und mir einen Hinweis geben, wovon sie redete. Sie tat es nicht, also mußte ich fragen.

»Was genau meinen Sie?«

»Hat es Ihnen niemand erzählt?«

»Was?«

»Nun, ich vermute, es ist verständlich in Anbetracht von

Tonys momentanem Geisteszustand ... Sehen Sie, ich habe alles geerbt. Sämtliche Anteile von Agatha. Alles. Ich bin die nächste Verwandte, und sie starb, ohne einen letzten Willen zu hinterlassen – wie heißt das noch, ich sollte es wissen ... ohne Testament verstorben – Sie war immer so nachlässig mit dem Papierkram.«

»Oh ...« Mein erster Gedanke war Erleichterung, daß ich dieses Mal ein bißchen umsichtiger gewesen war, bevor ich Mr. Middlemarch anrief, da das Hauptmotiv meines dritten Verdächtigen gerade verschwunden war.

»Ich hatte angenommen, Anthony hätte die Firma geerbt«, sagte ich.

Er hatte sich benommen, als habe er automatisch das Recht, weiterhin Agathas Klienten zu vertreten. Ich war nicht sicher, wie man genau eine Agentur vermachen konnte, da deren Auskommen so sehr von der Loyalität der Klienten abhing, aber da er in letzter Zeit so viele Stunden beim Rechtsanwalt verbracht hatte, nahm ich an, daß das Unternehmen jetzt ihm gehörte.

»Nun, natürlich muß es ein schrecklicher Schlag für ihn gewesen sein, weil sie sich nahestanden. Erst bringt sie sich um, ohne einen Brief oder etwas anderes für ihn zu hinterlassen, und dann bekommt er nichts.« Ich meinte, fast Schadenfreude in ihrer Stimme zu vernehmen.

»Aber ich dachte, Anthony glaubt, es könnte sich um einen Unfall handeln.«

»Ja, natürlich versucht er das jetzt zu sagen. Reine Verzweiflung. Er glaubt das nicht wirklich, aber er muß sich die Möglichkeit des Zweifels offenhalten, weil eine Lebensversicherung besteht. Er hat das für sie beide organisiert, weil es eine Ausgabe war, die das Unternehmen von der Steuer absetzen konnte. Er ist der alleinige Nutznießer, aber es gibt eine Klausel, die das bei Selbstmord nullifiziert. Als er das herausfand, fing er an zu sagen, er glaube, es könne sich um einen Unfall handeln. Er sagte sogar Mr. Middlemarch, daß er denkt, Sie würden ihn darin unterstützen. Mr. Middlemarch erkannte das Problem. Er sagt, daß Coroner gewöhnlich sehr viel Verständnis für diese Dinge haben.«

Als sie ihre erste Auster aufhob, bemerkte ich, daß ihre Hand unkontrollierbar zitterte.

»Ich muß schon sagen«, sagte sie, »es ist furchtbar deprimierend, darüber zu reden, nicht wahr? Sollen wir etwas Wein trinken?«

Bevor ich Gelegenheit hatte zu antworten, winkte sie einen vorbeigehenden Kellner heran und bestellte eine Flasche Chianti. Sie trank kurz hintereinander zwei Gläser, und ihr Gesicht wurde von einem rosigen Schimmer überzogen. Obwohl sie eine ganze Menge Grundierung und Puder aufgetragen hatte, wurden kleine rötliche Adern durch die Tarnung auf ihrer Nase hindurch sichtbar.

»Ich bin mir nicht darüber im klaren«, wagte ich mich vor, »inwiefern ich helfen kann.«

»Indem Sie genau das tun, was Sie sowieso tun.«

»Und was ist das?«

»Die ganze Sache am Laufen halten. Verstehen Sie, nur bis ich mich wieder reingefunden habe. Ich meine, sie würde gewollt haben, daß ich weitermache ... glauben Sie nicht? Ich habe sehr viel darüber nachgedacht. Ich habe es noch nicht einmal Jack richtig erzählt. Ich kann das nicht, bis ich alles organisiert habe. Tony hat natürlich versucht, mich davon abzubringen. Vermutlich liegt es auch daran, daß ich ihm zeigen möchte, daß ich es kann. Ich habe seit Jahren nicht gearbeitet, aber ... Er hat versucht, mich auszuzahlen. Das ist alles gut und schön, wenn er bloß nicht so scheußlich zu mir gewesen wäre und eben Agatha geholfen hätte, mich hinauszudrängen ... Ich habe das nicht vergessen, wissen Sie ... Ich weiß, ich habe eigentlich kein Anrecht auf das Ganze, aber er wäre der erste, der mich aus allem rausdrängen würde, wenn er nur die kleinste Chance hätte … Jedenfalls, verstehen Sie, bin ich ein bißchen aus der Übung, was dieses Geschäft angeht, und ich werde ein wenig Hilfe benötigen. Agatha sagte mir, Sie seien sehr clever –«

»Aber ich bin gestern von Anthony gefeuert worden, oder vielleicht ist gefeuert nicht das richtige Wort. Wie heißt das noch so schön? Man hat sich von mir getrennt. Das klingt immer so viel menschlicher. Man hat sich von mir …«

Sie schaute mich überrascht an. Dann goß sie sich noch ein Glas ein. Fünf Austern lagen unberührt auf ihrem Teller.

»Typisch. Dieses Schwein. Er war mir immer einen Schritt voraus«, sagte sie und ließ die höfliche Fassade fallen, als ihr dämmerte, was ich gerade gesagt hatte. »Ich vermute, er geht davon aus, daß ich es ohne Ihre Hilfe nicht schaffen werde. Aber er hat vergessen«, fuhr sie fort, ihre Fassung zurückgewinnend, »daß jetzt ich die Leitung übernommen habe, und ich stelle Sie wieder ein.«

»Wie dem auch sei«, sagte ich schroff, »ich bin nicht vollkommen sicher, daß ich den Job will.«

Eine Sekunde lang sah sie sehr verärgert aus.

»Agatha sagte, Sie seien scharfsinnig«, sagte sie. »Ich werde Ihnen selbstverständlich mehr Geld anbieten.«

»Ich bin immer noch nicht sicher«, konterte ich und hielt ihrem Blick stand. Sie schien ganz die Arroganz ihrer Schwester zu haben, aber nichts von deren Charme.

Unser Patt wurde vom Kellner unterbrochen, der nachfragte, ob wir unseren ersten Gang beendet hätten. Dorothy sagte ja, und bestellte noch eine Flasche.

»Es gibt eine Sache, die mir Kopfzerbrechen macht«, sagte ich auf gut Glück. »Verzeihen Sie mir, daß ich frage, aber meinen Informationen nach hatten Sie und Agatha sich entzweit. Ich hatte gedacht, Sie hätten bis letzten Mittwoch jahrelang nicht miteinander gesprochen.«

»Aber das hatten wir ja auch nicht ... Das ist es natürlich, was jetzt so entsetzlich für mich ist. Ich denke ständig, wäre ich bloß nicht zu ihr gegangen, dann wäre nichts von alldem passiert. Ich gebe mir die Schuld. Ich gebe mir die Schuld. Ich weiß, es ist dumm, aber so ist es, sehen Sie ...« Die sorgfältig aufgebaute Fassung geriet ins Wanken. Sie sagte nichts mehr und trank noch ein Glas Wein. Ich hatte meinen kaum angerührt.

»Zu ihr gegangen?« wiederholte ich.

»Sehen Sie, ich wollte nicht. Oder eher, ich hätte nicht gehen sollen ... Es erscheint jetzt alles so trivial. Sie wissen, wie leicht die Dinge aus dem Verhältnis geraten in Familien?« Sie schaute mich auf Unterstützung wartend an. »Oder vielleicht wissen Sie das nicht. Ich schätze, Sie haben eine nette, normale Familie ...«

Ich nickte nur.

»Nun, unsere, wenn man es eine Familie nennen kann, war natürlich ausgesprochen tolstojesk in ihrem Unglück. Gut, wenn es nicht wie bei Tolstoj war, dann sicherlich wie bei Tschechow ... Ja, das kommt dem näher. Agatha hätte das bestätigt«, sinnierte sie und lächelte vor sich hin. »Was wäre geschehen, wenn es zwei Schwestern gewesen wären statt dreien? Wir spielten immer dieses Spiel miteinander, wissen Sie –«

»Das Was-wäre-wenn-Spiel?«

»Ja. Hat Sie Ihnen davon erzählt? Sie sagte mir, sie hätte eine Seelenverwandte in ihrer Aushilfe gefunden. Deswegen dachte ich ... Ich dachte, ich könnte Ihnen vertrauen, verstehen Sie.« Ihre Sprache wurde immer verwaschener. Ich hatte fast das Gefühl, ihre Trunkenheit auszunützen, als ich sie ermutigte, fortzufahren.

»Also, Sie gingen zu ihr ...«

»Nun, sehen Sie, letzte Woche ... Nein, es war nicht letzte Woche, oder doch? Letzte Woche war der Rechtsanwalt und die Beerdigung, das war letzte Woche ...« Sie schien jetzt fast mit sich selbst zu reden. »Wann immer es war, jedenfalls, vorletzte Woche ... Ich denke, ich bin eigentlich unter einem Vorwand hingegangen. Einer unserer Freunde, der ein Klient von ihr ist – solch eine kleine Welt, das Theater –, hatte erwähnt, daß sie krank war und nicht arbeitete – selbstverständlich nie dagewesen bei Agatha; also nahm ich es als Vorwand, um sie anzurufen. Ich fragte, ob ich ihr irgendwie helfen könne. Wie Sie natürlich wissen, ist sie ein hoffnungsloser Fall, wenn sie sich um sich selbst kümmern soll. Ihre Vorstellung von einer anständigen Mahlzeit ist ein Käsebrot. Und haben Sie die Küche gesehen? Ich habe eine geschlagene Stunde lang saubermachen müssen, bis man überhaupt darin kochen konnte. Es war so viel Müll da, daß ich noch nicht einmal die Tüte aus dem Eimer hieven konnte. Wir hatten lange Jahre nicht mehr richtig miteinander gesprochen. Ich versuchte es immer an Weihnachten, und ich schickte Fotos. Diese Sachen eben. Als Bob heiratete, schickte sie ihm tausend Pfund als Hochzeitsgeschenk, aber Jack brachte ihn dazu, es zurückzuschicken ... Sie war überrascht, von mir zu hören, aber sie sträubte sich nicht dagegen, wie sie es vorher getan hatte. Sie sagte, es sei wahrscheinlich an der Zeit, daß wir uns wie erwachsene Menschen benehmen. Also bot ich an, ihr ein Abendessen zu kochen ..., natürlich nicht bloß aus reiner Menschenliebe ...«

An diesem Punkt kam ärgerlicherweise der Kellner mit dem zweiten Gang, sagte roboterhaft monoton »guten Appetit« und verschwand. Ich hoffte, daß er Dorothy nicht zu sehr abgelenkt hatte. Ich stürzte mein fast volles Glas Wein hinunter in der Hoffnung, daß sie das ermutigte, fortzufahren. Sie zeigte sich erkenntlich, indem sie die nächste Flasche anbrach.

»Sehen Sie, Jack hatte so viele Schwierigkeiten, seine Sachen überhaupt gelesen zu kriegen ... Ich dachte, sie könnte vielleicht ein gutes Wort für ihn einlegen. Ich erwartete nicht, daß sie ihn vertrat. Er hätte das nicht akzeptiert, selbst wenn sie es ihm angeboten hätte, aber ich dachte, wenn sie ihm nur diskret helfen könnte, eigentlich mir zuliebe. Das Leben wurde unerträglich. Natürlich kam ich mit der Absicht in ihre Wohnung, sie ganz emotionslos darum zu bitten, aber wir tranken ein paar Cocktails ... Ich bin Whisky nicht gewöhnt, wissen Sie, und es schmeckt wie Limonade, so wie Agatha ihn macht, und es führte dazu, daß ich ihr alles erzählte. Ich kann Geheimnisse nicht sehr gut für mich behalten, verstehen Sie ...«

Ich hatte das Gefühl, jetzt fast überflüssig für den Monolog geworden zu sein. Vielleicht hatte sie zu Hause nicht über ihre Gefühle sprechen dürfen. Ich wußte, es war wichtig für sie zu reden. Stephanie hatte mir alles über die sieben Stufen der Trauer erzählt, und ich wußte, daß eine davon darin bestand, zu reden, obwohl mir die anderen nicht mehr einfallen wollten. Also hörte ich zu.

Ich begann, die Leber auf meinem Teller zu zerteilen; sobald sie angeschnitten war, lief wäßriges rosa Blut aus ihr heraus. Ich dachte an Agathas Leber, isoliert auf dem Tisch eines Pathologen, und fragte mich, ob sie auch so ausgesehen hatte. Ich legte Messer und Gabel wieder hin.

Ich versuchte, die Geschichte zusammenzustückeln. Dorothy war hingefahren, um Agatha um Hilfe zu bitten, weil es unmöglich wurde, mit Jack zusammenzuleben, weil niemand seine Stücke lesen wollte. Ich erinnerte mich an Agathas absolute Verachtung für sein Werk und dachte, wie sinnlos Dorothys Bettelmission gewesen sein mußte.

»... ich fühle mich jetzt so treulos. Aber Agatha hatte so

eine Art, mir die Dinge zu entlocken, und als ich ihr davon erzählte, überredete sie mich, daß ich ihn verlassen müsse … Ich wußte, sie hatte recht mit dem, was sie sagte. Es kommt mir immer richtig vor, wenn ich mit anderen Leuten darüber rede, aber ich kann mich einfach nicht dazu durchringen. Und dann bessert er sich wieder, als wüßte er Bescheid … Und ich weiß nicht, ob ich einfach nur dämlich bin oder nicht. Es ist nicht so einfach –«

»Aber Agatha dachte, das sei es?«

»Ja, Sie schien fast glücklich darüber. Für ein paar Stunden war es genau wie früher. Wir haben es zusammen haarklein ausgetüftelt. Sie sagte, sie würde mir helfen. Sie sagte, es würde mir gutgehen. Sie sagte, es würde wieder so werden wie früher, verstehen Sie –«

»So wie früher, bevor Jack Sie mit sich nahm?« Ich riet nur, aber nachdem ich das Stück in den frühen Morgenstunden zu Ende gelesen hatte, hatte ich das Gefühl, ich kannte die Geschichte.

»Ja. Genau so.« Trotz ihres grauen Haars und des Make-up sah Dorothy einen Augenblick aus wie ein kleines Mädchen. Dann verzog sich ihr Gesicht, und sie fing an zu weinen.

Am Ende bereute ich, das Restaurant ausgesucht zu haben, weil ich die total überteuerte Rechnung für ein paar Flaschen durchschnittlichen Hauswein zahlen mußte. Wir hatten zusammen etwa hunderfünfzig Gramm von dem Essen zu uns genommen, aber sie war in einem derart schlimmen Zustand, daß ich sie dort hinausbugsieren mußte.

Ich erfuhr an diesem Nachmittag noch eine Menge mehr über die Brown-Schwestern, als Dorothy zwischen Tränenausbrüchen und mit sanfter Nachhilfe meinerseits immer weiter drauflosredete, während sie auf meinem Sofa saß oder manchmal lag.

Sie waren im Krieg zu Waisen geworden und von einer Frau aufgezogen worden, die sie »Mama« nannten. Das mußte die alte Dame bei der Beerdigung gewesen sein. Sie hatten die Kriegsjahre rollschuhfahrenderweise in den bombardierten Straßen von London verbracht, und wenn die Sirenen ertönten, ihre Nachbarn im Luftschutzkeller mit selbsterfundenen Stücken unterhalten. Amy, die ihren Namen entschieden zu albern fand und darauf bestand, Agatha genannt zu werden, war immer die Anführerin. Ihre Schwester, die nur achtzehn Monate jünger war, schaute bewundernd zu ihr auf. Wenn sie ein paar Pence von ihrem Taschengeld gespart hatten, gingen sie in die Leihbücherei und holten sich Bücher.

Je mehr sie las, desto mehr träumte Agatha davon, in eine andere Schicht hineingeboren zu sein, und als sie Teenager waren, machten sie sich davon und taten einfach so, als stammten sie anderswo her, was in dieser Zeit, als so viele Leute vom Krieg entwurzelt waren, einfacher war, als man denken würde. Agatha ersann ihren Werdegang, und Dorothy stieg in das Spiel mit ein. Agatha mußte Dorothy immer testen, weil sie dazu neigte, sich zu verplappern, aber sie lernte dazu, und als sie Anfang Zwanzig waren, hatten sie ihre Position in der Künstlergemeinde der späten fünfziger Jahre gefestigt. Agatha, immer die Unternehmerin, hatte sich als Agentin niedergelassen. Dorothy war, soweit ich das einschätzen konnte, nicht mehr als ihre Assistentin, aber dennoch nannten sie die Agentur Brown und Brown. Und dann war Tony White aufgetaucht. Er hatte in einer Klatschkolumne von den beiden charmanten, erfolgreichen Schwestern gelesen.

Auch er war ein Straßenkind, und zwar ein jüngeres, das immer in ihren Stücken hatte mitspielen wollen, aber von Agatha ausgeschlossen worden war. Er wußte alles über sie, also mußten sie ihn schließlich doch mitmachen lassen. Ich fand, Dorothy hätte mir nicht all das erzählen sollen, obwohl ich nicht sagen konnte, warum es mir jetzt noch etwas ausmachte. Vielleicht war ich selbst von dem Spiel gefangengenommen worden und wollte nicht wissen, daß es alles eine Fiktion war.

Ich verstand Jack Burtons Stück jetzt fast besser, als mir lieb war. Ich erinnerte mich vage, wie Agatha gesagt hatte, daß es schrecklich veraltet war. Sie hatte natürlich insofern recht, als Klassenschranken nicht mehr das Problem sind, das sie in den sechziger Jahren waren. Oder wenigstens möchten wir das glauben. Und es war ein Stück über Klassenunterschiede; auch ohne den Hintergrund der Charaktere im wirklichen Leben zu kennen, konnte man sehen, daß das große Haus und die ganzen schönen Dinge darin als Metapher für die Mittelschicht standen, und es gab winzige verräterische Redewendungen in Bellas wie auch eindeutig in Sids Vokabular. Im weiteren Sinne war es jedoch eine Parabel darüber, wie Leute vorgeben, etwas zu sein, was sie nicht sind. Mit seiner merkwürdig schauerromanhaften Atmosphäre hatte es, so empfand ich, einen allgemeingültigeren Appell als manche der wahrhaft sozialkritischen Dramen der Zeit, und ich war erstaunt, daß es nicht bekannter war. Vom Stil her war es knapp und geistreich und grenzte manchmal an eine Farce, und sogar beim Lesen, anstatt es auf der Bühne zu sehen, hatte ich an mehreren Stellen gelacht und doch einen echten Schauer des Schreckens gespürt, als sich der Plot entwirrte.

Die Akte hatte zahlreiche Anfragen nach dem Stück enthalten, aber anscheinend war keine auf einen Vertrag hinausgelaufen. Keine von ihnen, wenn ich jetzt darüber nachdachte, schien überhaupt beantwortet worden zu sein.

Ich versuchte, mir die Akten vor Augen zu führen, die ich am Tag davor im Keller durchgesehen hatte. Bis irgendwann in den späten Siebzigern ein Fotokopierer aufgestellt worden war, hatten die Sekretärinnen auf blauem, dünnem Papier Durchschläge von den Korrespondenzbriefen gemacht. Das wußte ich, weil ich mich durch Stöße davon gearbeitet hatte, als ich das entscheidende Blatt in Cormac O'Haras Akte suchte. Aber ich war mir plötzlich sicher, daß sich nichts Derartiges in Jack Burtons Akten für 1962 und 1963 befunden hatte.

Als Dorothy allmählich nüchtern wurde, machte ich ihr eine Tasse Tee, und sie saß da und trank schlückchenweise, und als sie hörte, wie spät es war, sah sie beunruhigt aus und versuchte, sich zu erinnern, was sie in den ganzen Stunden gesagt haben mußte. Ich begann, sie vorsichtig zu befragen.

»Wann genau haben Sie und Agatha sich überworfen?«

»Ach, wußten Sie das nicht? Es war der Premierenabend von Jacks Stück. Agatha tobte, weil Jack das Stück bei den späteren Proben geändert und ihr nichts gesagt hatte.«

»Was?«

»Oh, ich konnte nie verstehen, warum sie so einen Zirkus machte. Sehen Sie, in der ersten Version blieben alle Charaktere im Haus, und er veränderte es so, daß Johnny mit Bella davonging.«

Ich schaute sie ungläubig an. Mit Sicherheit mußte ihr das doch klargeworden sein. Aber vielleicht auch nicht. Manchmal sehen Leute den Wald vor Bäumen nicht.

»Und was passierte dann?« fragte ich gebannt.

»Nun, sie hatten diesen Krach, und Jack betrank sich fürchterlich und verkündete auf der Party, daß er und ich heiraten würden. Auch für mich war das übrigens eine Neuigkeit. Ich war überglücklich. Agatha ging einfach. Sie wollte mich nicht hereinlassen, als ich nach Hause kam. Sie war ungemein eifersüchtig, verstehen Sie. Ich glaube, sie dachte, ich hätte sie hintergangen. Nun, und Jack natürlich auch. Weil sie ein Verhältnis hatten, wissen Sie, bevor er und ich zusammen waren. Aber ich war diejenige, die er liebte, verstehen Sie, und … ich war …, und ich war schwanger.«

»Oh, ich wußte nicht, daß Sie Kinder haben.«

»Oh, doch. Zwei Jungen. Bob hat nach dem College geheiratet und ist nach Australien gezogen, und Joe ist ihm später gefolgt. Wir vermissen sie so sehr. Aber es geht ihnen sehr gut da unten. Solange sie heranwuchsen, war alles in Ordnung. Einfach normal, wissen Sie. Erst als sie von zu Hause weggingen, wissen Sie … Jack beschloß, früher aus dem Schuldienst auszuscheiden und in Rente zu gehen und wieder zu schreiben …, und es ist schwierig heutzutage, schwieriger, glaube ich, als damals, als wir jung waren. Er ist so enttäuscht worden, wissen Sie …, und das hat die ganze Enttäuschung von früher zurückgebracht …, als *Haare* durchfiel und Agatha sich danach so unmöglich aufführte. Sie machte es Jack sehr schwer. Hat ihn in ganz London schlechtgemacht. Sie hatte das Gefühl, ihn gemacht zu haben, verstehen Sie, weil seine ersten beiden Stücke nicht aufführbar waren, aber sie hatte sein Talent erkannt und es gehegt – Sie wissen, wie intuitiv sie ist. Ich bin sicher, er hätte es ohne sie nicht geschafft, und ich vermute, sie glaubte, sie könne ihn auch wieder kaputtmachen. In dieser Nacht, als sie die Party verließ, sagte sie zu uns: ›Aus keinem von euch wird ohne mich etwas werden‹, und, wissen Sie, auf ulkige Weise hatte sie recht. Agatha hatte gewöhnlich recht. Aber ich fand, sie schien mit dem Alter weicher geworden zu sein, vielleicht, weil sie krank war –«

»Warten Sie eben, meinen Sie neulich?« fragte ich. Dorothy redete aufgrund des Trinkens immer noch ein wenig unzusammenhängend. Sie nickte.

»Sie sagte, ich könne kommen und dort für den Anfang wohnen, dann würden wir uns ein Haus anschaffen. Genau wie wir es geplant hatten, als wir klein waren. Aber ich sollte alles für mich behalten. Ich bin allerdings nicht sehr gut darin, Geheimnisse für mich zu behalten, und als ich am nächsten Morgen aufwachte, kam mir das alles ein bißchen verrückt vor. Ich meine, ich hatte sie jahrzehntelang nicht gesehen, und jetzt sollte ich wieder bei ihr einziehen. Ich sollte dann wiederkommen …, aber das habe ich nicht getan.«

»Zu Agatha? Haben Sie noch einmal mit ihr gesprochen?«

»Nun, eben deshalb fühle ich mich ja so furchtbar. Ich

habe mich einfach nicht getraut, ihr zu sagen, daß ich es mir anders überlegt hatte. Und Jack verhielt sich so nett. Er verstand alles vollkommen, und er sagte, er würde sich ändern. Zuerst war er sehr wütend, als er hörte, daß ich dort gewesen war, aber Freitag abend ist er einfach auf eine Sauftour gegangen, und seitdem hat er sich wirklich gebessert. Wir haben lediglich ein paar verärgerte Worte wegen Chutney gewechselt, aber das war zu erwarten. Ich hätte natürlich den Brief nicht vergessen sollen –«

»Was?«

»Oh, wissen Sie, sie hatte sich nicht die Mühe gemacht, uns zu erzählen, daß jemand sein Stück aufführen wollte. Sie zeigte mir diesen Brief von einer Universität in Amerika, in dem es hieß, er sei ein knospendes Talent! Wir haben uns ausgeschüttet vor Lachen. Ich sollte den Brief mit nach Hause nehmen, aber vermutlich war ich ein bißchen mitgenommen, und ich vergaß es ... Hinterher versuchte ich, den Brief zu finden, aber er war verschwunden.«

»Machen Sie sich keine Sorgen, sie haben noch einmal geschrieben. Das war eine der Angelegenheiten, weshalb ich Sie anrief. Er wird auf Agathas Schreibtisch im Büro liegen. Die andere Sache war«, fügte ich hinzu, »dieser Brief.«

Ich zeigte ihr den Brief an den Bankdirektor, der einen neuen Tränenausbruch heraufbeschwörte.

»Das ist meine Kontonummer. Sie dachte also wirklich, ich würde ihn verlassen.«

Als sie sich beruhigt hatte, sagte sie: »Sie sind so freundlich. Sie werden doch kommen und für mich arbeiten, oder?«

Sie sah so mitleiderregend aus, daß ich beinahe schwach wurde. Dorothy tat mir leid. Sie hatte ihr Leben im Schatten ihrer großen Schwester verbracht und war in vieler Hinsicht ein schwacher Abglanz von ihr. Nicht annähernd so selbstbewußt, nicht so stilvoll, und eigentlich ziemlich dumm. Sie war einmal schön gewesen, aber Jahre voll Grausamkeit (psychisch oder physisch, das wußte ich nicht und hatte nicht das Gefühl, danach fragen zu können) und Alkohol hatten sie schlimm altern lassen. Sogar ihr Haar, das den selben Pagenschnitt hatte wie Agathas, zeigte eher ein stumpfes Grau, statt dem glänzenden Weiß ihrer Schwester. Aber ich wurde nicht richtig warm mit ihr. Sogar nach all dem, was ich zu hören bekommen hatte, war an Agatha etwas, das ich bewunderte. Sie war ein Monster gewesen, aber ein so hochgradig geschicktes Monster, daß man fast den Hut vor ihr ziehen mußte. Es war der Unterschied zwischen einem erstklassigen Darsteller und der zweiten Besetzung.

Ich sagte Dorothy, daß ich andere Pläne hatte. Ich würde eine Zeitlang ins Ausland gehen. Ich hatte das Gefühl, schon jetzt zu viel über die Brown-Schwestern zu wissen. Ich wollte mich aus ihrem Spinnennetz befreien. Mir schien es, als seien sie beide nicht bloß exzentrisch, sondern auf ziemlich gefährliche Weise wahnsinnig. Sie hatten das Was-wäre-wenn-Spiel im Ernst gespielt. Und beide hatten verloren. Sie hatten etwas so Selbstzerstörerisches an sich, daß es fast ansteckend wirkte.

Wir saßen eine Weile schweigend da. Dann fragte Dorothy, ob sie mein Bad benutzen könne. Als sie frisch geschminkt und parfümiert und offenbar bereit, zu gehen, zurückkam, wußte ich, daß es meine letzte Chance zu fragen sein würde.

»Glauben Sie wirklich, daß Ihre Schwester Selbstmord begangen hat?«

»Oh, ja ... Sie war über ihre Gesundheit beunruhigt. Natürlich nicht über ihre Erkältung, aber über ihre Leber. Ihr Naturheilkundearzt oder Ernährungsberater oder wie man ihn auch heutzutage nennt, hatte ihr nahegelegt, mit dem Trinken aufzuhören, und dann sagte er, sie solle sich einigen Tests unterziehen. Er erzählte dem Coroner, daß er einen ernsthaften Leberschaden vermutete, und das paßt zu der Autopsie … Nun, ich konnte sehen, daß sie große Angst hatte. Ich bin sicher, daß sie in erster Linie deshalb damit einverstanden war, mich zu sehen. Ich glaube, sie dachte, sie macht es nicht mehr lange und –«

»Aber sie schien auf dem Wege der Besserung, als ich bei ihr war, und ein Freund von mir sah sie später in der Woche und sagte, es ginge ihr gut.«

»Ja, aber sie konnte fantastisch nach außen hin Theater spielen, wissen Sie. Tony schaute auf seinem Nachhauseweg vorbei, um sie zu sehen, und sie wollte ihn noch nicht einmal hereinlassen. Ich glaube, sie brachte es einfach nicht über sich, ihm zu sagen, daß sie mich getroffen hatte … Er fühlt sich jetzt ganz schrecklich, weil er es entschiedener hätte versuchen sollen, aber es war der Abend mit seinem Sohn –«

»Und Sie sind sicher, daß es kein Unfall gewesen sein könnte?«

»Oh, nein. Sehen Sie, Agatha haßte Medikamente und Krankenhäuser und alles in der Richtung. Sie war während des Krieges sehr krank, wissen Sie, und mußte viel Zeit auf einer Isolierstation zubringen. Und es waren dreißig leere Tütchen im Abfall. Sie wäre eher gestorben, als das Zeug aus therapeutischen Gründen zu nehmen. Ich hoffe, sie hat nicht allzusehr gelitten. Ich meine, Sie haben sie gesehen, nicht wahr? Fanden Sie nicht, daß sie friedlich aussah?«

Ich wußte nicht, was ich sagen sollte. Ich würde Agathas Todesgesicht niemals vergessen. Ich hatte versucht, mir einzureden, daß es friedlich ausgesehen hatte, aber es war nicht so. Es hatte ziemlich zornig und entschlossen ausgesehen.

»Wenn ich nur tapfer genug gewesen wäre, sie anzurufen ...« Dorothys Stimme fing wieder an zu schwanken.

»Wir alle empfinden das«, sagte ich und versuchte, sie damit zu beruhigen, wie ich unzählige Male versucht hatte, mich selbst zu beruhigen. »Aber wenn man jemandem mit einer solchen Überdosis nicht sehr schnell erwischt, kann man offenbar nicht mehr viel tun.«

»Nein«, sagte Dorothy. »Vermutlich nicht.«

Gegen sieben Uhr setzte ich sie in ein Taxi.

»Sind Sie sicher, daß Sie es sich nicht anders überlegen werden?« fragte sie.

Ich sagte nein, es täte mir leid. Ich wußte, daß sie niemals darauf hoffen konnte, die Agentur in Gang zu halten. Es war völlig irrational von ihr, dies zu glauben. Anthony und Janet würden sich ihr in den Weg stellen. Wer konnte es ihnen verübeln? Dorothy würde sich um den letzten Rest Verstand saufen. Niemand, der ›nicht sonderlich gut darin ist, Geheimnisse für sich zu behalten‹, wie sie wiederholt gesagt hatte, würde sich in einer Welt, deren Geschäftsgrundlage vertrauliche Informationen waren, auch nur einen Tag lang halten können. Ich wollte nicht an Deck stehen und ohne jede Aussicht auf Hoffnung Wasser ausschöpfen, während das Schiff unaufhaltsam sank.

Wir versuchten beide, die Unterhaltung in freundlichem Ton zu beschließen; Dorothy schüttelte mir die Hand und wünschte mir alles Gute. Ich sagte ihr, sie solle Chutney von mir streicheln.

»Ach, der arme Chutney«, sagte sie wehmütig. »Ich fürchte, wir müssen ihn einschläfern lassen. Ich meine, er ist sehr alt, wissen Sie, und na ja, Jack ist derart allergisch gegen Katzen ...«

Ich ging mit schwerem Herzen nach oben. Ich rief Martin an und fragte, ob ich ihn am nächsten Tag sehen könnte. Er sagte, er müsse sich mit einem Kunden in Sussex treffen, deshalb würde er es zum Mittagessen nicht schaffen. Ich erzählte ihm, daß ich meinen Job verloren hatte und daß ich ihm alles erklären würde, wenn ich ihn das nächste Mal sah. Anscheinend hörte er das Unglück aus meiner Stimme heraus.

»Also wenn du nicht mehr arbeitest, warum kommst du nicht für den Tag nach Brighton herunter?« schlug er vor. Mein Treffen ist nach dem Mittagessen vorbei. Sie erwarten mich hinterher nicht im Büro zurück. Wir könnten einen Nachmittag am Meer verbringen.«

Die Aussicht, aus London herauszukommen, auch wenn es nur für wenige Stunden war, hob entschieden meine Laune. Wir verabredeten, uns im Foyer des Grand Hotels zu treffen.

Ich liebe englische Seebäder, besonders im Winter. Es hat einen ganz eigenen Reiz, wie dort verfallende Pracht gewichtig unmittelbar neben der schäbigen Staffage einer verarmten Nation steht – Zuckerwattebuden, Stände, auf denen sich Kiss-me-quick-Melonen aus Plastik und Union Jacks stapeln, T-Shirts mit ›Meine Eltern waren in Brighton, und alles was ich gekriegt habe, war dieses blöde T-Shirt‹ drauf, die auf Kleiderbügeln im eisigen Wind flattern –, das bringt England und all die Widersprüche eines postimperialen Landes, das nicht mehr weiß, wo es langgeht, auf den Punkt.

Ich fühlte mich angenehm anonym unter dem menschlichen Treibgut, das an solchen Orten angeschwemmt wird. Hell's Angels röhrten die Strandpromenade hinunter; Eltern kauerten hinter dem Windschutz, während ihre abgehärteten Kinder, unempfindlich gegen die Kälte, mit leuchtend rosa und gelben Eimern und Schippen herumrannten und versuchten, aus dreckigen Kieseln Schlösser zu bauen; und wenn die Nacht anbricht, flüstern Prostituierte in den engen Straßen, wo sich die billigsten Bed-and-Breakfast-Pensionen drängen. Es ist ironisch, daß die einzige Zeit des Jahres, in der solche Städte aufleben, jene ist, in der politische Parteien und der große Presseanhang sich herablassen, sie zu besuchen, und dort darüber diskutieren, wie der Wohlstand des Landes zu steigern ist. Fototermine in Fish-and-Chips-Bars, Splittergruppenversammlungen in blinkenden Discos, das morgendliche Interview am windgepeitschten Strand. Einen Nachrichtenclip lang sieht die britische Öffentlichkeit die Küste auf ihren Fernsehschirmen und erinnert sich, wie es dort einmal war, bevor sie teurer wurde als eine Pauschalreise nach Korfu.

»Hallo, schöne Frau!«

Es begann, dunkel zu werden, als Martin mein drittes Ei-mit-Kresse-Sandwich unterbrach. Ich trank den Bodensatz meines Tees und schlug vor, das Pier zu besuchen, bevor es geschlossen wurde. Er legte den Arm um mich, während wir die Promenade entlanggingen.

Wenn sich irgend jemand dafür interessiert hätte, wären wir ein ungleiches Paar gewesen. Er in seinem schicken Anzug und einem dunkelblauen Kaschmirmantel, ich in alten Jeans und Doc-Martens-Boots und meiner abgetragenen, aber warmen, echten Baseballjacke mit Lederärmeln, auf der oberhalb meiner rechten Brust »Jerry« eingestickt ist und auf dem Rücken das Logo der New York Mets. – Ein geschätztes Geschenk. Wenn man es ein Geschenk nennen konnte. Ich hatte sie vor Jahren an einem kalten Morgen auf dem Nachhauseweg getragen und versäumt, sie ihm jemals wiederzugeben.

Martin erzählte mir von seinem Treffen. Er war einigermaßen optimistisch, daß es erfolgreich verlaufen war. Er fragte, wie es mir ergangen sei, seit er das letzte Mal von mir gehört hatte. Ich sagte ihm, ich würde die Seeluft so sehr genießen, daß ich im Moment nicht darüber reden wolle. Er schaute mich zweifelnd an.

Ich weiß nicht, ob man Martin als gutaussehend beschreiben könnte. Er ist mittelgroß, ziemlich schmächtig, hat lockige, mittelbraune Haare, die er für meinen Geschmack viel zu kurz trägt, und hübsche graue Augen. Er sieht ein bißchen zu nett aus, um sexy zu sein, ein abscheulicher Gedanke, der mehr über mich als über ihn sagt, aber es ist trotzdem wahr. Er ist der einzige Mann, dem ich je begegnet bin, der nicht die geringste Spur von Frauenfeindlichkeit hat. Ich schaute hoch zu ihm, wie er artig neben mir her schlenderte, während der Wind sein bißchen Haar von seinem Gesicht wegpeitschte, und dachte, wie sehr ich mich auf ihn verlassen konnte und ihn liebte.

Wir standen eine Weile da und beobachteten, wie die letzten Schimmer des Tageslichts entschwanden und die Lichterketten des Jahrmarkts und das pulsierende Neonlicht ihr nächtliches Territorium einforderten. Wir waren allein am Ende des Piers, außer ein paar Anglern. Einer von ihnen spulte eine Makrele hoch; sie zappelte sekundenlang silbern in der Luft, bevor sie auf die Holzbohlen klatschte. Ein Tropfen dicken Fischbluts schnellte beim Aufprall aus ihren zerrissenen Kiemen und traf mich knapp unter dem linken Auge. Als ich so dastand, ganz bestürzt, hatte ich ein seltsam starkes Empfinden, an einem Scheidepunkt in meinem Leben zu stehen. Ich konnte dem Wegweiser folgen, auf dem stand »Los, heul schon, du hast eine beschissene, unfaire Zeit gehabt, und das bekräftigt es einfach nur!« oder jenem, auf dem stand »Ach, um Himmels willen, was ist denn schon ein Spritzer von einem toten Fisch in deinem Gesicht!«

Ich fing an zu lachen und lachte immer weiter, während Martin meine Wange mit seinem makellos weißen Baumwolltaschentuch abtupfte und mir befahl, stillzuhalten, weil ich es sonst nur noch schlimmer machte.

»Der Walzer« hatte geschlossen und »Die Peitsche« ebenfalls. Der Mann von der Geisterbahn packte zusammen. Er schaute uns hoffnungsvoll an. Wir liefen an ihm vorüber und zu der eben neu eingerichteten viktorianischen Bar zurück, an der wir auf dem Weg zum Meer vorbeigekommen waren. Darin gab es eine komische Mischung aus Plastik-Art deco, rosa Gardinchen, und Dampf, der die Fenster beschlug und die Aussicht blockierte.

Martin zog eine Augenbraue hoch, als ich sagte, ich wolle einen Orangensaft.

»Ich habe beschlossen, eine Zeitlang auf Alkohol zu verzichten«, sagte ich feierlich. Zu sehen, was er mit Dorothy und Agatha Brown gemacht hatte, hatte mir ziemliche Angst eingejagt.

Er bestellte einen großen Brandy und ließ sich auf einer mit kastanienbraunem Pseudosamt bezogenen Sitzgruppe nieder, um sich meine Geschichte anzuhören.

»Aber, was ich nicht verstehe«, sagte er, als er mit seinem dritten Brandy und einer Cola für mich vom Tresen zurückkam (ich wußte, ich würde es nicht lange als Abstinenzlerin durchhalten, nichtalkoholische Getränke sind so gnadenlos süß und fade), »ist, warum du so davon überzeugt bist, daß er es war.«

»Nun, dann kannst du nicht zugehört haben! Es ist so offensichtlich. Da ist dieser frustrierte Stückeschreiber, der seine Midlife-crisis durchmacht, und wir wissen, daß er sowieso gewalttätige Tendenzen hat –«

»Also, erstmal wissen wir das nicht – du hast selbst gesagt, daß du nicht weißt, ob Dorothy von psychischer oder physischer Gewalt sprach.«

»Gut, aber unterbrich mich nicht immer. Wie ich glaube, ist folgendes passiert: Dorothy, die noch nicht einmal ein Geheimnis für sich behalten kann, wenn sie nüchtern ist, geht von Agatha sturzbesoffen nach Hause zu Jack ... Sie erzählt ihm, wo sie war. Er ist total wütend –«

»Also geht er hin und bringt Agatha um? Das ist lächerlich.«

»Nein, warte mal. Was sie ihm *auch* erzählt, ist, daß Agatha diesen Brief für ihn hat, von dem sie ihnen nichts gesagt hat. Sie hat sein Werk unterdrückt.«

»Wovon redest du? Du hast gesagt, es gäbe einen einzigen Brief von einer amerikanischen Universität. Das reicht ja wohl kaum für totale Zensur.«

»Nun, ich denke, Jack könnte ein paar Sachen zusammengenommen haben. Erstens hatte das Stück in Anbetracht der Kritiken, und wie gut es ist, eine unglaublich kurze Laufzeit. Zweitens wird ihn nach der Trennung kein anderer Agent in London mehr angefaßt haben. Und ich habe die Akten gesehen. Ich glaube nicht, daß Agatha irgendeine Anfrage nach dem Stück beantwortet hat ..., und das Interesse ist ganz schön kurzlebig im Theater. Wenn man etwas zu lange liegen läßt, ist die nächste literarische Eintagsfliege dran. Also hat sie im Endeffekt sein Werk getötet.«

»Oder vielleicht steckte nur das eine gute Stück in ihm. Oder vielleicht, da *Die Haare im Abfluß* – warum heißt es übrigens so? – ganz von Agatha handeln, hatte er nichts mehr zu schreiben, sobald sie in seinem Leben nicht mehr vorkam«, sagte Martin ziemlich pedantisch, wie ich dachte, besonders, weil es ein stichhaltiger Punkt war, der meine Theorie ziemlich schwächte.

»Laß mich eben weitererzählen ... Es heißt so, weil Bella lange rote Haare hat und Jemima wütend ist, daß sie die Dusche nicht richtig saubermacht, sondern Spuren hinterläßt, verstehst du. Ich glaube es ist eine Metapher dafür, daß Dorothy nicht in der Lage ist, ein Geheimnis zu behalten ... jedenfalls –«

»Sind wir jetzt wieder zurück im richtigen Leben? Ich finde das ein bißchen verwirrend«, stichelte Martin.

Ich funkelte ihn an. »Wir wissen, daß Agatha an dem Tag nach Dorothys Besuch einen Anruf erhielt, der sie aufregte, von einem Mann mit einem Akzent. Sie ist so aufgebracht, daß sie Anthony nicht einläßt, als er auf einen Besuch hereinschauen will. Und als ich am Sonntag vorbeigehe, ist die Katze nach draußen gelassen worden, und Jack ist allergisch gegen Katzen. Was also passiert ist, wie ich es mir denke, ist, daß Jack darauf bestanden hat, hinzufahren und den Brief mitzunehmen. Sie trinken ein paar zusammen auf die guten alten Zeiten. Vergiß nicht, sie hatten mal was miteinander. Sie trinkt Grogs mit heißer Zitrone, aber anstatt sie mit Zitronensaft zu machen, macht er sie aus diesem Zitronenfertiggetränk – weißt du, das, was man trinkt, wenn man eine Erkältung hat. Er nimmt ganz viel davon. Er kaschiert den Geschmack mit Honig. Er hat diesen Artikel gelesen, den scheinbar jeder gelesen hat, daß zuviel Paracetamol tödlich wirkt –«

»Aber das ist pure Spekulation. Es ist genauso wahrscheinlich, auch wenn du glaubst, daß der Anruf von Jack war, daß er anruft, um ihr zu sagen, daß Dorothy nicht zu ihr zurückkommt, also macht sich Agatha ihren eigenen tödlichen Cocktail. Sie ist schon einmal von Dorothy im Stich gelassen worden, ein zweites Mal ist zuviel.«

»Ich habe daran gedacht«, sagte ich. »Bloß warum hat sie dann die leeren Tütchen in den Abfall geworfen? Und warum hat sie Chutney nach draußen gelassen?«

»Gut, was das betrifft, warum sollte *er* die leeren Tütchen in den Abfall werfen? Wenn er wollte, daß es nach Selbstmord aussah, dann hätte er sie doch sicherlich liegenlassen?« Martin blickte triumphierend, als ginge es um einen Wettstreit in Sachen Logik, und seine sei besser als meine.

»Daran habe ich auch gedacht … Verstehst du, er war

nicht sicher, ob es klappen würde – er ist ja schließlich nicht gerade ein professioneller Killer, und er wußte, wenn sie aufwachen und sie finden sollte, würde sie wissen, daß er versucht hatte, sie zu vergiften. Außerdem wissen wir von Dorothy, daß der Abfall so schwer war, daß man ihn nicht tragen konnte. Gut, wenn er zu schwer für Dorothy war, dann wäre er auch für Agatha zu schwer gewesen, wenn man bedenkt, daß sie sowieso geschwächt war. Und wir wissen, daß sie schließlich nicht der pingeligste Mensch war.« Jetzt blickte ich triumphierend. Der Abfall war für mich der Schlüssel. Ich hatte den ganzen Tag darüber nachgegrübelt.

Martin seufzte. »Es ist immer noch Spekulation, Soph. Ich meine, für mich ist dieser Typ Anthony White, Tony oder Sid, oder wie er auch heißt, der Hauptverdächtige, mit der Lebensversicherung und all dem – ich kann kaum glauben, daß ich so was sage. Es hört sich allmählich an wie in einem alten Kriminalfilm.«

»Nun, das hätte ich auch gesagt, bis ich richtig darüber nachdachte. Verstehst du, Anthony nimmt es peinlich genau mit Verträgen und so weiter. Das ist seine *raison d'être*, wenn du so willst. Er würde ganz einfach Agatha nie wegen der Lebensversicherung umbringen und es nach Selbstmord aussehen lassen, wenn es eine Selbstmordklausel in der Police gibt. Falls man annimmt, daß er sie überhaupt umbringen würde, was ich bezweifle. Ich kann nicht sehen, daß er ein anderes Motiv haben sollte als Geld. Er hatte sie schließlich dreißig Jahre lang ertragen. Warum jetzt die große Veränderung?«

Martin schaute mich sichtlich verzweifelt an. »Was kann ich dazu sagen, Soph? Es ist eine gute Geschichte, und du erzählst sie gut. Vielleicht hatte Agatha recht. Vielleicht solltest du Drehbuchautorin werden. Aber selbst wenn ich sagen würde, daß ich dir glaube, wird es sonst niemand tun.«

»Warum nicht?« fuhr ich hoch.

»Nun, ich meine, deine Geschichte ist eine Sache. Es könnte noch tausend andere geben.«

»Die wie gehen?«

»Oh, ich weiß nichts über Agatha, aber denk doch einfach mal, zum Beispiel, wenn jemand, sagen wir der alte Mann da drüben –« Er zeigte auf einen alten Mann, der in Gesellschaft seines Hundes Stout trank. »Er schaut jetzt zu uns herüber, und was denkt er? Nun, er könnte denken, wir reden über einen möglichen Mord, aber das ist ziemlich unwahrscheinlich, oder? Er könnte denken, daß wir ein Ehepaar sind, das sich in einer Bar streitet. Er könnte denken, daß du eine Nutte bist, die ich aufgegabelt habe, und wir verhandeln über den Preis – das sollte sich nicht beleidigend anhören, Soph, ich mache nur Hypothesen. Er könnte denken, wir sind zwei alte Freunde, die über Politik diskutieren. Ich weiß es nicht ... Über einen berechtigten Zweifel hinaus gibt es keinen Beweis, oder ?«

»Aber was ist mit einem ruhigen Gewissen? Ist das nicht wichtiger?« Ich weinte.

»Du meinst, du kannst es nicht ertragen, wenn das, was du glaubst, wahr ist, und der Mörder davonkommt.«

»Ja. Genau das meine ich. Jedenfalls glaube ich, daß Agatha versucht hat, mir etwas mitzuteilen. Ich meine, sie rief an.«

»Ja, aber du konntest nicht verstehen, was sie sagte.«

»Stimmt, aber sie hinterließ diese Notiz. Ich glaube, sie versuchte zu sagen ›Sophie, Band abhören‹. Weil sie auf dem Band davon spricht, nach New York zu fliegen. Sie wollte nicht sterben.«

»Aber das Band wurde aufgenommen, bevor sie den so überaus wichtigen mysteriösen Anruf bekam, oder? Gott, ich kann nicht glauben, daß ich das ernst nehme ... Du mußt mit diesem modernen Miss-Marples-Zeug aufhören,

Soph. Ich meine, soweit ich sehen kann, wird es keinen Unterschied machen. Nichts kann Agatha wieder zum Leben erwecken, nicht wahr? Und wir reden wohl kaum über einen potentiellen Serienkiller, oder?«

»Nun, er hat auch Chutney getötet!« stammelte ich unter Tränen, die mir über die Wangen rollten. »Er könnte eine Gefahr für Dorothy werden«, fügte ich pathetisch hinzu.

»Für mich hört es sich an, als sei sie eher eine Gefahr für sich selbst, und meinst du nicht auch, sie muß es zumindest unbewußt wissen, wenn es wahr ist, was du glaubst? Ich meine, wenn er überhaupt dort war, muß Jack in einem ziemlich miserablen Zustand nach Hause gekommen sein. Er wird ihr wohl kaum erzählt haben, wo er war, aber sie muß einen Verdacht geschöpft haben. Ehefrauen wissen immer Bescheid, weißt du. Zumindest ist das in den Fernsehkrimis so.«

Da ging mir ein Licht auf. Ich dachte ein paar Sekunden darüber nach, und das schien nur meine Vorstellungen zu bestätigen. Deshalb also war sie an diesem Tag in der Wohnung gewesen, sie hatte versucht, Spuren zu beseitigen. Sie wollte ihren Mann schützen, weil er alles war, was ihr noch blieb.

Aber es dämmerte mir allmählich, daß Martin recht hatte. Vielleicht war das Traurigste an Agathas Tod, daß es außer mir eigentlich niemanden wirklich interessierte, was die Wahrheit war. Es hatte in ihrem Leben nicht viel Wahrheit gegeben, also war das vielleicht unvermeidlich. Und so genau ich auch wußte, daß meine Theorie stimmte, ich hatte keine Beweise, abgesehen von kleinen Happen einer Lebensgeschichte, in die ich flüchtig hatte hineinblicken dürfen, und meinen Instinkt, daß sie sich einfach nicht umgebracht haben würde. Ich hatte das Gefühl, Jack Burton durch sein Stück zu kennen, wußte, wie er sich fühlte, wenn er daran dachte, daß er berühmt hätte werden können und daran gehindert worden war. Aber vielleicht romantisierte ich auch nur von zornigen jungen Männern, wie es viele Frauen tun.

Ich dachte eine Weile darüber nach und schaute dann zu Martin hoch. Es war deutlich, daß er dachte, daß Agathas Tod mich so verstört hatte, daß ich versuchte, dem Ganzen meine eigene Art Logik aufzuzwingen. Indem ich es zu einem Mord machte, konnte ich es besser verstehen, oder einen Teil der Schuld, die ich empfand, auf jemand anderes übertragen. Es war eine Möglichkeit, die ich zu nachtschlafender Zeit mehr als einmal erwogen hatte. Martins Gesicht war von Sorge und Betroffenheit verzerrt. Es berührte mich. Ich wußte, daß er nur versuchte, sich um mich zu kümmern. Mich davor zu bewahren, daß ich mich in noch mehr Scherereien brachte.

Ich entschuldigte mich und ging zur Toilette. Ich verbrachte viel Zeit damit, meine Hände zu waschen und sie unter dem Automatiktrockner zu trocknen. Jemand hatte daneben gekritzelt »Und jetzt wischen Sie sich die Hände an Ihrer Jeans ab«. Ich lächelte darüber und betrachtete mich im Spiegel. Ich stand am nächsten Scheideweg. Ich mußte entscheiden, ob ich mich weiterhin in der Vergangenheit vergraben wollte oder den Schritt in die Zukunft machte.

Ich ging zu unserer Sitzgruppe zurück, legte meine Arme von hinten um Martins Schultern und küßte ihn auf den Kopf. Er fand meine Hände, hielt sie an seine Brust geschmiegt, und wir wiegten uns eine Zeit, die sehr lang schien, vor und zurück.

Der alte Mann drüben an der Bar trank sein Stout aus, setzte das leere Glas ab und grüßte uns stumm, als er ging.

Dann kündigte der Barkellner die letzte Runde an. Wir hatten beide leere Gläser und waren die einzigen, die übriggeblieben waren, also beschlossen wir zu gehen. Es war noch früh, aber die Pier machte zu. Wir liefen schon Hand in Hand zurück, aber dann sah Martin eine Sternschnuppe und deutete darauf.

»Du mußt dir etwas wünschen«, sagte er.

Ich klammerte mich an die Balustrade und sehnte mich danach, sie zu sehen, aber sie war fort. Ich starrte über das aufgewühlte zinnfarbene Meer.

»Komm schon, Soph, wir könnten den um acht Uhr fünfzehn noch kriegen, wenn wir uns in Bewegung setzen«, sagte Martin und schritt voraus.

Im Zug plauderten wir eine Weile halbherzig über die jüngsten politischen Ereignisse und über Martins geplanten Skiurlaub an Weihnachten, dann versuchte ich, uns beide aufzuheitern und sagte: »Und was gibt's Neues von der Stewardeß?«

Martin wurde rot. »Ich hatte gehofft, du würdest nicht danach fragen ... Verstehst du, ich habe ein bißchen Schwierigkeiten mit dem Ganzen.«

»Was heißt?«

»Was heißt, daß ja, wir haben ..., und es war sehr nett. Es war ein bißchen, wie mit einer Traumfrau zu bumsen ... Weißt du, was ich meine?«

»Wie ich mit Laurence Harvey in *Room at the Top.*«

»Na ja ... für mich mehr wie mit Kim Basinger in *Blind Date.*«

»Warum nicht *Neuneinhalb Wochen*?«

»In dem gefiel sie mir nicht so gut. Sie war zu masochistisch ...«

»Martin, warum bist du so ein wunderbarer Mann?«

Er wirkte richtig verlegen.

»Das Problem ist«, fuhr er fort, »daß mehr nicht dran ist. Weißt du, ich dachte wirklich, ich würde Darryl lieben.«

Bei dem Namen zuckte ich zusammen.

»Aber ich liebe sie nicht. Sie ist eine schöne Frau, und sie ist äußerst nett, aber irgend etwas fehlt.«

»Was denn, zum Beispiel?« sagte ich und lehnte mich gespannt nach vorne.

»Oh, ich weiß nicht, Seele oder so etwas. Neulich im Bett hatte sie einen Alptraum. Das weckte mich auf, und ich dachte – ziemlich unfreundlich, vermute ich –, daß ich jetzt ... jetzt endlich etwas von ihrem Innenleben mitbekommen werde. Sie warf sich verzweifelt im Bett herum. Ich versuchte, sie zu beruhigen und zu hören, wovon sie redete, und weißt du, was es war?«

»Nein?«

»Daß nicht genug Papieruntersetzer da waren für die Anstandsdrinks auf dem kurzen Sprung zwischen Lanzarote und Fuerteventura. Das Flugzeug hatte Verspätung, verstehst du. Von so was träumt sie.«

»Und was ist das Problem dabei?«

»Na ja, ich glaube, ich werde umziehen müssen. Ich meine, seit wir das erste Mal, du weißt schon ..., also, ich werde sie einfach nicht mehr los. Und ich kann nicht darauf hoffen, eine richtige Beziehung mit ihr zu haben.«

Ich schäme mich zu sagen, daß ich lachte.

»Sag nicht, daß ich es dir nicht prophezeit habe!«

Er sah verletzt aus, dann konterte er: »Also, Sophie Fitt, was macht *dein* Liebesleben?«

»Nichts«, sagte ich hinterhältig.

»Wer war dann dieser ›Klient‹, den du mal erwähnt hast? Glaub auch nicht einen Moment, daß du so wegkommst.«

Also erzählte ich ihm zwischen Preston Park und Hassocks (es war ein Bummelzug) von Greg.

»Ich weiß nicht, was da los ist mit mir und den Männern«, schloß ich.

»Ich glaube, es liegt daran, daß du zuviel denkst«, sagte Martin.

»Wie kannst du so was sagen?« schrie ich.

»Na ja, natürlich finde ich es toll ..., daß du das tust«, sagte er schnell, »aber meiner Erfahrung nach kommen die meisten Männer nicht damit zurecht. In Gregs Fall ist das nicht überraschend, oder?«

»Vermutlich nicht«, sagte ich. »Was soll ich also tun, aufhören zu denken?«

Martin lachte und bat mich, das nicht zu tun.

»Und, was wirst du jetzt machen?« fragte er, als er sich wieder im Griff hatte.

Ich sagte ihm, daß ich ernsthaft daran dachte, das Land eine Zeitlang zu verlassen. Ich wollte meinen Vater finden und mit ihm als Erwachsene reden. Martin schaute ein bißchen perplex an dieser Stelle. Vielleicht würde ich eine neue Sprache lernen, reisen und dann einfach sehen, was sich gerade bot, sagte ich. Schließlich gab es zur Zeit anscheinend nichts für mich in England.

»Aber was ist mit deiner Nummer?«

»Martin, ich weiß, du versuchst bloß, mir Mut zu machen, aber zehn Pfund im Monat für eine regelmäßige Stegreifnummer in einem Pub in Islington werden mich wohl nicht hier halten, oder? Und der letzte Auftritt war sowieso schrecklich. Ich weiß, ich bin jetzt auf Bewährung dort, und ich habe keine Idee für das nächste Mal.«

»Aber du bist gut. Ehrlich, ich finde, du bist weitaus besser als manche von denen im Fersehen.«

Ich bedankte mich, sagte aber, ich glaube, er könne ein bißchen voreingenommen sein.

»Du mußt doch sicherlich imstande sein, etwas aus dem ganzen Material zu machen, das du in den letzten zwei Monaten angesammelt hast«, sagte er.

Ich dachte darüber nach. Ein Job als Sekretärin auf Zeit, eine Chefin, die stirbt, eine Liebesaffäre, die drastisch fehlschlägt. Das schien mir nicht viele Lacher herzugeben.

Vom Flughafen Gatwick bis zur Victoria Station sagten wir kein einziges Wort. Ich glaube, wir gestanden uns beide ein, daß wir an diesem Abend nicht weiter über irgend etwas reden wollten. Und manchmal frage ich mich, warum ich die Sternschnuppe auf dem Pier nicht gesehen habe, und warum ich nicht seine Hand ergriff und mir etwas wünschte, und warum wir in der Nacht nicht einfach zusammen in Brighton in einem Hotel landeten...

Meine Mutter hat recht, Martin ist der Mann, den ich heiraten sollte. Aber ich glaube, manchmal mag man jemanden so sehr, daß man sich einfach nicht traut, den weißen Fleck auf der Landkarte zu betreten, weil es zu gefährlich sein und man Dinge finden könnte, die einem nicht gefallen, und wenn man in der Freundschaft zu jemandem glücklich genug ist, warum dann das Paradies aufs Spiel setzen?

Martin verschwand in der U-Bahn. Ich wartete in der Taxischlange und bemühte mich, mir unter der tropfenden Brüstung der Victoria Station positive Gedanken zu machen.

Die gerichtliche Untersuchung verzeichnete als Urteil Unglücksfall mit tödlichem Ausgang. Ich vermute, das hieß, daß Anthony seine Versicherungssumme bekam. Ich wurde nicht aufgefordert, zu erscheinen. Ich stelle mir vor, daß Anthony die Mehrzahl von Dorothys Aktienbesitz aufkaufte, denn das nächste Mal, als ich am Eingang zum Büro vorbeikam, war die Messingtafel von Brown und Brown abgenommen worden, und eine weniger diskrete, mit einem Logo, das »Anthony White. Theateragent, 3. Etage« verkündete, hatte sie ersetzt. Ich war auf dem Weg zum Gedenkgottesdienst in St. Martin-in-the-Fields. Es war eine ziemlich fröhliche Angelegenheit, bei der Schauspieler und Regisseure, die Agatha vertreten hatte, liebevoll ihre bevorzugten Passagen aus Shakespeare und anderen Stücken rezitierten. Bei all ihrem Zynismus fühlte ich, daß sie von der Anzahl der Leute berührt gewesen wäre, und der Tatsache, daß sie aufrichtig bewegt waren von dem Gottesdienst und den Rezitationen. Die Kirche war von dem Duft von tausend Blumen erfüllt. Ich bemerkte, daß Dorothy – ich konnte diesen schwarzen Mantel nie vergessen – in der vordersten Reihe stand, ohne Begleitung und ein wenig schwankend.

Anstatt des letzten Kirchenliedes sang die Schauspielergruppe »Sit down, you're rocking the boat'« aus *Guys and Dolls.* Es hörte sich merkwürdig an mit einer Orgelbegleitung, aber ich hatte das Gefühl, es hätte ihr genau aus diesem Grund gefallen.

Ich schlüpfte aus meiner Bankreihe im Hintergrund heraus, sobald die letzte Note erklang. Ich fühlte mich ein bißchen wie eine Hochstaplerin, und ich wollte schnell dort wegkommen, aber es hatte geschneit, während wir drinnen waren, und ich hielt eine Sekunde lang inne, als die kalte Luft mich traf, und bestaunte den matt goldenen Ausblick auf die glänzende Sonne, die über dem Trafalgar Square mit eisigem Regen zusammenstieß.

Ich fühlte, wie mir jemand auf die Schulter klopfte. Ich drehte mich frostig um, dann lächelte ich. Greg winkte mich fort, und wir landeten in der amerikanischen Bar des Savoy, tranken anständige Martinis und prosteten Agatha bei weitem zu lange so zu, wie sie es gutgeheißen hätte.

Jack Burton bin ich nie begegnet, obwohl ich ihn vermutlich in wenigen Minuten von Angesicht zu Angesicht sehen werde.

Martin, der geschäftlich in Los Angeles war, riß einen Artikel über die ›Reihe knospender Talente der Sechziger‹ aus einer Zeitschrift heraus. *Die Haare im Abfluß* wurden mit einer Zeile als rätselhaftes Stück erwähnt, das immer vermeide, sich der Realität zu stellen.

Natürlich hatte ich nicht widerstehen können, Mr. Middlemarch aufzusuchen und ihm meine Gedanken zum Abfall mitzuteilen. Er machte sich geduldig Notizen und schüttelte mir höflich die Hand, als ich ging, und sagte gönnerhaft, daß die Polizei immer dankbar für die Umsicht der Allgemeinheit sei. Es muß ihm unendlich peinlich gewesen sein, mich viele Monate später anrufen zu müssen.

Ich war gerade aus Edinburgh zurückgekommen, wo ich in einem kleinen Kellertheater mit *Echt seltsam* meine eigene Show hatte – einem Eine-Frau-Kabarett über eine leicht paranoide Person, die bei jeder Gelegenheit eine Verschwörung sieht und dessen Running Gag lautet »Irgendwas ist hier echt seltsam …« Eines Nachmittags ging ich an einem Theater im West End vorbei und sah im Schaukasten die Besprechungen von Jack Burtons Comeback *Eingedenk alter Zeiten.* Die Kritiker überschlugen sich förmlich (»Zorniger junger Mann tobt immer noch …«, »Gehen Sie über Leichen, um dafür Karten zu bekommen …«), und indem ich schamlos mit dem Angestellten an der Kasse flirtete, schaffte ich es, mir einen Platz für die Matinee zu ergattern.

Es war ein Stück für zwei Personen. Ein Paar im mittleren Alter, das sich in seiner Jugend geliebt hat, trifft sich nach Jahren zum ersten Mal wieder, als er sie in einem Heim besuchen kommt. Sie hat die Alzheimersche Krankheit. Ihre Unterhaltung ist zusammenhangslos, anfangs unverständlich. Die Zuschauer begannen, verlegen zu kichern, aber nach und nach fängt der Dialog an, Sinn zu machen, weil das Stück so ungemein raffiniert geschrieben ist. Die Geschichte ihrer Liebesaffäre und ihrer Fehde kehrt in Fragmenten zurück, während sie die Pralinen ißt, die er ihr mitgebracht hat.

Die Leistung der Schauspielerin war bemerkenswert. Bei mehreren Gelegenheiten, wenn der Rest der Zuschauer lauthals lachte, weil sie sich so absolut unmöglich aufführte, weinte ich leise über ihre Authentizität. Wenn man Agatha eine Stufe übertrieb, wurde diese arme Frau aus ihr. Am Ende des Stückes weinten praktisch alle, weil sie nicht wußten, was sie denken sollten. Man konnte Sympathie für den Liebhaber empfinden, der ihr die vergifteten Pralinen verabreicht hatte, und vielleicht war es auch wirklich ein besserer, menschenwürdigerer Tod. Aber ich glaube, die meisten Leute waren meiner Meinung. Sie würden es bevorzugt haben, daß sie lebte, egal wie plemplem, und sie verurteilten den Mann, der, mit welcher Absicht auch immer, beschlossen hatte, sie zu töten.

Ich dachte damals, daß er irgendwo im tiefsten Innern gewollt haben muß, daß er überführt wird. Aber sogar ich akzeptiere, daß ein Literaturkritiker keinen brauchbaren Belastungszeugen abgeben würde.

Nach allem, was ich mir während der ersten zwei Tage des Prozesses zusammenreimen konnte, hat Dorothy ihn schließlich angezeigt. Anscheinend hatte Jack eine sehr öffentliche Affäre mit seiner Hauptdarstellerin, und ... nun, Dorothy war nie sonderlich gut darin, Geheimnisse für sich zu behalten.